KVINNA I GRÖNT

ARNALDUR INDRIÐASON
KVINNA I GRÖNT

Översättning av Ylva Hellerud

pan

ISBN 91-7263-612-2
Copyright © Arnaldur Indriðason 2001
Bokförlaget Prisma, Stockholm 2004
Originalets titel: Grafarþögn
Översättning från isländskan: Ylva Hellerud
Published by agreement with Edda Publishing, www.edda.is
Omslagsformgivning: John Persson
Tryck: Nørhaven Paperback A/S, Danmark 2005

***

www.panbok.com
Pan ingår i P.A. Norstedt & Söner AB,
grundat 1823

En Panpocket från Prisma

1

H an såg på en gång att det var ett människoben när han tog det från barnet som hade suttit på golvet och tuggat på det.

Födelsedagskalaset hade just nått höjdpunkten med ett fruktansvärt oväsen. Pizzabudet hade kommit och gått, och pojkarna hade proppat sig fulla med pizza, tankat litervis av läsk och oavbrutet skrikit i munnen på varandra. Så hoppade de upp som på en given signal och började springa runt igen, de äldre beväpnade med kulsprutor och pistoler, medan de yngre viftade med bilar eller gummidinosaurier. Han begrep inte ett dugg av vad leken gick ut på. För honom var det bara ett skrän som aldrig tycktes ta slut.

Födelsedagsbarnets mor hade börjat poppa popcorn i mikron. Hon sa att hon tänkte lugna ner grabbarna lite genom att sätta på en videorulle. Om det inte fungerade tänkte hon slänga ut dem. Det var tredje gången hon firade sin sons åttaårsdag och nerverna var på helspänn. Tredje födelsedagskalaset i rad! Först hade hela familjen gått ut och ätit på en svindyr hamburgerrestaurang med jobbig rockmusik i högtalarna. Sedan hade hon haft en tillställning för släkt och vänner, en som mest av allt liknade en påkostad konfirmationsfest. Idag hade pojken fått bjuda sina skolkamrater och lekkamraterna från området.

Hon öppnade mikron, tog ut den putande popcornpåsen, la in en ny och tänkte att nästa gång skulle hon göra det enkelt för sig. Bara ett kalas och så fick det räcka med det. Som när hon själv var liten.

Inte gjorde det saken bättre att den unge mannen där ute i soffan var tyst som en mus. Hon hade försökt småprata med honom men givit upp och tyckte det var lite stressande att ha honom där i vardagsrummet. Att försöka föra något vettigt samtal var inte att tänka på, pojkarna rusade omkring och förde sådant oväsen att hon blev alldeles matt. Han hade inte erbjudit sig att hjälpa henne. Satt bara där och stirrade framför sig och teg. Så blyg att han höll på att dö, tänkte hon.

Hon hade aldrig sett honom förut. Han kunde vara ungefär tjugofem år och var bror till en av pojkarna på kalaset. Han var lång och gänglig och tog henne i hand i dörren med långa fingrar och en klibbig och slapp hand. Skulle hämta hem sin bror från kalaset, men den lille tvärvägrade att följa med eftersom det fortfarande var full rulle. De kom överens om att han skulle komma in och vänta ett tag. Kalaset är snart slut, sa hon. Han förklarade för henne att föräldrarna, som bodde i ett radhus längre ner på gatan, var utomlands och att han passade sin lillebror under tiden. Han hyrde annars en lägenhet inne i stan. Stod där och trampade i hallen. Lillbrorsan hade försvunnit tillbaka in till händelsernas centrum igen.

Nu satt han i soffan och tittade på födelsedagsbarnets ett år gamla lillasyster som kröp omkring på golvet framför den ena barnkammaren. Hon hade på sig en vit spetsklänning, hade en rosett i håret och jollrade högt för sig själv. Han satt där och tänkte ut en lämplig hämnd på sin bror. Han tyckte det var genant att sitta så där inne i ett främmande hem. Han funderade på om han skulle erbjuda sig att hjälpa till. Kvinnan hade berättat att barnens pappa skulle vara på jobbet till sent på kvällen. Han nickade och försökte le. Tackade nej till pizza och läsk.

Han såg att flickan höll hårt om någon sorts leksak och när hon satte sig på rumpan gnagde hon på den och dreglade en väldig massa. Det var som om det kliade i gommen på henne och han tänkte att hon förmodligen höll på att få tänder.

Den lilla flickan kröp närmare honom med leksaken i handen och han började fundera över vad det var för en pryl. Hon stannade och satte sig upp på rumpan igen och kikade på honom med öppen mun. En rännil av saliv letade sig ner på bröstet.

Hon stoppade in leksaken i munnen och bet i den och kröp sedan ännu närmare honom med föremålet i munnen. Hon sträckte sig mot honom och gjorde grimaser och jollrade så att leksaken ramlade ur munnen på henne. Hon hittade den igen med visst besvär, kröp alldeles intill honom med sin leksak i handen, hävde sig upp mot armstödet och stod nu bredvid honom, vinglig men självbelåten.

Han tog ifrån henne föremålet och tittade närmare på det. Flickan tittade på honom med förvånade ögon och började yla av alla krafter. Det tog inte lång tid för honom att inse att det han höll i var ett människoben, en tio centimeter lång ände av ett revben. Det var gulaktigt och konvext och brottet hade nötts ner så att kanterna inte längre var vassa, och på brottytan fanns små, jordbruna fläckar.

Han gissade att han höll i revbenets främre del och såg att det var ganska gammalt.

Mamman hade hört att barnet börjat skrika, och när hon kikade in i vardagsrummet såg hon flickan stå framme vid soffan hos den främmande mannen. Hon ställde ifrån sig skålen med popcorn och gick in och tog upp sin dotter, samtidigt som hon tittade ner på mannen som inte verkade ta någon som helst notis om vare sig henne eller barnet.

– Vad hände? frågade mamman oroligt och försökte trösta barnet. Hon talade med hög röst för att försöka överrösta pojkarnas oväsen.

Den unge mannen tittade upp mot dem båda, reste sig långsamt och räckte fram benet till mamman.

– Var har hon fått tag på det där? frågade han.

– Vad då? sa hon.

– Benet, sa han. Var har hon fått det här benet ifrån?

– Vad då för ben? sa hon. Flickan lugnade sig lite när hon fick syn på benet igen och försökte sträcka sig efter det alldeles vindögd av målmedvetenhet med en tjock sträng saliv rinnande nerför hakan. Flickan fick tag i benet och drog det till sig och började därefter undersöka det.

– Jag tror att det där är ett ben, sa mannen.

Barnet stoppade det i munnen och blev tyst igen.

– Vad är det för ben du pratar om? sa mamman.

– Det hon har i munnen, sa han. Jag tror att det är ett ben av en människa.

Mamman tittade på barnet som tuggade på benet.

– Jag har aldrig sett det förr. Vad då ben av människa?

– Jag tror att det där är en bit av ett revben från en människa, sa han. Jag läser medicin, la han till liksom för att förklara. Går femte året nu.

– Revben? Vad är det för trams? Hade du med dig det?

– Jag? Nej. Vet du inte var det kommer ifrån? frågade han.

Mamman tittade på barnet och slet sedan benet ur munnen på henne och kastade det på golvet. Flickan började grina igen. Mannen tog upp benet och undersökte det närmare.

– Kanske hennes bror vet …

Han såg på mamman som vantroget såg tillbaka. Hon såg på sin dotter som grät högt. Sedan på benet, ut genom vardags-rumsfönstret med utsikt över de nya tomterna med halvfärdiga hus, på benet igen, på den främmande mannen och till slut på sin son som kom farande i full fart från den ena barnkammaren.

– Tóti! ropade hon, men pojken tog ingen notis om henne. Hon banade sig väg genom barnaskaran och drog med viss svå-righet ut Tóti därifrån och ställde honom framför den unge lä-karstuderanden.

– Är det där ditt? frågade hon pojken, och mannen räckte fram benet.

– Jag hittade den, sa Tóti och var otålig att få återvända till ka-laset.

– Var då? frågade hans mamma. Hon satte ner det lilla barnet på golvet och flickan plirade upp mot sin mor, osäker på om hon skulle sätta igång att skrika igen.

– Ute, sa pojken. Det är en häftig sten, ju. Jag har tvättat den.

Pojken var andfådd. En svettdroppe rann nerför hans kind.

– Var då ute? frågade hans mamma. När då? Vad gjorde du för nåt?

Pojken tittade på sin mor. Han visste inte om han hade gjort något dumt, men tyckte det verkade så av hennes ansiktsuttryck att döma och funderade på vad i hela friden det skulle kunna vara.

– Jag tror att det var igår, sa han. På tomten som är längst bort. Är det nåt farligt?

Hans mamma och den främmande mannen utbytte blickar.

– Kan du visa mig exakt var det var du hittade den där? frågade hon.

– Jamen, det är ju kalas, sa han.

– Kom, sa mamman. Visa oss var det var.

Hon plockade upp barnet från golvet och sköt pojken framför sig ut ur vardagsrummet i riktning mot ytterdörren. Den unge mannen följde efter. Barnaskaran tystnade när födelsedagsbarnet såg ut att få en tillsägelse och tittade på medan mamman puffade Tóti framför sig ut ur huset med bestämd min och med lillasystern i famnen. De kastade en blick på varandra och följde sedan efter i gåsmarsch.

Ett nytt villaområde höll på att byggas vid vägen upp mot Reynisvatn. Tidevarvsbyn. Man hade byggt nya hus i backen upp mot Grafarholt, och högst där uppe tronade energibolagets vattencisterner, brunmålade kolosser som tornade upp sig likt en borg ovanför det nya området. Man hade anlagt gator i slänten på båda sidor om cisternerna och längs dem restes nu det ena huset efter det andra, några av dem hade redan trädgård, ny gräsmatta och små träd som så småningom skulle växa sig stora till skydd för sina ägare.

Patrullen följde efter födelsedagsbarnet med raska steg österut längs den gata som låg närmast cisternerna. Där stack nybyggda radhus upp ur gräset, och längre bort, mot norr och öster, tog Reykjavíks gamla sommarstugeområde vid. Precis som i alla nya områden, älskade barnen att leka bland de halvfärdiga husen, de klättrade upp på byggnadsställningar och lekte kurragömma i ytterväggarnas skugga eller åkte kana ner i nygrävda husgrunder och plaskade kring i vattnet som samlades nere på botten.

Det var ner i en sådan husgrund som födelsedagsbarnet Tóti ledde den främmande mannen, sin mamma och hela festparaden, och pekade på det ställe där han hittat den konstiga, vita stenen som var så lätt och slät att han stoppat den i fickan och genast bestämt sig för att behålla den. Han kom ihåg exakt var det var han hittat stenen och hoppade före de andra ner i gropen och gick utan att tveka fram till det ställe där stenen legat i den torra jorden. Hans mamma beordrade pojkarna att hålla sig undan och klättrade ner i gropen med den unge mannens hjälp. När hon kommit ner tog Tóti benet ifrån henne och la det i jorden.

– Så här låg den, sa han och tänkte fortfarande på benet som om det var en fin sten.

Det här var sent en fredag eftermiddag, och det var ingen som arbetade på tomten. Man hade gjutit två sidor av husgrunden och jorden var uppgrävd på de återstående sidorna. Den unge mannen gick fram till jordväggen och tog sig en ordentlig titt på det ställe där pojken sa att han hittat benet. Han krafsade med fingrarna i jorden och vad han kunde förstå skymtade ett över-armsben längre in i mullen.

Mamman tittade på den unge mannen, såg att han stirrade in i jordväggen och följde hans blick tills också hon såg benet. Hon gick närmare och tyckte precis att hon såg ett käkben och en eller två tänder.

Hon ryckte till, tittade på den unge mannen igen och sedan på sin dotter, och började liksom mekaniskt torka henne om munnen.

🐦

Hon hann inte reagera innan hon kände smärtan i tinningen. Han slog henne utan förvarning i huvudet med knuten näve, så snabbt att hon inte såg vad som skulle hända. Eller kanske trodde hon inte att han hade slagit henne. Det var det första slaget, och hon skulle under de kommande åren många gånger undra om hennes liv hade blivit annorlunda om hon hade gett sig av genast den gången.

Om han hade tillåtit henne.

Hon förstod inte varför han slog henne så där utan vidare, och tittade häpet på honom. Hon hade aldrig blivit slagen på det vi-set förr. Det hade gått tre månader sedan de gifte sig.

– Slog du mig? sa hon och satte handen mot tinningen.

– Tror du inte att jag såg hur du tittade på honom, väste han.

– Vilken han? Menar du Snorri? Tittade jag på Snorri?

– Tror du inte att jag såg det? Din liderliga blick?

Den här sidan av honom hade hon inte sett tidigare. Aldrig hört honom använda det ordet. Liderlig. Vad menade han? Hon hade bytt några ord med Snorri en liten stund ute i källardörren för att tacka honom för att han kommit med några småsaker som hon glömt när hon flyttade från sin lilla lägenhet, men ville inte bjuda in honom eftersom hennes man varit på dåligt humör hela dagen och sagt att han inte hade lust att träffa honom. Snorri sa något lustigt om köpmannen hon hade jobbat hos och de skrattade och sa sedan adjö.

– Det var ju bara Snorri, sa hon. Var inte dum. Varför har du varit så argsint hela dagen?

– Tror du inte på vad jag säger? frågade han och flyttade sig närmare henne. Jag såg dig genom fönstret. Såg hur du åmade dig framför honom. Som en hora!

– Nämen, du kan väl inte ...

Han slog henne i ansiktet igen med knuten näve så att hon for iväg mot porslinsskåpet i köket. Det gick så fort att hon inte hann sätta upp handen till skydd.

– Du ska inte ljuga för mig! skrek han. Jag såg hur du tittade på honom! Jag såg nog hur du gjorde närmanden! Jag har minsann ögon att se med! Jävla fitta!

Ytterligare ett ord hon nu hörde för första gången.

– Herregud, stönade hon. Överläppen hade spruckit och det blödde in i munnen och blodsmaken blandade sig med den salta smaken från tårarna som rann nerför kinderna. Varför gör du så här? Vad har jag gjort?

Han stod över henne som om han var redo att kasta sig över henne. Vreden brann i det illröda ansiktet. Han gnisslade tänder och stampade i golvet med ena foten innan han vände på klacken och med snabba steg gick ut ur källaren. Hon stod kvar och begrep ingenting av det som hänt.

Hon tänkte ofta på det här ögonblicket under de kommande

åren och undrade om det hade gjort någon skillnad ifall hon reagerat på våldet med en gång, försökt lämna honom, om hon gått sin väg och aldrig kommit tillbaka istället för att inte göra någonting alls förutom att leta efter förklaringar som la skulden på henne själv. Något måste hon ju ha gjort eftersom han reagerade så häftigt. Något som hon inte själv var medveten om men som han såg, något hon kunde prata med honom om när han kom tillbaka, och så skulle hon lova att bättra sig och sedan skulle allt bli som förr.

Hon hade aldrig sett honom bete sig på det viset, varken mot henne själv eller andra. Han var en lugn och lite allvarlig man. Det var bland annat det draget som hade tilltalat henne när de lärde känna varandra. Nästan lite tungsint var han. Han var dräng hos brodern till köpmannen hon arbetade för och hon fick ibland gå dit med diverse varor. På så sätt lärde de känna varandra för snart ett och ett halvt år sedan. De var jämngamla, och han pratade om att kanske sluta jobba på land och istället gå till sjöss. Där fanns pengar att tjäna. Och så ville han ha ett eget hus. Vara sin egen herre. Det var förnedrande att jobba för andra, det var gammalmodigt och ledde ingenvart.

Hon sa att hon inte trivdes i tjänsten hos köpmannen. Han var en riktig girigbuk och tafsade oavbrutet på de tre flickorna, och hans fru var en ragata som stod med piskan över dem. Hon hade inga mer genomtänkta planer på vad det var hon ville göra. Hade liksom aldrig tänkt så mycket på framtiden. Kände inte till något annat än hårt slit ända från barnsben. Så såg livet ut.

Han gjorde sig allt oftare ärende till köpmannen och blev regelbunden gäst i hennes kök. Det ena ledde till det andra, och snart hade hon berättat om sitt barn. Han sa att han visste om att hon hade ett barn. Sa att han hade frågat runt lite om henne. Det var första gången det kom fram att han var intresserad av att lära känna henne närmare. Hon berättade att flickan snart skulle fylla tre och gick ut och hämtade henne bakom huset där hon lekte med köpmannens barn.

När hon kom tillbaka med sin dotter sa han att det var värst vad hon var karltokig och log som om det var ett godmodigt skämt. Senare började han kalla henne lättfotad och använde det utan barmhärtighet för att bryta ner henne. Han kallade sedan aldrig dottern vid namn utan använde olika öknamn: horungen och krymplingen.

Hon hade inte alls varit karltokig. Hon berättade om barnets far, en sjöman som drunknade ute på Kollafjörður. Han var bara tjugotvå år, båten hamnade i oväder och fyra i besättningen omkom. Och just då upptäckte hon att hon var gravid. De hade inte varit gifta så hon kunde ju inte kallas änka. De hade planerat att gifta sig, men så dog han och lämnade henne ensam med ett oäkta barn.

Han satt där i köket och lyssnade till hennes berättelse och hon la märke till att flickan inte ville vara nära honom. Annars var hon inte folkskygg, men nu höll hon hårt i mammans kjol och vågade inte släppa när han försökte locka henne till sig. Han fiskade upp en liten bit kandisocker ur fickan och räckte fram den, men flickan grävde sig bara djupare in i kjolen och började gråta, ville gå ut och leka igen. Kandisocker var annars det bästa hon visste.

Två månader senare friade han. Det var inte alls så där romantiskt som hon hade läst om i böcker. De hade träffats några gånger på kvällar och helger och promenerat på stan eller gått på bio och sett Charlie Chaplin. Hon skrattade hjärtligt åt den lille luffaren och tittade på sin följeslagare. Han drog inte ens på munnen. En kväll när de varit på bio och de stod och väntade på skjuts, frågade han om de inte lika gärna skulle gifta sig. Han drog henne intill sig.

– Jag vill att vi gifter oss, sa han.

Hon blev så överrumplad, trots allt, att hon inte förrän mycket senare, inte förrän allt var över, kom att tänka på att det där inte alls var något frieri och inte handlade om vad hon ville.

Jag vill att vi gifter oss.

Hon hade förstås funderat på möjligheten att han skulle nämna giftermål. Deras förhållande hade nått det stadiet. Den lilla flickan behövde ett hem. Själv ville hon gärna sköta ett hushåll. Skaffa fler barn. Det var inte många andra män som varit intresserade av henne. Kanske på grund av barnet. Kanske framstod hon inte heller som någon särskilt spännande kvinna, kort och rundhyllt, grova anletsdrag, lite utstående framtänder och små händer som aldrig tycktes vara stilla. Kanske var detta det bästa erbjudande hon skulle få.

– Vad säger du om det? frågade han.

Hon nickade. Han kysste henne och de omfamnade varandra. Inte lång tid därefter hölls vigselakten i kyrkan i Mosfell. Det kom inte många gäster, bara hans arbetskamrater från gården och hennes två väninnor från Reykjavík. Prästen bjöd på kaffe efter vigseln. Hon hade frågat om hans familj och släkt, men han hade inte sagt mycket. Sa att han inte hade några syskon, att hans far dött när han var spädbarn och att mamman inte haft råd att ta hand om honom utan skickat honom till ett fosterhem. Han hade varit på några olika gårdar tills han blev dräng där på Kjósin. Han tycktes inte ha något intresse av att fråga efter hennes familj. Tycktes inte vara intresserad av det förflutna överhuvudtaget. Hon sa att hennes historia var ganska lik hans, hon visste inte vilka hennes föräldrar var. Hon var fosterbarn och hade växt upp under skiftande förhållanden i det ena hemmet efter det andra i Reykjavík tills hon till slut hamnade hos köpmannen. Han nickade.

– Nu börjar vi på ny kula, sa han. Nu ska vi glömma allt som varit, sa han.

De hyrde en liten källarlägenhet på Lindargata, inte mycket mer än ett rum och kök. Utedass på gården. Hon slutade hos köpmannen. Han sa att nu behövde hon inte arbeta mer. Han skulle försörja henne. Han fick arbete i hamnen till att börja med, tills han kunde mönstra på en båt. Drömde om att gå till sjöss.

Hon stod vid köksbordet och strök sig över magen. Hon hade inte berättat det för honom än, men hon var säker på att hon var gravid. Det kom väl inte direkt som någon överraskning. De hade talat om att skaffa barn, men hon var osäker på vad han tyckte, han var så hemlighetsfull av sig. Hon hade redan bestämt vad barnet skulle heta om det blev en pojke. Hon ville ha en pojke. Han skulle heta Símon.

Hon hade hört talas om män som bar hand på sina kvinnor. Hade hört talas om kvinnor som blev utsatta för våld av sina män. Hört historier. Hon trodde inte att han var av den sorten. Trodde inte att hon skulle råka ut för det. Trodde inte att han kunde göra något sådant. Det här måste vara en engångshändelse, intalade hon sig. Han trodde att jag flörtade med Snorri, tänkte hon. Måste akta mig så att det inte händer igen.

Hon for med handen över ansiktet och snörvlade. Värst vad han var hetlevrad, karln. Nu hade han gått ut, men skulle säkert komma hem snart och be henne om förlåtelse. Så där kunde han inte bete sig mot henne. Det kunde han bara inte. Fick inte. Bekymrad gick hon in i sovrummet för att ta hand om sin dotter. Flickan hette Mikkelína. Hon hade vaknat med feber på morgonen och sovit mest hela dagen och gjorde det fortfarande. Hon tog upp flickan och kände att hon var glödhet. Hon satte sig med flickan i famnen och började nynna en sång, fortfarande nedslagen och förvirrad efter överfallet.

Lilla tösen vaknar
skakar sina lockar
Lilla tösen saknar
båda sina sockar

Barnet andades snabbt. Den lilla bröstkorgen rörde sig upp och ner och det pep lite från näsan. Ansiktet var eldrött. Hon försökte väcka Mikkelína men hon ville inte vakna.

Mamman gav till ett skri.

Flickan var mycket sjuk.

2

Det var Elínborg som tog emot anmälan om benfyndet i Tidevarvsbyn. Hon var ensam kvar på kontoret och på väg ut när telefonen ringde. Hon tvekade ett ögonblick, tittade på klockan, sedan på telefonen igen. Hon skulle ha en middagsbjudning på kvällen och hade haft tankarna inställda på kyckling i tandoorisås hela dagen. Hon suckade och tog telefonen.

Elínborg var en kvinna i obestämd ålder, någonstans mellan 40 och 50. Hon hade fyllig figur utan att vara tjock och var en stor gastronom. Hon var frånskild och hade fyra barn, varav ett var ett fosterbarn som nu flyttat hemifrån. Hon hade gift om sig med en bilmekaniker som uppskattade hennes matlagningskonst och de två bodde tillsammans med de tre barnen i ett litet radhus i Grafarvogur. Hon hade en gång tagit akademiska betyg i geologi men hade aldrig jobbat inom det gebitet. Hon började arbeta hos Reykjavíkpolisen som vikarie och blev kvar i polisyrket. Hon var en av kriminalpolisens få kvinnliga anställda.

Sigurður Óli var mitt i ett intensivt samlag med sin sambo Bergþóra när hans personsökare satte igång. Den satt i bältet som satt i byxorna som låg på golvet i köket, och därifrån hördes det irriterande pipandet. Han visste att det inte skulle sluta förrän han stängde av den. Han hade gått hem tidigt från jobbet. Bergþóra var redan hemma och tog emot honom med en het och djup kyss. Det ena hade lett till det andra och byxorna blev kvar i köket. Han hade dragit den fasta telefonen ur jacket och stängt av mobilen. Han glömde personsökaren.

Sigurður Óli suckade djupt och tittade upp mot Bergþóra som satt grensle över honom. Han var svettig och röd i ansiktet. Han såg på hennes min att hon inte var beredd att släppa honom riktigt än. Hon knep ihop ögonen igen, la sig ner över honom och lät höfterna jobba lugnt och rytmiskt tills orgasmen ebbade ut och hon slappnade av i kroppens alla muskler.

Själv var Sigurður Óli tvungen att vänta på bättre tider. I hans liv hade personsökaren företräde.

Han ålade sig bort under Bergþóra som låg kvar helt utslagen.

Erlendur satt på ett fik och njöt av en portion saltkött. Han åt på just det här stället ibland, eftersom det var det enda i Reykjavík som serverade isländsk husmanskost av den sort som Erlendur själv skulle laga om han gitte. Inredningen passade honom också – genomgående brun, sjabbig plast. På några av de gamla stolarna stack skumgummit upp ur revor i galonöverdraget, på golvet låg slitna plastmattor som trampats av lastbilschaufförer, taxichaufförer, kranförare, hantverkare och arbetare. Erlendur satt ensam vid sitt bord, avsides, helt koncentrerad på det feta köttet, den kokta potatisen, de gröna ärterna och rovorna i den tjocka, söta stuvningen.

Lunchserveringen var slut för länge sedan men han hade lyckats övertala kocken att servera en portion saltkött. Nu skar han en tjock bit av köttet, byggde på med potatis och rovor och skyfflade över en försvarlig mängd stuvning över hela härligheten innan allthiop försvann in i hans gap.

Erlendur hade just monterat ytterligare en sådan munsbit på gaffeln och börjat gapa över den när mobilen började ringa på bordet bredvid tallriken. Han hejdade lasset mitt i rörelsen och kastade en blick på telefonen, tittade på den dignande gaffeln och åter på telefonen och la sedan sorgset ifrån sig gaffeln.

– Varför kan jag inte få vara ifred? sa han innan Sigurður Óli hann säga flaska.

– Benfynd i Tidevarvsbyn, sa Sigurður Óli. Elínborg och jag är på väg dit nu.

– Vad då för benfynd?

– Vet inte. Det var Elínborg som ringde. Hon har meddelat teknikerna.

– Jag äter, sa Erlendur artigt.

Sigurður Óli var på vippen att ilsket meddela vad han själv hade hållit på med, men behärskade sig i tid.

– Vi ses där uppe, då, sa han. Det är på vägen upp mot Reynis-vatn på norra sidan om cisternerna. Inte så långt ifrån Vestur-landsvegur.

– Vad betyder Tidevarv? frågade Erlendur.

– Va? sa Sigurður Óli som fortfarande var sur efter att ha blivit störd mitt i akten med Bergþóra.

– Är det tusen år? Eller hundra år? Hur långt är ett tidevarv? Vad menar man med det?

– Herregud, stönade Sigurður Óli och knäppte av mobilen.

Tre kvart senare körde Erlendur in sin skraltiga, tolv år gamla lil-la japanska bil på anvisad gata och parkerade vid tomten i Grafarholt. Polisen var redan på plats och hade spärrat av områ-det med gula band som Erlendur kröp under. Elínborg och Sigurður Óli var nere i husgrunden och stod vid jordväggen. Den unge läkarstuderanden som hade anmält benfyndet var också där. Mamman med födelsedagskalaset hade samlat ihop pojkar-na och föst in dem i huset. Reykjavíks distriktsläkare, en korpu-lent man runt de femtio, klättrade just nerför en av tre stegar som satts upp längs kanterna. Erlendur följde efter honom.

Massmedia visade stort intresse för benfyndet. Journalister och reportrar hade samlats vid husgrunden och grannarna i om-rådet stod på rad längs kanten. En del hade redan flyttat in i om-rådet, medan andra som höll på att jobba på sina taklösa hus stod med hammare och kofot i händerna och förundrades över upp-ståndelsen. Det var i slutet av april och vädret var milt och vackert.

Kriminalteknikerna hade börjat skrapa jord från väggen. De lät den falla ner i små skovlar och hällde den sedan i plastpåsar. Den översta delen av skelettet syntes nu inne i jordväggen. Man kunde se en arm, en del av bröstkorgen och nedre delen av kä-ken.

– Är det här Tidevarvsmannen? undrade Erlendur och gick fram till väggen.

Elínborg kastade en frågande blick på Sigurður Óli som stod bakom Erlendur, riktade ett pekfinger mot huvudet och gjorde en cirkelrörelse med fingret.

– Jag ringde upp Nationalmuseet, sa Sigurður Óli och började klia sig i huvudet när Erlendur snabbt vände blicken mot honom. En arkeolog är på väg hit. Han kanske kan säga vad det här är.

– Behöver vi inte en geolog också? frågade Elínborg. För att få veta nåt om själva jorden. Hur benen ligger i den. Jordlagrens ålder.

– Kan inte du hjälpa till med det? frågade Sigurður Óli. Har inte du pluggat geologi?

– Minns inte ett dugg, sa Elínborg. Jag vet att det här bruna är jord.

– Han har i alla fall inte fått en normal begravning, sa Erlendur. Han ligger högst en eller en och en halv meter under jord. Nedslängd i all hast. Så vitt jag kan se finns det köttrester kvar. Han har inte legat här så länge. Det är ingen viking. Ingen Ingólfur.

– Ingólfur? sa Sigurður Óli.

– Arnarson, sa Elínborg förklarande.

– Varför just han? frågade distriktsläkaren.

– Nej, jag tror inte att det är han, sa Erlendur.

– Jag menar, sa läkaren, att det lika gärna kan vara en hon. Varför tror du att det är en man?

– Ja, eller kvinna då, sa Erlendur. Mig gör det detsamma. Han ryckte på axlarna. Kan du säga nåt om de här benen?

– Man ser inte mycket av dem, sa läkaren. Det är säkrast att säga så lite som möjligt innan ni krafsat ut dem ur jorden.

– Kvinna eller man? Ålder?

– Omöjligt att säga.

En lång man i islandströja och jeans, med stort skägg och bred mun och två gula utstående framtänder mitt i den gråsprängda skäggkransen kom fram till dem och presenterade sig som arkeolog. Han studerade teknikernas arbete en stund och bad dem sedan med en lång harang att upphöra med dessa dumheter. De två männen med skovlarna tvekade. De var klädda i vita overaller och hade gummihandskar och skyddsglasögon på sig. Erlendur tyckte de såg ut som arbetare på ett kärnkraftverk. De tittade på honom och väntade på en order.

– Vi måste skyffla undan jorden ovanför honom, för guds skull, sa Gultand och viftade med händerna. Ska ni lirka ut honom med de där trädgårdsspadarna? Vem är det egentligen som basar över det här?

Erlendur anmälde sig.

– Det här är inget fornfynd, sa Gultand och tog honom i hand. Skarphéðinn, hej, men det är säkrast att behandla det som om det vore ett fornfynd. Om du fattar?

– Jag vet inte vad du pratar om, sa Erlendur.

– Benen har inte legat där i jorden särskilt länge. Max sextio eller sjuttio år, är min bedömning. Kanske kortare ändå. Det finns fortfarande kläder på dem.

– Kläder?

– Ja, här, sa Skarphéðinn och pekade med ett tjockt finger. Och säkert på flera ställen.

– Jag trodde att det var kött, sa Erlendur skamset.

– Det förnuftigaste ni kan göra just nu för att inte förstöra några bevis, är att låta mina grabbar gräva upp honom med våra metoder. Teknikerna kan få hjälpa till. Vi behöver spärra av området här ovanför och gräva nedåt mot skelettet, och sluta krafsa i jorden här nere. Vi har inte för vana att förstöra bevis. Bara det att se hur benen ligger kan säga oss väldigt mycket. Det vi hittar runtomkring kan ge viktiga ledtrådar.

– Vad tror du det är som har hänt här? frågade Erlendur.

– Det vet jag inte, sa Skarphéðinn. Det är för tidigt att spekulera i det. Först måste vi gräva upp hela rasket och då kommer vi förhoppningsvis att kunna se ett och annat.

– Är det nån som frusit ihjäl? Omkommit i kölden och sen sjunkit ner i jorden?

– Det går inte att sjunka så långt ner i jorden, sa Skarphéðinn.

– Då är det alltså en grav?

– Det verkar så, sa Skarphéðinn med viktig min. Allt tyder på det. Ska vi säga att vi gräver uppifrån då?

Erlendur nickade.

Skarphéðinn gick med stora kliv fram till stegen och svingade sig upp från husgrunden. Erlendur följde efter hack i häl. När de stod ovanför skelettet förklarade arkeologen hur man bäst gick tillväga med grävningen. Erlendur gillade den här mannen och allt vad han sa, och snart var Skarphéðinn igång med att ringa efter sitt team på mobilen. Han hade varit med om flera av de största utgrävningarna de senaste årtiondena och visste vad han höll på med. Erlendur litade på honom.

Chefen för tekniska var av en annan åsikt. Han var rasande över att grävningen skulle överlåtas till en arkeolog som inte visste ett förbannat dugg om brottsutredningar. Det snabbaste skulle vara att gräva ut skelettet ur väggen och på det sättet få tillräckligt med svängrum för att få grepp om både kroppens läge och andra ledtrådar, om det fanns några, som kunde tyda på våld. Erlendur lyssnade på föreläsningen en stund men beslutade ändå att Skarphéðinn och hans team skulle få gräva sig ner till benen, även om det tog längre tid.

– Det där skelettet har legat där i ett halvt sekel, några dagar till eller från spelar ingen roll, sa han och därmed var saken avgjord.

Erlendur såg sig omkring i det nya bostadsområde som höll på att växa fram. Han tittade upp mot de brunmålade vatten-cisternerna och bort åt det håll där han visste att Reynisvatn låg, och vände sig om och tittade österut över grässlätten som tog vid där nybygget slutade.

Fyra höga buskar drog till sig hans uppmärksamhet där de stack upp ur buskaget ungefär trettio meter bort. Han gick dit och tyckte att de såg ut som vinbärsbuskar. De stod i en rak linje österut och medan han strök med fingrarna över de krokiga och kala grenarna funderade han på vem det kunde ha varit som en gång planterat dessa buskar där i ingenmansland.

3

Arkeologerna mötte upp i fleecetröjor och vadderade byxor med sina spadar och skyfflar och spärrade av ett ganska stort område ovanför husgrunden över skelettet och hade försiktigt grävt bort ytskiktet lagom till middagstid. Det var fortfarande dagsljus, solen skulle inte gå ner förrän bortåt tiotiden. Det var fyra män och två kvinnor, de arbetade lugnt och metodiskt och undersökte noggrant innehållet i varje spadtag. Det gick inte att urskilja några jordrester i ytskiktet efter den som grävt graven. Tiden och arbetena vid husgrunden hade utplånat dem.

Elínborg ringde upp en geolog vid universitetet som var mer än villig att hjälpa polisen och släppte allt han hade för händer och kom ut till tomten bara en halvtimme efter att Elínborg avslutat telefonsamtalet. Han var i fyrtioårsåldern, svarthårig, mager och hade en ovanligt mörk röst, och hade doktorsexamen från ett universitet i Paris. Elínborg visade honom till jordväggen. Polisen hade byggt ett tält av presenning framför den, så den syntes inte längre. Elínborg lyfte undan en flik och visade geologen väggen.

En stor strålkastare lyste upp den och kastade dystra skuggor över området där skelettet låg. Geologen tog det mycket lugnt. Han undersökte jordmånen, tog en handfull av mullen från väggen och smulade den mellan fingrarna. Han jämförde jordmånen intill skelettet med jorden ovanför och under, och undersökte jordens densitet närmast skelettet. Han berättade stolt att han en gång tidigare kallats in för att bistå vid en brottsutredning, hade ombetts att analysera en jordklump som fanns på en brottsplats och lyckats bra med det. Han fortsatte att berätta att det fanns forskning om geologiska aspekter av kriminalarbete, någon sorts rättsgeologi, om Elínborg förstod honom rätt.

Hon lyssnade till hans ordflöde tills hon tappade tålamodet.

– Hur länge har han legat i jorden? frågade hon.

– Inte så lätt att säga, sa geologen med sin mörka röst och intog en vetenskapsmannamässig pose. Det behöver inte vara så länge.

– Vad innebär "inte så länge" i geologiska sammanhang? frågade Elínborg. Tusen år? Tio?

Geologen tittade på henne.

– Inte så lätt att säga, upprepade han.

– Hur nära kan du komma i en bedömning? frågade Elínborg. I år räknat.

– Inte så lätt att säga.

– Det är alltså inte lätt att säga nånting alls?

Geologen tittade på Elínborg och log.

– Ursäkta mig, jag stod i tankar. Vad vill du veta?

– Hur länge?

– Va?

– ... han har legat här, suckade Elínborg.

– Jag skulle gissa på nånstans mellan femtio och sjuttio år. Jag måste undersöka jorden lite närmare men det är min spontana bedömning. Jordens densitet ... Det är i alla fall uteslutet att det skulle röra sig om en viking, att det skulle vara en forntida gravhög.

– Det vet vi redan, sa Elínborg, det finns klädrester ...

– Den här gröna randen här, sa geologen och pekade på ett grönaktigt jordlager längst ner. Det är istidslera. De här linjerna som kommer här med jämna mellanrum, fortsatte han och pekade längre upp, är vulkaniska lager. Det översta är från slutet av 1400-talet. Det är det tjockaste jordlagret i Reykjavíksområdet efter landnamstiden. Så har vi här det äldre Heklalagret och Katlalagret. Då har vi kommit många tusen år bakåt i tiden. Det är inte långt ner till berggrunden som du ser här, sa han och pekade på en stenbumling under husgrunden. Det här är Reykjavíksgråsten som finns i hela området kring stan.

Han tittade på Elínborg.

– I förhållande till det perspektivet är det en miljondels sekund sen den här graven grävdes.

Arkeologerna slutade arbeta vid halvtiotiden, och Skarphéðinn meddelade Erlendur att de skulle komma tillbaka tidigt nästa morgon. De hade inte hittat något anmärkningsvärt i jorden och hade bara precis börjat avlägsna det översta jordlagret. Erlendur undrade om de inte kunde skynda på arbetet en smula men då gav Skarphéðinn honom en föraktfull blick och frågade om han ville att bevismaterial skulle bli förstört. De kom än en gång överens om att det inte gällde livet med de där benresterna.

Man släckte strålkastarna inne i tältet. Journalisterna hade försvunnit. Benfyndet var huvudrubrik i kvällsnyheterna. TV visade bilder av Erlendur och hans folk nere i husgrunden, och en av kanalerna visade hur en reporter försökte få en intervju med Erlendur som viftade avvärjande och gick därifrån.

Lugnet hade sänkt sig över området igen. Hammarslagen hade tystnat. De som arbetat på sina halvfärdiga hus hade gått därifrån. Folk som flyttat in höll på att gå och lägga sig. Det hördes inte längre skrin och stoj från lekande barn. Två poliser i en bil skulle bevaka området över natten. Elínborg och Sigurður Óli hade åkt hem till sig. Erlendur hade pratat med Tótis mamma och med Tóti själv om benet som pojken hittat. Han var väldigt upphetsad över all uppmärksamhet han fick. Ja, det var ju inte klokt, suckade hans mor. Att hennes son skulle hitta ett ben från en människa härute. Det här har varit min bästa födelsedag, sa Tóti till Erlendur. Ever.

Den unge läkarstuderanden hade också gått hem till sig tillsammans med sin lillebror. Erlendur och Sigurður Óli hade som hastigast talat med honom om benfyndet. Han beskrev hur han hade iakttagit den lilla flickan men inte sett att det var ett ben hon gnagde på förrän efter ett tag. När han tittat närmare på det hade han förstått att det var en bit av ett revben.

– Hur kunde du se med en gång att det var ett ben från en människa? frågade Erlendur. Det hade ju kunnat vara från ett får, till exempel.

– Ja, hade det inte varit mera troligt att du trott att det kom
från ett får? frågade Sigurður Óli som var ett äkta stadsbarn och
inte visste någonting alls om isländska djur.

– Det gick inte att ta fel på, sa läkarstuderanden. Jag har arbe-
tat med obduktioner, och det var ingen tvekan.

– Kan du säga hur länge benen legat i jorden? undrade Erlen-
dur. Han visste att han skulle få rapporter både från geologen
som Elínborg kallat dit, arkeologen och rättsläkaren, men tyckte
det var lika bra att höra läkarstuderandens åsikt också.

– Jag kikade ju in i jordlagret och med hänsyn till stadiet av
förruttnelse rör det sig kanske om sjuttio år. Inte mycket mer.
Men jag är ju inte precis nån specialist.

– Nej, just det, sa Erlendur. Arkeologen gjorde samma bedöm-
ning, men han är ju inte heller nån specialist.

Han vände sig mot Sigurður Óli.

– Nu måste vi titta på försvinnanden från den tiden, kanske
runt 1930 eller 1940. Till och med ännu tidigare. Se vad vi kan
hitta.

Erlendur stod vid husgrunden omsluten av ljuset från den
nedgående solen och tittade norrut mot Mosfellsbær, Kolla-
fjörður och Esja och skymtade husen borta på Kjalarnes. Han såg
hur bilarna på Vesturlandsvegur nedanför Úlfarsfell körde in
mot Reykjavík. Han hörde en bil köra upp mot tomten och såg
en man stiga ut ur den, en man i samma ålder som Erlendur,
omkring de femtio, fetlagd, klädd i blå midjejacka och med keps
på huvudet. Han smällde igen bildörren och tittade på Erlendur
och polisbilen och jordhögarna ovanför husgrunden och presen-
ningen som dolde skelettet.

– Kommer du från kronofogden? frågade han barskt och gick
fram till Erlendur.

– Kronofogden? sa Erlendur.

– Er får man tamejfan aldrig vara ifred för, sa mannen. Ska du
göra utmätning, eller?

– Är det du som äger den här tomten? frågade Erlendur.

– Vem är du? Vad är det för ett tält? Vad är det som pågår här?

Erlendur förklarade för mannen, som påstod sig heta Jón, vad som hänt. Det visade sig att Jón var byggnadsentreprenör och ägde denna tomt, att han var i det närmaste bankrutt och jagades av gäldenärer. Man hade inte arbetat på tomten på ett tag, men han sa att han kom dit regelbundet för att kolla om det blivit några skador på bygget, om några ungjävlar varit framme och ställt till med fanstyg. Han hade varken hört eller sett några nyheter om benfyndet och glodde vantroget ner i husgrunden medan Erlendur förklarade för honom vad polisen och arkeologerna höll på med.

– Jag visste inget om det här, och jobbarna har förmodligen inte upptäckt benen. Är det nån sorts forntida grav? frågade Jón.

– Det vet vi inte än, sa Erlendur, ovillig att lämna ut för mycket information. Vet du nåt om området åt öster till? frågade han och pekade bort mot vinbärsbuskarna.

– Jag vet bara att det här är ett bra tomtområde, sa Jón. Aldrig hade jag väl trott att jag skulle få vara med om att Reykjavík växte ända hit ut.

– Kanske håller stan på att bli förväxt, sa Erlendur. Växer vinbär vilt på Island, vet du nåt om det?

– Vinbär? Ingen aning. Har aldrig hört talas om det.

De utbytte ytterligare några fraser innan Jón sa adjö och åkte igen. Erlendur hade förstått så mycket att Jón höll på att förlora den här tomten till sina borgenärer. Enda hoppet var att han skulle lyckas få ytterligare ett lån.

Nu ville Erlendur också hem. På himlen i väster målade kvällssolen en vacker rodnad som sträckte sig in från havet över landet. Det hade börjat blåsa.

Han hade gått in på utgrävningsområdet och plirade nu ner i den svarta mullen. Han sparkade på jorden med ena foten och gick på så vis sakta omkring på området, utan att veta varför han dröjde sig kvar. Det var inget som väntade på honom hemma, tänkte han och sparkade upp en jordklump. Ingen familj som skulle ta emot honom, ingen fru som skulle berätta hur hennes dag hade varit. Inga barn som skulle berätta hur det varit i skolan. Bara ett TV-skrälle, en fåtölj, en sliten heltäckningsmatta, snabbmatsförpackningar i köket och hela väggar fulla av böcker

som han läste i sin ensamhet. Många av dem handlade om för-
svinnanden på Island, turister i nöd ute i ödemarken förr i tiden
och folk som omkom i fjällen.

Plötsligt var det något som tog emot i jorden. Det kändes som
en liten sten som stack upp ur mullen. Han sparkade några gång-
er löst på den men den satt helt fast. Han böjde sig ner och bör-
jade krafsa i jorden runtomkring. Skarphéðinn hade sagt till ho-
nom att man inte fick röra något överhuvudtaget medan arkeo-
logerna var borta. Erlendur drog halvhjärtat i stenen men
lyckades inte få upp den ur marken.

Han grävde djupare med händerna och hade blivit svart om
fingrarna när han kom ner till en likadan stenbit och sedan en
tredje, fjärde och femte. Erlendur gick ner på knä och öste jord åt
alla håll. Alltmer av föremålet blev synligt och snart stirrade Er-
lendur på någonting som vad han kunde förstå inte var något
annat än en hand. Fem fingrar och en handled som stack upp ge-
nom jorden. Han reste sig sakta.

De fem fingrarna spretade uppåt som om den som låg där nere
hade sträckt upp handen för att gripa tag om något eller för att
värja sig eller kanske för att be om nåd. Erlendur stod alldeles
perplex. Benen sträckte sig mot honom från jorden som en bön
om nåd och han ryste i kvällsbrisen.

Levande, tänkte Erlendur. Han tittade bort mot vinbärsbus-
karna.

– Levde du? sa han i en viskning.

I samma ögonblick ringde mobilen. Det tog honom ett tag att
fatta att det ringde där han stod i kvällens tystnad djupt försjun-
ken i tankar, men så tog han upp telefonen ur fickan och svarade.
Först hörde han inte något annat än ett skrapande.

– Hjälp mig, sa en röst han genast kände igen. Please.

Så bröts linjen.

4

Telefonen hade nummerpresentation, men han kunde inte se från vilket nummer samtalet kommit. "Skyddat nummer" stod det på den lilla displayen. Det var Eva Lind. Hans dotter. Han tittade med smärtfylld blick på telefonen som om den vore en flisa han fått i handen, men den ringde inte igen. Eva Lind hade hans nummer, och han mindes att förra gången hon ringde hade det varit för att säga att hon aldrig ville se honom igen. Han stod där och visste inte vad han skulle ta sig till och väntade på en ny uppringning som aldrig kom.

Så åkte han snabbt därifrån.

Han hade inte haft någon kontakt med Eva Lind på två månader. Det var i och för sig inget onaturligt med det. Hans dotter levde sitt liv utan att han hade möjlighet att lägga sig i det särskilt mycket. Hon var några och tjugo år gammal. Narkoman. De hade grälat bittert ytterligare en gång, senast de sågs. Det var hemma i hans lägenhet och hon rusade ut genom dörren och skrek att han var outhärdlig.

Erlendur hade också en son, Sindri Snær, som inte hade mycket kontakt med sin far. Sindri Snær och Eva Lind var småbarn när Erlendur flyttade hemifrån och lämnade dem kvar hos deras mor. Hustrun förlät aldrig Erlendur för det och lät honom inte träffa barnen. Den gången lät han hennes vilja råda, men nu ångrade han det alltmer. De hade själva sökt upp honom när de blivit äldre.

Den svala kvällsskymningen la sig över Reykjavík medan Erlendur i hög fart lämnade Tidevarvsbyn, körde ut på Vesturlandsvegur och in i stan. Han kollade noga att telefonen var påslagen och la den i sätet bredvid. Erlendur visste inte mycket om sin dotters göranden och låtanden och hade ingen aning om var han skulle börja leta, tills han mindes en källarlägenhet i Vogar där Eva Lind bott för något år sedan.

Först kollade han om hon åkt hem till honom, men Eva Lind syntes inte till någonstans i närheten av hans lägenhet. Han sprang runt hyreshuset och sedan in i trappuppgången. Eva hade nyckel till hans lägenhet. Han ropade på henne när han kommit in, men hon var inte där. Han funderade på att ringa till hennes mor, men kunde inte med det. Han tog telefonen och ringde sin son. Han visste att syskonen upprätthöll en viss kontakt, även om den var sporadisk. Han fick Sindris mobilnummer via nummerupplysningen. Det visade sig att Sindri var på jobb någonstans ute i landet och inte hade en aning om systerns förehavanden.

Erlendur tvekade.

– Jävlar, suckade han.

Så ringde han till nummerupplysningen igen och fick numret till sin före detta fru.

– Det är Erlendur, sa han när hon svarade. Jag tror att Eva ligger illa till. Vet du var hon kan finnas?

Det blev tyst i telefonen.

– Hon ringde till mig och bad om hjälp men linjen bröts och jag vet inte var hon är. Jag tror att det har hänt nåt.

Hon svarade inte.

– Halldóra?

– Ringer du till mig efter tjugo år?

Han kände det iskalla hatet som fortfarande fanns i hennes röst efter alla dessa år, och visste att han begått ett misstag.

– Eva Lind behöver hjälp och jag vet inte var hon är, sa han.

– Hjälp?

– Jag tror det har hänt henne nåt.

– Är det mitt fel?

– Ditt fel? Nej. Det är inte ...

– Tror du inte att jag hade behövt hjälp? Ensam med två barn. Den gången erbjöd du minsann inte nån hjälp.

– Hall…

– Och nu har det gått åt helvete för dina barn. Båda två! Har du börjat fatta vad det är du har ställt till med? Vad du gjort mot oss? Vad du har gjort mig och dina barn?

– Du nekade mig umgänge med dem …

– Tror du inte jag varit tvungen att rädda henne en miljon gånger? Tror du inte jag har varit tvungen att ställa upp för henne? Var fanns du då?

– Halldóra, jag …

– Jävla skitstövel, skrek hon.

Hon slängde på luren. Erlendur förbannade sig själv för att han ringt. Han hade satt sig i bilen och körde nu in i Vogaområdet och stannade framför ett förfallet hyreshus med några lägenheter i halvkällarplanet. Han ringde på en klocka som hängde och dinglade i ledningen vid dörrkarmen men hörde inte att det resulterade i någon ringning där inne, och bultade på dörren istället. Han väntade otåligt på att höra steg inifrån och att dörren skulle öppnas, men inget hände. Han tryckte ner dörrhandtaget. Dörren var olåst och Erlendur steg försiktigt in. Han kom först in i en liten hall och hörde svag gråt från ett barn någonstans inifrån lägenheten. En stark lukt av urin och avföring kom emot honom när han närmade sig vardagsrummet.

Ett litet flickebarn ungefär ett år gammalt satt på vardagsrumsgolvet, utmattat av gråt. Det darrade av tunga snörvlingar, med bar rumpa och i ett skitigt linne som enda klädesplagg. Golvet var täckt av tomma ölburkar och vodkaflaskor och snabbmatspåsar och mjölkprodukter som hade surnat och den unkna stanken blandades med lukten från barnets avföring. Det fanns inte mycket annat i rummet än en nersutten soffa och i den låg en naken kvinna som vände ryggen till Erlendur. Barnet ägnade honom ingen uppmärksamhet när han smög sig fram till soffan. Han grep om kvinnans handled och kände att hon hade puls. På underarmen fanns märken efter sprutor.

I ena änden av rummet fanns en köksavdelning och det fanns ytterligare ett litet rum där Erlendur hittade en filt som han bredde över kvinnan i soffan. Innanför rummet fanns ett litet badrum med dusch. Han lyfte upp barnet från golvet och tog med det in i badrummet, tvättade det försiktigt med varmt vatten och svepte en handduk om det. Barnet slutade gråta. Huden runt flickans lilla sköte var röd och irriterad av urin. Han antog att barnet var utsvultet men hittade inget ätbart förutom en liten chokladbit han hade i rockfickan. Han bröt av ett litet stycke och matade barnet och talade lugnande till det. Han såg att barnet hade sår på handlederna och ryggen och gjorde en grimas.

Han hittade en liten spjälsäng och plockade upp en ölburk och några hamburgerkartonger ur den och la försiktigt ner barnet. Vreden kokade i honom när han kom tillbaka in i vardagsrummet. Han visste inte om spillran där i soffan var barnets mor. Det spelade ingen roll. Han slet upp kvinnan och bar in henne i badrummet, la henne på golvet under duschen och sprutade iskallt vatten på henne. Hon hade känts som död i hans famn men vaknade till liv när hon fick det kalla vattnet över sig, drog djupt efter andan, fick kallsupar och skrek till och försökte värja sig.

Erlendur lät vattnet spola över henne ett bra tag innan han stängde av kranen, slängde till henne filten och ledde ut henne i vardagsrummet igen och lät henne sätta sig i soffan. Hon hade vaknat men var vimmelkantig och tittade på Erlendur med slö blick. Sedan tittade hon sig omkring som om hon saknade något. Kom plötsligt på vad det var.

– Var är Perla? frågade hon och skalv under filten.

– Perla? sa Erlendur ilsket. Är det en valp?

– Var är min flicka? upprepade kvinnan.

Hon kunde vara runt de trettio, hade kortklippt hår och var hårt målad, men makeupen hade smetats ut över hela ansiktet. Överläppen var svullen och hon hade en stor bula i pannan och ett blåmärke kring högra ögat.

– Du har ingen rätt att fråga efter henne, sa Erlendur.

– Va?

– Du har ju fimpat cigaretter mot hennes skinn!

– Va? Nej! Vem ...? Vem är du?

– Är det din karl som slår dig?

– Slår mig? Vad då? Vem är du?

– Jag ska ta Perla härifrån, sa Erlendur. Och jag tänker leta rätt på den karl som behandlar henne så här. Så det är två saker du måste säga mig.

– Ta henne härifrån?

– Det bodde en flicka här för några månader sen, kanske ett år sen, vet du nåt om henne? Hon heter Eva Lind. Smal, svart-hårig ...

– Perla är olydig. Grinar. Hela tiden.

– Ja, stackars dig ...

– Då blir han galen.

– Vi börjar med Eva Lind. Känner du henne?

– Ta henne inte från mig. Please.

– Vet du var Eva Lind finns?

– Eva flyttade härifrån för flera månader sen.

– Vet du vart?

– Nej. Hon var med Baddi.

– Baddi?

– Han är dörrvakt. Jag går till pressen om du tar henne. Hör du? Jag går till tidningarna.

– Var nånstans är han dörrvakt?

Hon sa namnet på stället. Erlendur reste sig och ringde först på en ambulans och sedan till barnavårdsnämndens jour och be-skrev kortfattat situationen.

– Så var det det andra, sa Erlendur medan han väntade på am-bulansen. Var får man tag på kräket som misshandlar dig?

– Lämna honom ifred, sa hon.

– Så han kan fortsätta så här. Vill du det?

– Nej.

– Var är han då?

– Det är bara det ...

– Ja. Vad? Vad är det bara?

– Om du tänker ta honom ...

– Ja ...

– Om du tänker ta honom så måste du döda honom, annars dödar han mig, sa hon och log kallt mot Erlendur.

Baddi visade sig vara en muskulös ung man med ett iögonenfallande litet huvud, och han jobbade som dörrvakt på en stripteaseklubb vid namn Röde baronen i centrala Reykjavík. Men det var inte han som stod i dörren när Erlendur kom dit. Där stod istället ett annat muskelberg med liknande utseende som visade honom var Baddi höll hus.

– Han har hand om visningarna, sa dörrvakten men Erlendur begrep inte genast. Han stirrade fascinerat på mannens huvud.

– Privatvisningarna, sa dörrvakten. Privatdansen. Han himlade uppgivet med ögonen.

Erlendur gick in i klubblokalen som var upplyst med svaga, röda glödlampor. Det fanns en bar inne i lokalen, några bord och stolar, och några karlar som glodde på en ung flicka som slingrade sig runt en järnstång på en upphöjd scen till dunkande popmusik. Hon tittade på Erlendur och började dansa framför honom som om han var en attraktiv kund och sedan tog hon av sig den minimala behån. Erlendur tittade på henne med en så medlidsam blick att hon blev generad, tog ett felsteg, återfick balansen och vickade sig en bit bort innan hon lät behån falla nonchalant i ett försök att behålla värdigheten.

Han försökte lista ut var privatvisningarna kunde hållas och såg en mörk korridor på andra sidan dansgolvet. Han styrde stegen ditåt. Korridoren var svartmålad och i slutet gick en trappa ner i källaren. Erlendur såg inte så bra i mörkret men klev försiktigt nerför trappan och kom ut i ytterligare en svartmålad korridor. En ensam röd glödlampa hängde ner från taket och längst bort i korridoren stod ytterligare ett muskelberg med de tjocka armarna i kors över bröstet och stirrade på Erlendur. Längs korridoren mellan dem låg sex rum, tre på var sida. Han hörde violinmusik inifrån ett av rummen, dystra toner.

Muskelberget gick fram till Erlendur.

– Är du Baddi? frågade Erlendur.

– Var är din tjej? frågade berget med det lilla huvudet som stack upp som en vårta från halsen.

– Det var just vad jag tänkt fråga dig, sa Erlendur förvånat.

– Mig? Nej, jag skaffar inga brudar. Du måste gå upp och hämta en och sen komma ner hit igen.

– Jaha, säger du det, sa Erlendur när missförståndet stod klart för honom. Jag letar efter Eva Lind.

– Eva? Hon slutade för länge sen. Var du ihop med henne? Erlendur stirrade på karln.

– Slutat för länge sen? Vad menar du med det?

– Hon var här ibland. Hur känner du henne?

En av dörrarna i korridoren öppnades och ut klev en ung man som drog upp gylfen. Erlendur såg en naken flicka sträcka sig efter kläderna på golvet inne i rummet. Mannen trängde sig förbi dem, klappade Baddi lätt på axeln och försvann uppför trappan. Flickan inne i rummet fick syn på Erlendur och smällde igen dörren.

– Menar du här nere? sa Erlendur förvirrad. Var Eva Lind här nere?

– För länge sen. Det finns en brud som är väldigt lik henne i det där rummet, sa Baddi lika tillmötesgående som en bilförsäljare och pekade på en dörr. Hon är läkarstuderande från Litauen. Bruden med fiolen. Hörde du henne spela? Går i nån berömd skola i Polen. De kommer hit. Tjänar pengar. Fortsätter sen plugga.

– Vet du var jag kan hitta Eva Lind?

– Vi berättar aldrig var tjejerna bor, sa Baddi och fick ett märkvärdigt heligt uttryck i ansiktet.

– Jag vill inte veta var tjejerna bor, sa Erlendur trött. Han aktade sig noga för att inte tappa behärskningen, visste att han måste ta sig i akt, var tvungen att försiktigt lirka fram den information han behövde, fastän han helst av allt ville vrida vårtan av halsen på den där varelsen. Jag tror att Eva Lind har problem, hon har bett mig om hjälp, sa han så samlat han förmådde.

– Och vem är du, hennes farsa? sa Baddi ironiskt och flinade.

Erlendur tittade på honom och funderade på hur han skulle få grepp om ett så litet huvud. Hånleendet frös fast på Baddis läppar när han insåg att han slagit huvudet på spiken. Av en slump, som vanligt. Han tog långsamt ett steg bakåt.

– Är du snuten? frågade han och Erlendur nickade.

– Det här stället är helt lagligt.

– Det ger jag tusan i. Vet du nåt om Eva Lind?

– Är hon försvunnen?

– Jag vet inte, sa Erlendur. Hon har försvunnit från mig. Hon ringde mig förut och bad mig om hjälp men jag vet inte var hon är. Nån sa att du kände henne.

– Jag var ihop med henne ett tag, har hon berättat det? Erlendur skakade på huvudet.

– Det går inte att vara ihop med henne. Hon är inte klok.

– Kan du säga var hon finns?

– Det är längesen jag såg henne senast. Hon hatar dig. Visste du det?

– När du var ihop med henne, vem var det då som försåg henne med grejor?

– Menar du vem som var hennes langare?

– Ja, langare.

– Tänker du sy in honom?

– Jag tänker inte sy in nån överhuvudtaget. Jag måste få tag på Eva Lind. Kan du hjälpa mig eller ej?

Baddi funderade. Han behövde inte hjälpa den här karln, och inte Eva Lind heller. Hon kunde fara åt helvete vad honom anbelangade. Men det var något i blicken på den där snuten som sa honom att det var bättre att ha honom med sig än mot sig.

– Jag vet inget om Eva, sa han. Försök snacka med Alli.

– Alli?

– Men säg inte att det var jag som skickade dit dig.

5

Erlendur svängde in i stans äldsta kvarter vid hamnen. Han tänkte på Eva Lind, han tänkte på Reykjavík. Han var inflyttad och betraktade sig inte som stadsbo, trots att han bott i stan i nästan hela sitt liv och sett den breda ut sig längs vikar och över kullar allteftersom landsortens byar avfolkats. En modern stad som bågnade av människor som inte längre ville bo på bondvischan eller i fiskebyarna, eller inte kunde bo där längre, och som kom till stan för att börja ett nytt liv, men förlorade sina rötter och stod där utan historia och med en oviss framtid. Han hade aldrig trivts i denna stad.

Kände sig som en utböling.

Alli var i tjugoårsåldern, mager, rödlätt och fräknig. Hans framtänder saknades, ansiktet såg härjat ut, hela han verkade sjuklig och han hade en otäck hosta. Han var där som Baddi hade trott, satt på Kaffi Austurstræti, ensam vid ett bord med ett tomt ölglas framför sig. Det såg ut som om han sov, huvudet hängde ner mot bröstet och han satt med armarna i kors. Han var klädd i en skitig, grön vinterjacka med teddykrage. Baddis beskrivning av honom hade varit pricksäker. Erlendur satte sig vid hans bord.

– Är det du som är Alli? frågade han men fick inget svar. Han såg sig omkring. Det var mörkt i lokalen och inte mycket folk, några enstaka själar som satt utspridda här och där. Ur en högtalare ovanför dem hördes en sorgsen countrysångare framföra en dyster låt om förlorad kärlek. En medelålders bartender satt uppflugen på en hög pall bakom bardisken och läste *Sagan om Isfolket*.

Han upprepade frågan och tog tag i axeln på mannen som vaknade och stirrade slött på Erlendur.

– Mera öl? frågade Erlendur och försökte le så gott han kunde. Det blev till en grimas.

– Vem är du? frågade Alli med trött blick. Han gjorde inget försök att rycka upp sig.

– Jag letar efter Eva Lind. Jag är hennes far och jag har bråttom. Hon har ringt mig och bett om hjälp.

– Är du snuten? frågade Alli.

– Ja, jag är snuten, sa Erlendur.

Alli reste sig upp från stolen och tittade sig snabbt omkring.

– Varför frågar du mig?

– Jag vet att du känner Eva Lind.

– Hur då?

– Vet du var hon är?

– Tänkte du bjuda på en öl?

Erlendur tittade på honom och grunnade ett ögonblick på om det här var rätta sättet, och bestämde sig för att låta udda vara jämnt eftersom han hade bråttom. Han reste sig och gick med snabba steg till baren. Bartendern tittade så småningom upp från Isfolket, la ovilligt ifrån sig boken och reste sig från pallen. Erlendur bad om en stor stark. Han hade börjat treva efter plånboken när han upptäckte att Alli var försvunnen. Han tittade sig snabbt omkring och såg att entrédörren just slog igen. Han övergav bartender och ölglas, satte av med språng och såg Alli springa i full fart i riktning mot Grjótaþorp.

Alli sprang inte särskilt fort och orkade heller inte långt. Han såg sig över axeln, såg Erlendur komma efter och försökte öka takten, men hade för dålig kondition. Erlendur nådde snart ikapp honom och knuffade till honom så han ramlade i gatan med en duns. Två pillerburkar föll ut ur hans fickor och Erlendur tog upp dem. Det verkade vara e-tabletter. Han slet jackan av Alli och hörde hur det skramlade av fler burkar. När han tömt båda jackfickorna stod han med ett försvarligt apotek i händerna.

– Dom ... tar ... död ... på mig, sa Alli andfådd och kravlade sig upp. Det var inte mycket folk ute. Ett medelålders par på andra sidan gatan hade iakttagit händelseförloppet men skynda-

de sig därifrån när de såg Erlendur plocka fram den ena piller-
burken efter den andra.

– Det ger jag fan i, sa Erlendur.

– Ta dom inte ifrån mig. Du vet inte hur dom är …

– Vilka "dom"?

Alli hade ställt sig upp och lutade sig nu mot väggen och bör-
jade gråta.

– Det är min sista chans, sa han och snoret rann ur näsan.

– Jag ger fan i vilka chanser du har. När träffade du Eva Lind
senast?

Alli snörvlade och såg plötsligt med fast blick på Erlendur som
om han nu upptäckt en flyktväg.

– Okej.

– Vad då?

– Om jag berättar om Eva, ger du tillbaka grejerna då? frågade
han.

Erlendur funderade.

– Om du vet nåt om Eva ska du få tillbaka det här. Om du lju-
ger kommer jag igen och använder dig som trampolin.

– Okej, okej. Eva sökte upp mig idag. Om du träffar henne så
hälsa att hon är skyldig mig stålar. En jävla massa. Jag vägrade ge
henne mer. Jag langar inte till tjejer som är med barn.

– Nä nä, sa Erlendur. En hedersman som du.

– Hon kom till mig med magen i vädret och beklagade sig och
blev sur när jag vägrade ge henne nåt, och sen gick hon.

– Vet du vart?

– Ingen aning.

– Var bor hon?

– Hon är en fitta utan stålar. Jag behöver stålar, fattar du? An-
nars dödar dom mig.

– Vet du var hon bor?

– Bor? Ingenstans. Hon driver omkring. Driver omkring och
tigger. Tror att hon kan få grejerna gratis. Alli fnyste föraktfullt.
Som om man kunde ge bort grejerna. Som om dom vore presen-
ter.

Det uppstod ett läspljud i det tandlösa hålet när han talade och han förvandlades plötsligt till ett stort barn i skitig jacka som försökte bete sig vuxet.

Snoret började rinna ur näsan igen.

– Vart kan hon ha tagit vägen? frågade Erlendur.

Alli tittade på Erlendur och snörvlade.

– Ger du mig grejerna?

– Var är hon?

– Får jag tillbaka alltihop om jag säger det?

– Var?

– Om jag berättar om Eva Lind?

– Om du inte ljuger. Var är hon?

– Hon var tillsammans med en annan tjej.

– Vem?

– Jag vet var hon bor.

Erlendur tog ett steg närmare honom.

– Du får tillbaka alltihop, sa han. Vad var det för en tjej?

– Ragga. Bor här alldeles i närheten. På Tryggvagata. Högst upp i det stora huset vid kajen. Alli räckte tvekande fram handen. Okej? Du lovade. Ge mig grejerna nu. Du lovade.

– Jag kan inte låta dig få tillbaka det här, din idiot, sa Erlendur. På inga villkor. Och om jag hade haft tid skulle jag ha släpat med dig till stationen och låst in dig i häktet. Så nånting vinner du i alla fall.

– Nej! Dom dödar mig! Gör det inte! Ge mig det där, please! Ge mig det!

Erlendur tittade inte på Alli utan gick därifrån och lämnade kvar honom snyftande vid husväggen. Han hörde hur han svor evig förbannelse över sig själv och bankade huvudet mot väggen i maktlös vrede. Erlendur hörde ederna en god stund och förundrades över att de inte var riktade mot honom utan mot Alli själv.

– Din förbannade jävla idiot, du är en jävla, förbannad jävla idiot …

Erlendur vände sig om och såg Alli ge sig själv en örfil.

En liten pojke, kanske fyra år gammal, iförd ett par lortiga pyjamasbyxor, bar på överkroppen, barfota och med smutsigt hår, öppnade dörren och tittade upp på Erlendur. Han böjde sig ner för att klappa pojken på huvudet, men när Erlendur sträckte fram handen drog sig pojken hastigt undan. Erlendur frågade om hans mamma var hemma men pojken tittade på honom med forskande blick och svarade inte.

– Är Eva Lind hos dig, lilla vännen? frågade han pojken.

Erlendur kände att tiden rann iväg. Det var nu ungefär två timmar sen Eva Lind ringt. Han försökte värja sig mot tanken att det nu skulle vara för sent att hjälpa henne. Han försökte föreställa sig vad det var för trångmål hon hamnat i men tvingade sig strax att överge de plågsamma tankarna och koncentrerade sig på letandet. Nu visste han i alla fall vilka hon varit tillsammans med när hon lämnat Alli tidigare på kvällen. Han visste att han närmade sig henne.

Pojken svarade inte. Han rusade in i lägenheten och försvann. Erlendur sprang efter men såg inte vart han tog vägen. Det var kolsvart i lägenheten och Erlendur trevade på väggen efter en strömbrytare. Han hittade flera stycken som inte fungerade tills han hade famlat sig fram till ett litet rum. Där tändes till slut en naken glödlampa som dinglade ner från taket. Det fanns ingen golvbeläggning i rummet, bara kall betong. Några smutsiga madrasser låg utspridda i rummet och på en av dem låg en flicka, något yngre än Eva Lind, i åtsittande jeans och rött linne. En liten metallåda med två kanyler låg bredvid henne. En tunn plastslang låg hoprullad på golvet. Två karlar sov på varsin madrass på var sida om flickan.

Erlendur knäböjde bredvid flickan och ruskade löst i henne men fick ingen reaktion. Han tog tag i hennes huvud och lyfte upp det och klappade henne lätt på ena kinden. Hon mumlade någonting. Han reste sig, lyfte upp henne på fötterna och försökte få henne att gå och rätt snart vaknade hon till liv. Hon öppnade ögonen. Erlendur såg en pinnstol i halvmörkret och lät henne sätta sig där. Hon tittade på honom, sedan föll huvudet ner mot bröstet. Han slog henne lätt i ansiktet och hon vaknade till igen.

– Var är Eva Lind? frågade Erlendur.

– Eva, mumlade flickan.

– Du var tillsammans med henne idag. Vart gick hon sen?

– Eva ...

Huvudet föll återigen ner mot bröstet. Erlendur såg att den lille pojken stod i dörröppningen. Han höll en docka under ena armen och i den andra handen hade han en tom nappflaska som han sträckte fram mot Erlendur. Så stoppade han nappflaskan i munnen och Erlendur hörde hur han sög i sig luft. Han tittade på pojken i dörren och skar tänder innan han tog upp mobilen och ringde efter hjälp.

Erlendur hade begärt att en läkare skulle följa med i ambulansen.

– Jag måste be dig ge henne en injektion, sa Erlendur.

– Med vad? sa läkaren.

– Jag tror hon går på heroin. Har du naloxon eller narcanti? I väskan?

– Ja, jag ...

– Jag måste prata med henne. Nu med en gång. Min dotter är i fara. Hon här vet var jag kan få tag på henne.

Läkaren tittade på flickan. Och sen tillbaka på Erlendur. Han nickade.

Erlendur hade lagt flickan på madrassen igen och det tog ett tag innan hon kom till sans. Ambulanskillarna stod över henne med en bår mellan sig. Barnet hade gömt sig någonstans i ett intilliggande rum. De två männen låg fortfarande livlösa på madrasserna.

Erlendur knäböjde bredvid flickan som gradvis kom till medvetande. Hon tittade på Erlendur och på läkaren och på ambulanspersonalen.

– Vad är det som pågår här? frågade hon tyst som om hon pratade för sig själv.

– Vet du nåt om Eva Lind? frågade Erlendur.

– Eva?

– Hon var tillsammans med dig tidigare i kväll. Jag tror att hon kan vara i fara. Vet du vart hon tog vägen?

– Är det nåt fel med Eva? frågade hon och tittade sig omkring. Var är Kiddi?

– Det finns en liten pojke i det andra rummet, sa Erlendur. Han saknar dig. Säg mig var jag kan hitta Eva Lind.

– Vem är du?

– Hennes pappa.

– Snuten?

– Ja.

– Hon tål dig inte.

– Jag vet. Vet du var hon är?

– Hon fick värkar. Jag sa åt henne att åka till sjukan. Hon skulle gå dit.

– Värkar?

– Hon hade jätteont i mammamagen.

– Varifrån skulle hon gå? Härifrån?

– Vi var vid bussterminalen.

– Bussterminalen?

– Hon tänkte ta sig till centralsjukhuset. Är hon inte där?

Erlendur reste sig och fick numret till centralsjukhuset av läkaren. Han ringde dit och fick veta att ingen Eva Lind hade skrivits in de senaste timmarna. Ingen kvinna överhuvudtaget i hennes ålder hade varit där. Han bad att få bli kopplad till förlossningsavdelningen och försökte beskriva sin dotter så gott han kunde men jourhavande barnmorska kände inte igen någon på den beskrivningen.

Han sprang ut ur lägenheten och körde med gasen i botten till bussterminalen vid Hlemmur. Där fanns inte en enda människa. Stationen var stängd sedan midnatt. Han parkerade bilen och gick med snabba steg bort mot Snorrabraut, halvsprang uppför gatan förbi husen som tillhörde Nordmyren och spejade efter sin dotter inne bland trädgårdarna. Han började ropa hennes namn när han närmade sig sjukhuset men fick inget svar.

Han fann henne till slut liggande i en blodpöl på en gräsplan bakom några träd ungefär femtio meter från gamla BB. Det hade inte tagit lång tid att hitta henne. Ändå hade han kommit för sent. Det syntes en stor mörk fläck under henne på gräset, och hennes byxor var helt nedblodade.

Erlendur knäböjde vid sin dotters sida och tittade upp mot BB och såg sig själv gå in genom dörrarna där tillsammans med Halldóra den regniga dag för så många år sen då Eva Lind kom till världen. Tänkte hon nu dö på samma ställe?

Erlendur strök Eva över pannan, osäker på om han vågade röra henne.

Han gissade att hon var i sjunde månaden.

~

Hon hade försökt fly, men hade nu givit upp den tanken för länge sedan.

Två gånger gick hon ifrån honom. Båda gångerna medan de fortfarande bodde i källarlägenheten på Lindargata. Det gick ett helt år från första gången han slog henne tills han tappade kontrollen igen, som han själv uttryckte det. När det fortfarande gick att prata med honom om hans våldstendenser. Hon uppfattade det aldrig så att det var frågan om att han miste kontrollen. Tvärtom tycktes han vara mer behärskad än någonsin när han slog henne sönder och samman och öste förödmjukelser över henne. Fastän han påstod något annat var han kall och överlagd och fullkomligt medveten om vad han höll på med. Alltid.

Med tiden insåg hon att så måste hon också förhålla sig om hon skulle kunna besegra honom.

Första flyktförsöket var redan från början dömt att misslyckas. Hon förberedde sig inte, visste inte vad hon hade framför sig, hade ingen aning om vart hon skulle ta vägen och stod plötsligt ute i den kalla februarinatten med två barn, Símon som höll henne i handen och Mikkelína som hon bar på ryggen. Hon visste bara att hon måste bort från källaren.

Hon hade ofta talat med sin församlingspräst vars råd var att en god hustru inte går ifrån sin make. Äktenskapet var heligt i guds ögon och människorna måste förvisso tåla mycket för att hålla ihop det.

– Tänk på barnen, sa prästen.

– Det är just barnen jag tänker på, sa hon, och prästen log godmodigt.

Hon försökte aldrig gå till polisen. Två gånger hade grannarna kontaktat polisen när han misshandlat henne, och det hade kommit två konstaplar till källaren för att få tyst på bråket och sedan gick de sin väg. Då hade hon stått framför poliserna med svullet öga och sprucken läpp och poliserna hade sagt åt dem att lugna ner sig. Folk stördes. Andra gången, två år senare, pratade poliserna med honom. Tog med honom ut. Då hade hon ropat till dem att han misshandlat henne och tänkt mörda henne och att det inte var första gången. De frågade om hon hade druckit. Hon förstod inte frågan. Har du druckit? upprepade de. Hon sa nej. Hade aldrig någonsin druckit. De sa någonting till honom ute i dörren. Tog sedan i hand och sa adjö.

När de hade gått strök han henne över kinden med rakkniven.

Den kvällen, när han sov tungt, tog hon Mikkelína på ryggen och knuffade lille Símon tyst framför sig ut ur lägenheten och uppför källartrappan. Hon hade konstruerat en kärra åt Mikkelína av ett gammalt underrede till en barnvagn som hon hittat på sophögen, men den hade han slagit i småbitar i ett vredesutbrott samma kväll, som om han kände på sig att hon skulle gå sin väg.

Hennes flykt var inte på något sätt förberedd. Till slut sökte hon sig till Frälsningsarmén och fick husrum för natten. Hon hade inga släktingar, vare sig i Reykjavík eller någon annanstans, och så fort han vaknade nästa morgon och såg att de var borta, gav han sig iväg och letade efter dem. Han rusade runt i stan i bara skjortan trots kylan, och såg när de kom ut från Frälsningsarméns hus. Hon visste inte ordet av förrän han slet pojken ifrån henne och tog flickan i famnen och gick tigande hela vägen hem. Han tittade varken åt höger eller vänster och vände aldrig huvudet bakåt. Barnen var för rädda för att göra motstånd men hon såg hur Mikkelína räckte ut händerna mot henne och föll i tyst gråt.

Vad tänkte hon?

Sen följde hon efter i hans fotspår.

Efter det andra försöket hotade han att döda barnen och hon försökte inte fly igen efter det. Den gången hade hon varit bättre förberedd. Hon inbillade sig att hon kunde börja ett nytt liv. Flytta norröver med barnen till ett fiskeläge, hyra ett rum eller en liten lägenhet, försörja sig och barnen genom att jobba på en fiskfabrik. Den här gången tog hon god tid på sig för planeringen. Hon bestämde sig för att flytta till Siglufjörður. Där fanns gott om arbete nu efter krisåren, arbetskraft strömmade dit från alla håll, och ingen skulle ta mycket notis om en ensam kvinna med två barn. Hon kunde bo i arbetarbarackerna tills hon skaffade något eget.

Bussbiljetterna för henne och barnen kostade mycket och mannen höll hårt i varenda krona han tjänade i hamnen. Under en lång tid samlade hon ihop en krona här och en där tills hon trodde hon hade nog till biljetter. Hon packade lite kläder åt barnen i en liten resväska, tog själv med några personliga småsaker och tog sedan fram kärran som hon lagat och kunde använda för Mikkelína. Hon gick med snabba steg till busscentralen och kisade skräckslagen omkring sig som om hon hela tiden väntade sig att han skulle stå bakom nästa gathörn.

Han kom hem till lunch som vanligt och såg genast att hon var borta. Hon visste att hon skulle ha maten klar när han kom hem och hon hade aldrig gjort honom besviken. Han såg att kärran var borta. Garderoben stod öppen. Väskan var borta. Han gav sig genast iväg till Frälsningsarmén med förra flyktförsöket i gott minne och blev hotfull när man sa honom att hon inte var där. Han trodde dem inte och rusade runt i hela huset, gick in i vartenda rum och ner i källaren, och när han inte hittade dem, gav han sig på husets föreståndare, en kapten, och knuffade ner honom på golvet och hotade att döda honom om han inte berättade var de fanns.

Till slut begrep han att hon inte gått till Frälsningsarmén och skenade iväg ut på stan för att leta, men såg henne ingenstans. Han trängde sig in i affärer och restauranger men ingenstans fanns hon, och hans vrede och vansinne växte allteftersom dagen gick och han kom hem till källarlägenheten fullkomligt utom sig av ilska. Han vände upp och ner på allt som fanns där på jakt efter något som kunde antyda vart hon tagit vägen och rusade sedan iväg till de två väninnor hon haft när hon jobbade i affären, trängde sig förbi dem in i deras lägenheter och ropade på henne och barnen innan han stormade ut igen och försvann utan att be om ursäkt för intrånget.

Hon kom fram till Siglufjörður klockan två på natten efter att ha rest nästan utan uppehåll hela dagen. Bussen hade tagit paus på tre ställen så att folk kunde gå ut och sträcka på sig och äta sin matsäck eller handla i kiosken. Hon hade tagit med matsäck, smörgåsar och mjölk i en flaska, men de hade hunnit bli hungriga igen när bussen kom till Haganesvík där en båt väntade på passagerarna och tog dem över till Siglufjörður. Så stod hon plötsligt med sina två barn på en parkering vid kajen mitt i kalla natten. Hon letade rätt på barackerna och föreståndaren visade henne till ett litet bås med en enkelsäng, och lånade henne en madrass som kunde ligga på golvet och två filtar, och där sov de den första natten i frihet. Barnen somnade i samma ögonblick som de la sig ner, men hon låg i sängen och stirrade ut i mörkret och kunde inte hjälpa att hon skakade i hela kroppen, tills hon bröt samman och började gråta.

Han hittade henne några dagar senare. En möjlighet som han kom fram till var att hon kunde ha lämnat stan, och kanske tagit bussen någonstans, så han gick ner till busscentralen och började fråga sig fram och fick reda på att hans hustru och barn hade tagit bussen norrut mot Siglufjörður. Han pratade med en chaufför som mycket väl kom ihåg kvinnan och barnen, särskilt den handikappade flickan. Han köpte biljett till nästa avgång och kom fram till Siglufjörður strax efter midnatt. Han gick från den ena baracken till den andra och hittade henne till slut sovande i ett bås efter att ha väckt föreståndaren och frågat ut honom. Han förklarade situationen för föreståndaren. Hon hade kommit före honom till platsen och de skulle förmodligen inte stanna så länge.

Han smög in till båset. Ett svagt ljus strömmade in från gatan genom fönstret och han klev över barnen på madrassen och böjde sig ner över henne tills deras ansikten nästan snuddade vid varandra, och skakade henne. Hon sov djupt och han skakade ännu en gång, hårdare, tills hon öppnade ögonen och han log mot henne när han såg den ohöljda skräcken i hennes blick. Hon tänkte ropa på hjälp men han la handen över hennes mun.

– Trodde du verkligen att du skulle lyckas med det här? viskade han hotfullt.

Hon stirrade upp mot honom.

– Trodde du verkligen att det skulle vara så enkelt?

Hon skakade sakta på huvudet.

– Vet du vad jag mest av allt vill göra just nu? väste han mellan sammanbitna tänder. Jag vill ta med din dotter upp på fjället och döda henne och begrava henne i jorden där ingen kommer att hitta henne och sen säga att hon måste ha ramlat i sjön, stackars liten. Och vet du vad? Jag tänker verkligen göra det. Jag gör det nu med en gång. Om det hörs så mycket som ett pip från dig dödar jag pojken också. Säger att han ramlat i sjön efter henne.

Ett slags kvidande ljud hördes från henne när hon tittade bort mot barnen, och han log. Han tog bort handen från hennes mun.

– Jag ska aldrig göra så här igen, stönade hon. Aldrig. Jag ska aldrig göra det igen. Förlåt. Förlåt. Jag vet inte vad jag tänkte. Förlåt. Jag är dum. Jag vet det. Jag är dum. Låt det inte gå ut över barnen. Slå mig. Slå mig. Så hårt du nånsin kan. Slå mig så hårt du kan. Vi kan gå ut om du vill.

Hennes förtvivlan fyllde honom med avsmak.

– Så det är det du vill, sa han. Det är det du vill. Och då ska det bli så.

Han låtsades sträcka sig efter Mikkelína som låg och sov bredvid Símon men hustrun tog tag i honom, utom sig av skräck.

– Titta, sa hon och började slå sig själv i ansiktet. Titta. Hon drog sig i håret. Titta. Hon satte sig upp och kastade sig bakåt mot sänggaveln som var av järn och vare sig hon nu planerat det eller ej, så svimmade hon av och sjönk medvetslös ihop framför honom.

De tog bussen söderut redan nästa morgon. Hon hade då arbetat några dagar med att salta sill och han följde med henne för att hämta lönen. Hon hade arbetat ute i det fria och hade på så vis kunnat ha uppsikt över barnen som lekte i området när de inte höll till inne i båset. Han förklarade för förmannen att de måste åka tillbaka till Reykjavík. De hade fått bud från stan som ändrade deras planer och hon hade ju lön innestående. Förmannen skrev någonting på ett papper och skickade dem till kontoret. Han tittade på henne när han överräckte pappret. Det var som om hon ville säga något. Han tog hennes skräck för blyghet.

– Är inte allt som det ska? frågade förmannen.

– Allt är som det ska, sa mannen och släpade iväg med henne.

När de kom tillbaka till källarlägenheten i Reykjavík rörde han inte vid henne. Hon stod i sin slitna kappa i vardagsrummet med den lilla resväskan i handen och väntade på att bli slagen värre än någonsin, men inget hände. Att hon slagit sig själv medvetslös hade fått honom ur balans. Han hade inte velat hämta hjälp utan stoppat täcket om henne och hade på så sätt visat henne omsorg för första gången sedan de gifte sig. När hon kom till sans igen sa han att hon måste förstå att hon aldrig kunde gå ifrån honom. Hellre skulle han döda henne och barnen. Hon var hans hustru och skulle alltid vara det.

Alltid.

Hon gjorde inga fler försök att fly efter detta.

Åren gick. Hans planer på att bli sjöman rann ut i sanden efter bara tre vändor. Han blev fruktansvärt sjösjuk, och det gick inte över. Men till råga på det var han rädd för sjön, och det gick inte heller över. Han var rädd för att båten skulle sjunka. Rädd för att falla överbord. Rädd för oväder. Under sista vändan kom de in i ett oväder som han var övertygad om skulle välta båten och han satt i mässen och grät för han trodde att hans sista stund var kommen. Han gick aldrig till sjöss igen efter det.

Han tycktes helt oförmögen att visa henne ömhet. I bästa fall uppträdde han fullkomligt likgiltigt. De första två åren av äktenskapet tycktes han ångra sig när han slagit henne eller förolämpat henne verbalt så att hon började gråta. Men allteftersom tiden gick slutade han visa några tecken på dåligt samvete, som om det han gjorde mot henne inte längre var ett onaturligt eller perverst inslag i deras samliv, utan nödvändigt och riktigt. Ibland snuddade hon vid tanken, och kanske visste han det också innerst inne, att det våld han utsatte henne för var ett tecken på hans egen svaghet mer än något annat. Att ju mera han slog henne, desto ynkligare blev han själv. Han gav henne skulden. Skrek åt henne att det var hennes fel att han betedde sig som han gjorde mot henne. Det var hon som fick honom till det, eftersom hon var oförmögen att göra som han befallde.

De hade inte många vänner, och inga alls gemensamma, så hon blev isolerad mycket snart efter att de flyttat ihop. De få gånger hon träffade sina väninnor från åren i affären berättade hon aldrig om våldet hon fick utstå från sin make och med tiden förlorade hon kontakten med dem. Hon skämdes. Skämdes för att hon blev slagen när hon minst anade det. Skämdes för de röda ögonen och de spruckna läpparna och blåmärkena över hela kroppen. Skämdes för det liv hon levde som måste te sig obegripligt för andra, perverst och fult. Hon ville dölja det. Ville gömma sig själv i det fängelse han skapade. Ville låsa in sig och kasta bort nyckeln och hoppas att ingen skulle hitta den. Hon var tvungen att stå ut med att han misshandlade henne. Det var på något sätt hennes öde, oundvikligt och omöjligt att förändra.

Barnen var hennes allt. De blev i själva verket de vänner och själsfränder hon saknade, särskilt Mikkelína men också Símon när han blev äldre och den yngste pojken som fick namnet Tómas. Mannen valde namn åt sina barn. Han brydde sig inte om dem utom när han klagade på dem. Att de åt så mycket. Att de var så högljudda på nätterna. Barnen led av att se honom misshandla modern och skänkte henne kärkommen tröst när hon behövde den.

Han piskade ur henne den lilla självrespekt hon haft. Hon var långsam till sin natur och anspråkslös, ville så gärna vara alla till lags, tjänstvillig och hjälpsam, till och med undergiven. Log besvärat när hon blev tilltalad och måste ta sig i kragen för att inte verka alltför blyg. Han tolkade det som ynkedom och fick energi av det och hånade det tills hon inte hade någon identitet kvar. Hela hennes tillvaro kretsade kring honom. Hans nycker. Hon blev hans uppassare. Hon slutade sköta om sig som förr. Slutade tvätta sig regelbundet. Slutade bry sig om sitt utseende. Fick ringar under ögonen, axlarna började slutta och huvudet sjönk ner mot bröstet som om hon var rädd för att se världen i ögonen. Hennes tjocka, vackra hår blev livlöst och hängde ner i smutsiga stripor. Hon klippte det själv med kökssaxen när hon tyckte det blev för långt.

Eller när han tyckte det blev för långt.

Fula, jävla subba.

6

Arkeologerna fortsatte utgrävningen morgonen efter ben-fyndet. Poliserna som hade bevakat området under nat-ten visade dem var Erlendur hade grävt fram handen och Skarphéðinn blev rasande när han såg hur Erlendur hade skyfflat upp jorden. Jävla amatörer, hördes han mumla i skägget långt fram mot lunch. I hans sinne var utgrävning en sorts helig cere-moni där det ena jordlagret efter det andra lyftes bort tills den historia som fanns där inunder kom upp i ljuset och hemlig-heterna avslöjades. Varje liten detalj var viktig, varje jordkoka kunde innehålla ett avgörande bevis och en klåpare kunde med lätthet förstöra värdefull information.

Allt detta höll han en ilsken föreläsning om för Elínborg och Sigurður Óli, som ju inte alls var skyldiga, medan han samtidigt gav order till sin personal. Arbetet gick mycket sakta med arkeo-logernas noggranna metoder. Kors och tvärs över området hade man hängt rep som bildade rutor enligt ett visst mönster. Det var mycket viktigt att skelettets position inte rubbades vid ut-grävningen, och de såg noga till att handen inte flyttade sig när de avlägsnade jorden, och att varje sandkorn undersöktes ingå-ende.

– Varför sticker handen upp ur jorden? frågade Elínborg och hejdade Skarphéðinn när han rusade fram och tillbaka förbi hen-ne.

– Omöjligt att säga, sa Skarphéðinn. I värsta fall kan det vara så att den som ligger där levde när man skyfflade jord över ho-nom och att han försökt bjuda motstånd. Försökt gräva sig upp.

– Levande begravd, suckade Elínborg. Gräva sig upp?

– Men det behöver inte vara så. Det är inte helt uteslutet att handen kan ha hamnat i den där ställningen när liket las i jorden. Det är för tidigt att göra några utsagor om det. Och var snäll och stör mig inte nu.

Sigurður Óli och Elínborg var förvånade över att Erlendur inte hade kommit till utgrävningen. Han var förvisso oberäknelig och excentrisk men de visste också att hans största intresse var gamla och nya försvinnanden och skelettet i jorden här kunde ju vara nyckeln till något gammalt försvinnande som Erlendur skulle gilla att rota rätt på bland gulnade dokument. Efter lunch försökte Elínborg ringa till honom både på mobilen och hem, men utan framgång.

Vid tvåtiden ringde Elínborgs mobil.

– Är du där uppe? sa en mörk röst som hon genast kände igen.

– Var är du?

– Jag har fått lite förhinder. Är du vid tomten?

– Ja.

– Ser du några buskar där? Jag tror att det är vinbärsbuskar. De står så där en trettio meter österut från tomten, nästan i rak linje, lite mot söder.

– Vinbärsbuskar? Elínborg kisade och spejade efter buskarna. Ja, sa hon, jag ser dem.

– De har planterats där en gång för länge sen.

– Ja.

– Ta reda på varför. Om det har bott nån där. Om det har stått ett hus där förr i tiden. Åk ner till Stadsbyggnadskontoret och skaffa fram ritningar över området, kanske flygfoton om de har några. Du behöver kanske gå igenom dokument ända från sekelskiftet och fram till åtminstone 1960. Kanske längre fram ändå.

– Tror du att det funnits ett hus här i backen? sa Elínborg och såg sig omkring. Hon gjorde inget försök att dölja sin misstro.

– Jag tror att vi ska ta och undersöka det. Vad gör Sigurður Óli?

– Han letar i papperen efter försvinnanden från och med kriget och framåt, till att börja med. Han väntade på dig. Trodde att det skulle roa dig att vara med och rota.

– Jag pratade med Skarphéðinn förut och han sa att han kom ihåg att det fanns en förläggning där på andra sidan, söder om Grafarholt, under kriget. Där som golfbanan ligger nu.

– Förläggning?

– En brittisk eller amerikansk förläggning. Militärbostäder. Baracker. Minns inte vad den kallades. Du borde undersöka den saken också. Kolla om engelsmännen anmält nåt försvinnande från förläggningen. Eller jänkarna som tog över sen.

– Engelsmän? Jänkare? Under kriget? Vänta nu, var hittar jag såna upplysningar? frågade Elínborg omtumlad. När övertog amerikanerna?

– 1941. Det kan ha varit förråd. Eller det trodde Skarphéðinn. Sen har vi sommarstugorna där i området. Om det har varit nåt försvinnande från dem. Kanske några skvallerhistorier eller misstankar. Vi måste prata med folk i stugorna där i området.

– Det blir ju en förfärlig massa arbete på grund av några gamla ben, sa Elínborg irriterat och sparkade upp lite jord där hon stod. Vad sysslar du med, sa hon nästan anklagande.

– Inget roligt, sa Erlendur och knäppte av mobilen.

Han gick tillbaka in på akuten klädd i en tunn, grön pappersrock med mask för ansiktet. Eva Lind låg i en stor säng i en av intensivvårdsavdelningens salar. Hon var inkopplad på alla möjliga sorts apparater som Erlendur inte begrep någonting av, och över hennes ansikte satt en syrgasmask. Han stod vid sängens fotända och tittade ner på sin dotter. Det vilade en frid över hennes ansikte som Erlendur inte sett förut. Ett lugn han inte kände igen. Där hon låg blev hennes anletsdrag tydligare, ögonbrynen skarpare, huden låg sträckt över kindbenen och ögonen var insjunkna i sina hålor.

Han hade ringt SOS när han inte lyckats få Eva Lind till medvetande där hon låg framför gamla BB. Han kände en svag puls och la sin rock över henne och försökte stoppa om henne så gott han kunde men vågade inte flytta på henne. Innan han visste ordet av hade samma ambulans som kommit till Tryggvagata kört fram till platsen och med samma läkare ombord. Eva Lind lyftes försiktigt över på en bår som sköts in i ambulansen och den körde snabbt det korta stycket upp till akuten.

Man skickade henne på operation direkt, och den pågick nästan hela natten. Erlendur gick fram och tillbaka i det lilla väntrummet på operationsavdelningen och funderade på om han skulle meddela Halldóra. Han gruvade sig för att ringa till henne. Kom till slut på en sorts lösning. Han väckte Sindri Snær och berättade vad som hänt systern och bad honom ta kontakt med Halldóra så hon kunde komma till sjukhuset. De sa inte så mycket mer till varandra. Sindri Snær hade inget ärende i stan den närmaste tiden. Tyckte inte det fanns någon anledning att åka dit på grund av Eva Lind. Samtalet ebbade ut.

Erlendur kedjerökte under en skylt med Rökning förbjuden, tills en kirurg med mask för ansiktet kom förbi och skällde ut honom för att han bröt mot rökförbudet. Hans mobil ringde när läkaren gått. Det var Sindri med meddelande från Halldóra: Erlendur kunde gott stå där och hålla vakt själv för en gångs skull.

Kirurgen som hade hand om Eva Lind kom och pratade med Erlendur fram på morgonkvisten. Hennes tillstånd var inte gott. Man hade inte lyckats rädda fostret och det var osäkert om Eva själv skulle överleva.

– Hon är mycket illa medfaren, sa läkaren, en lång, finlemmad karl runt de fyrtio.

– Ja, sa Erlendur.

– Långvarig näringsbrist och narkomani. Det var inte stora chanser att barnet skulle ha fötts friskt, så det kanske var … fast det är förstås hemskt att säga det …

– Jag förstår, sa Erlendur.

– Funderade hon aldrig på abort? I såna här fall är det …

– Hon ville föda barnet, sa Erlendur. Hon trodde att det kunde hjälpa henne och jag uppmuntrade henne. Hon försökte sluta. Det finns nånstans en liten del av Eva som vill komma bort från detta helvete. En pytteliten del som ibland visar sig och vill sluta. Men det är en helt annan Eva som bestämmer över henne. Grym och obarmhärtig. En Eva som är destruktiv. Ett sånt helvete.

Erlendur insåg plötsligt att han talade med en man som han alls inte kände och tystnade.

– Jag förstår att det är svårt för föräldrar att handskas med detta, sa läkaren.

– Vad var det som hände?

– Placentaavlossning. Massiva inre blödningar som uppstod när fosterhinnan lossnade, i kombination med påverkan av narkotika, vilket vi ännu inte har provresultaten på. Hon har förlorat mycket blod och vi har inte lyckats väcka henne ur medvetslösheten. Det behöver inte betyda så mycket. Hon är helt utmattad.

De stod tysta.

– Har du haft kontakt med resten av familjen? frågade läkaren. Så att de kan vara med dig här, eller ...

– Jag har ingen familj, sa Erlendur. Vi är skilda. Hennes mamma och jag. Jag har underrättat henne. Och också Evas bror. Han är på jobb ute i landet. Jag vet inte om hennes mor kommer hit. Jag tror hon har fått nog. Det här har varit mycket svårt för henne. I många år.

– Jag förstår.

– Det tvivlar jag på, sa Erlendur. Jag förstår det inte själv.

Han tog upp några små plastpåsar och pilleraskar ur fickan och visade läkaren.

– Det kan hända att hon fått i sig nåt av det här, sa han.

Läkaren tog emot narkotikan och tittade närmare på den.

– Ecstasy?

– Ser så ut.

– Det kan förstås vara en förklaring. Vi hittade alla möjliga substanser i hennes blod.

Erlendur tvekade. De stod där tysta ett tag, läkaren och han.

– Vet du vem fadern är? frågade läkaren.

– Nej.

– Tror du att hon vet det?

Erlendur tittade upp på läkaren och ryckte uppgivet på axlarna. Så teg de igen.

– Kommer hon att dö? frågade Erlendur till slut.

– Jag vet inte, sa läkaren. Vi får hoppas på det bästa.

Erlendur vågade inte riktigt ställa nästa fråga. Han hade brottats med den, hur hemsk den än var, utan att själv komma fram till något. Han visste inte säkert om han ville. Men till slut klämde han fram den i alla fall.

– Kan jag få se det? frågade han.

– Det? Menar du ...?

– Kan jag få se fostret? Kan jag få se barnet?

Läkaren tittade på Erlendur men det fanns ingen förvåning i hans ansikte, bara förståelse. Han nickade och bad Erlendur följa med. De gick korridoren fram och in i en liten sal där inga patienter låg. Läkaren tryckte på en knapp och lysröret blinkade några gånger innan det kastade sitt blåvita ljus över rummet. Han gick fram till ett bord i rostfritt stål och lyfte på ett litet lakan och det döda barnet blev synligt.

Erlendur tittade ner på det och strök med ett finger över dess kind. Det var en flicka.

– Kommer min dotter att vakna ur sin dvala, kan du säga det?

– Jag vet inte, sa läkaren. Det är omöjligt att säga. Hon måste vilja det själv. Det beror faktiskt mycket på henne själv.

– Stackars flicka, sa Erlendur.

– Man säger att tiden läker alla sår, sa läkaren när han trodde att Erlendur tänkte börja gråta. Det gäller såväl kroppen som själen.

– Tiden, sa Erlendur och bredde lakanet över barnet igen. Den läker inga sår.

7

Han satt hos sin dotter fram till sextiden på kvällen. Halldóra visade sig inte. Sindri Snær stod vid sitt ord och kom inte in till stan. Några andra var inte aktuella. Eva Linds tillstånd var oförändrat. Erlendur hade varken sovit eller ätit sedan gårdagen och var helt utmattad. Han hade telefonkontakt med Elínborg under dagen och avtalade att de två jämte Sigurður Óli skulle träffas på polisstationen. Han smekte sin dotter över kinden och kysste henne på pannan innan han gick.

Han höll tyst om vad som hänt när han slog sig ner med Elínborg och Sigurður Óli för eftermiddagsmötet. De hade via djungeltelegrafen under dagen fått veta vad som hänt med hans dotter men vågade inte fråga om närmare detaljer.

– De håller på och gräver sig ner till skelettet, sa Elínborg. Det går fruktansvärt sakta. Jag tror att de börjat använda tandpetare. Handen du hittade står fortfarande upp ur jorden, de har nu kommit lite nedanför handleden. Distriktsläkaren har undersökt den men säger sig inte kunna konstatera nåt mer än att detta är en människa och att hon haft ganska små händer. Inte mycket hjälp därifrån, alltså. Arkeologerna har inte lyckats hitta nånting i jorden som kan antyda vad som hänt eller vem det är som ligger begravd. De tror att de ska ha kommit ner till skelettet på eftermiddagen eller kvällen i morgon men det innebär inte att vi får några användbara svar på frågan om den dödes identitet. De upplysningarna får vi leta rätt på nån annanstans.

– Jag har kollat listorna över försvunna personer i Reykjavík och dess omgivningar, sa Sigurður Óli. Det är ungefär femtio stycken från trettio- och fyrtiotalen som inte har klarats upp, och detta kan om det vill sig väl vara ett av dem. Jag har tagit fram listorna och sorterat dem efter kön och ålder och väntar bara på rättsläkarens rapport om benen.

– Är det nån från områdena där uppe som finns med där? frågade Erlendur.

– Inte om man tittar på de adresser som uppges i rapporterna, svarade Sigurður Óli, men jag har inte gått igenom alla ordentligt än. En del av dem kan jag helt enkelt inte placera geografiskt. När benen är uppgrävda och vi har fått rättsläkarens utlåtande om ålder och kroppsstorlek och kön kan vi säkert sortera bort rätt många. Jag utgår ifrån att det är en person från Reykjavík. Är det inte ett rimligt antagande?

– Var befinner sig rättsläkaren? undrade Erlendur. Den ende vi nu har.

– Han är på semester, sa Elínborg. I Spanien.

– Kollade du om det en gång funnits nåt hus där borta vid buskarna? frågade Erlendur Elínborg.

– Vad då för hus? sa Sigurður Óli.

– Nej, jag har inte kommit så långt, sa Elínborg. Hon tittade på Sigurður Óli. Erlendur tror att det har stått ett hus där borta i backen på norrsidan, och han tror att engelska eller amerikanska militären har haft förrådsbyggnader i backen på sydsidan. Han vill att vi ska prata med alla sommarstugeägare i området från Reynisvatn och inåt stan, och med deras mor- och farföräldrar också, och så ska jag gå på seans och prata med Churchill.

– Bara som en liten början, sa Erlendur. Vad vet vi så långt om benen?

– Är det inte uppenbart att det rör sig om mord? sa Sigurður Óli. Begånget för femtio år sen eller mer. Har legat dolt i jorden alla dessa år och ingen som längre vet nåt om det.

– Han, eller den här människan, rättade sig Elínborg, har säkert blivit begravd där för att dölja ett brott. Jag tycker det säger sig självt.

– Det stämmer inte att ingen vet nåt, sa Erlendur. Det finns alltid nån som vet nåt.

– Vi vet att några revben är brutna, sa Elínborg. Det borde antyda nån sorts våld.

– Jaså? sa Sigurður Óli.

– Ja, gör det inte det? sa Elínborg.

– Kan inte tiden i jorden ha åstadkommit det? sa Sigurður Óli. Tyngden av jorden som legat ovanpå. Temperaturväxlingar. Frost och värme om vartannat. Jag snackade med den där geologen som du tog dit, och han nämnde nåt sånt.

– Att det ligger en mänsklig varelse begravd på det viset måste bara tyda på nån sorts bråk. Det säger väl sig självt, eller hur? Elínborg tittade på Erlendur och såg att han hade tankarna på annat håll. Erlendur? sa hon. Eller hur?

– Om det rör sig om ett mord, sa Erlendur, och samlade tankarna igen.

– Om det rör sig om mord? sa Sigurður Óli.

– Det vet vi inget om, sa Erlendur. Kanske är det där en gammal familjegrav. Kanske är det några som inte haft råd med en vanlig begravning. Kanske är det benen från nån gammal gubbstrutt som dog knall och fall och fick nån sorts primitiv jordsättning. Kanske begravde man bara ett lik där för hundra år sen. Kanske femtio. Det vi fortfarande saknar är information med nån som helst substans. Först när vi får det kan vi sluta bolla med lösa spekulationer.

– Men är man inte skyldig att begrava folk i vigd jord? sa Sigurður Óli.

– Jag tror att du kan få bli begraven var du vill, sa Erlendur, om nu nån skulle vilja ha dig hemma i trädgården.

– Men vad ska vi tro om handen som sticker upp så där? sa Elínborg. Tyder inte den på våld?

– Jo, sa Erlendur. Jag tror att nåt har hänt och att det varit en hemlighet under alla år. Det har inte varit meningen att den som ligger begravd där skulle hittas, men så har Reykjavík hunnit ikapp honom, och det är vår uppgift att ta reda på vad som har hänt.

– Om han, vi kan väl säga "han" så länge, Tidevarvsmannen, om han blev mördad för så länge sen, är det då inte så gott som säkert att mördaren är död av ålder? Om han inte är död är han urgammal och står vid gravens rand och då är det absurt att jaga rätt på honom och straffa honom. Och troligen är alla de som har nåt med händelsen att göra döda vid det här laget, så några vittnen kan vi inte heller få fram om vi skulle komma lösningen på spåren. Så att ...

– Vad vill du ha sagt?

– Har vi inte orsak att se över hur mycket energi vi ska spilla på den här utredningen? Jag menar, är det verkligen värt besväret?

– Så du tycker att vi ska glömma alltihop? frågade Erlendur.

Sigurður Óli ryckte på axlarna som om det gjorde honom detsamma.

– Mord är mord, sa Erlendur. Oavsett om åren går. Om det är frågan om ett mord i vårt fall, måste vi ta reda på vad som har hänt, vem offret är och varför, och vem mördaren är. Jag anser att vi ska ta itu med den här utredningen som vilken mordutredning som helst. Ta fram information. Prata med folk. Ett steg i taget, och så kommer vi förhoppningsvis fram till gåtans lösning.

Erlendur reste sig.

– Nån skit måste vi kunna gräva upp, sa han. Nu knackar vi dörr hos sommarstugeägarna och deras mormödrar. Han kastade en blick på Elínborg. Vi ska ta reda på om det har stått ett hus borta vid vinbärsbuskarna. Nu visar vi lite intresse här.

Han sa ett tankspritt hejdå och gick ut i korridoren. Elínborg och Sigurður Óli utbytte blickar och Sigurður Óli nickade i riktning mot dörren. Elínborg reste sig och följde Erlendur ut i korridoren.

– Erlendur, sa hon, och ställde sig i vägen för honom.

– Ja, vad då?

– Hur är det med Eva Lind? frågade Elínborg efter viss tvekan.

Erlendur tittade på henne och förblev tyst.

– Vi har hört lite grann här i huset. Hur hon hittades. Det var verkligen hemskt att höra. Om det är nåt jag eller Sigurður Óli kan göra för dig, så ska du inte tveka att be oss om det.

– Det finns inget att göra, sa Erlendur trött. Hon bara ligger där i en sal och det är ingen som kan göra nåt.

Han tystnade ett ögonblick.

– Jag gjorde en sorts resa genom hennes värld när jag letade efter henne. Vissa delar av den kände jag till, eftersom jag sökt efter henne på såna ställen, såna gator, i såna hus tidigare. Men jag blir ändå lika förvånad över det liv hon lever, att hon farit så illa, skadat sig själv så mycket. Jag har träffat de människor hon umgås med, de människor hon söker sig till och är helt utlämnad till på nåd och onåd, människor åt vilka hon tvingas göra tjänster som trotsar all beskrivning.

Han tystnade.

– Men det är inte det värsta, sa han sedan. Inte kvartarna eller småtjuvarna eller langarna. Hennes mor har alldeles rätt.

Erlendur tittade på Elínborg.

– Det är jag själv som är det värsta, sa han, eftersom det var jag som svek.

När Erlendur kom hem till lägenheten satte han sig utmattad i fåtöljen. Han hade ringt till sjukhuset och frågat om Eva Lind och fått veta att hennes tillstånd var oförändrat. Man skulle kontakta honom så snart någon förändring inträffade. Han tackade och la på. Sedan satt han och stirrade framför sig, i djupa tankar. Han tänkte på Eva Lind där hon låg på akuten, på sin före detta fru och det hat som fortfarande satt som en tagg i hennes liv, på sin son som han aldrig pratade med utom när det var problem.

När han satt där och tänkte kände han tydligt den djupa tystnad som rådde i hans liv. Kände ensamheten omsluta sig. Kände tyngden av färglösa dagar som lades på rad i en oändlig kedja som slingrade sig omkring honom och kvävde honom.

Just när sömnen övermannade honom fick tankarna fatt i barndomen, när ljuset återvände efter de mörka vintermånaderna och livet var oskyldigt och fritt från rädsla och bekymmer. Det hände inte så ofta, men ibland kunde han se in i den frid som en gång funnits, och då, ett kort ögonblick, kände han sig lycklig.

Om han kunde kringgå saknaden.

Han rycktes upp ur sin djupa sömn när telefonen hade ringt en lång stund, först mobilen i rockfickan, sedan hemtelefonen på det gamla skrivbordet som var en av de få möblerna i vardagsrummet.

– Du hade rätt, sa Elínborg när han till slut svarade. Å, förlåt, väckte jag dig? frågade hon sen. Klockan är inte mer än tio, sa hon ursäktande.

– Va? Vad var det jag hade rätt i? sa Erlendur utan att vara helt vaken än.

– Det har stått ett hus där. Vid buskarna.

– Buskarna?

– Vinbärsbuskarna. Buskaget. Där uppe i Grafarholt. Det byggdes på trettiotalet och revs omkring 1980. Jag bad Stadsbyggnadskontoret kontakta mig så fort de kommit fram till nåt, och de har verkligen ansträngt sig, har jobbat hela kvällen med att ta reda på det här.

– Vad var det för ett hus? frågade Erlendur trött. Boningshus, stall, hundkoja, sommarstuga, fähus, lagård, barack?

– Boningshus, sa Elínborg. Nån sorts sommarstuga.

– Va?

– Sommarstuga!

– Från vilken tid?

– Från före 1940.

– Och vem ägde den?

– Han hette Benjamín Knudsen. Handelsman.

– Hette?

– Han är död. Sen flera år.

8

Villaägarna på slätten norr om Grafarholt jobbade i sina
trädgårdar med vårbruk när Sigurður Óli körde förbi och
försökte parera ojämnheterna i vägen. Elínborg var med
honom i bilen. Några höll på att beskära sina träd, andra grund-
målade sina hus, och åter andra satte upp staket. Två hade sadlat
sina hästar och skulle ut på en ridtur.

Solen stod högt på himlen, vädret var stilla och vackert. Sigur-
ður Óli och Elínborg hade pratat med några av villaägarna utan
att få något ut av det och arbetade sig framåt till husen längre
bort. De hade inte bråttom i det fina vädret. De njöt av att få
komma bort från stan och promenera omkring i solskenet, prata
med villaägare som undrade vad polisen hade där att göra så ti-
digt på morgonen. En del hade hört talas om benfynden i områ-
det. Andra var just hemkomna från fjället.

– Överlever hon, eller …? frågade Sigurður Óli när de satt i
bilen igen och åkte vidare mot nästa hus. De hade börjat tala om
Eva Lind när de åkte från stan och de återkom till ämnet med
jämna mellanrum.

– Jag vet inte, sa Elínborg. Jag tror inte det är nån som vet.
Stackars flicka, sa hon sedan och suckade tungt. Och han, la hon
till. Stackars Erlendur.

Hon är narkoman, sa Sigurður Óli allvarligt. Är med barn och
går ändå omkring hög som ett hus, vilket tog död på barnet. Jag
kan inte tycka synd om såna människor. Jag förstår inte hur de
funkar och kommer aldrig att förstå det.

– Det är ingen som ber dig att tycka synd om dem, sa Elín-
borg.

– Jaså! Så fort nån säger nåt om dem så är det att de har det så jobbigt. Vad jag har sett av sånt där … Han tystnade. Jag kan inte tycka synd om såna där, upprepade han. De är bara patetiska. Inget annat. Patetiska.

Elínborg suckade.

– Hur känns det att vara så helt och hållet perfekt? Alltid välklädd, rakad och kammad, med examen från USA, obitna naglar, inga bekymmer i hela världen utom för de flotta kläderna? Blir du aldrig trött på det? Blir du aldrig trött på dig själv?

– Nope, sa Sigurður Óli.

– Vad skulle det göra om du visade de där människorna aldrig så lite sympati?

– De är patetiska, och det vet du med. Och hon är inte ett dugg bättre för att hon är gubbens dotter. Hon är som alla andra patetiska typer som driver omkring på gatan och knarkar och använder ungdomsmottagningar och behandlingshem som stationer på vägen innan de fortsätter droga sig för det är det enda de egentligen vill. Lata sig och droga sig.

– Hur har ni det, du och Bergþóra? frågade Elínborg och gav upp hoppet om att förändra hans inställning det allra minsta.

– Prima, sa Sigurður Óli trött och stannade vid nästa hus. Bergþóra lämnade honom bara inte i fred. Hon ville älska jämt och ständigt, på kvällar, morgnar och mitt på dan, i alla möjliga ställningar och på alla möjliga ställen i lägenheten, i köket och vardagsrummet och till och med i den lilla tvättstugan, horisontellt och vertikalt. Och även om han gillat det i början, började han nu märka att han var lite trött på det och han hade börjat oroa sig för vad det egentligen var med henne. Inte så att deras kärleksliv någonsin saknat glöd, inte alls. Men hennes åtrå hade aldrig varit så intensiv eller stark som nu. De hade aldrig pratat på allvar om att skaffa barn, fast det borde de förstås ha gjort. De hade varit tillsammans tillräckligt länge. Han visste att hon käkade p-piller, men han kunde inte värja sig för tanken att hon nu försökte snärja honom med barn. Och hon behövde ju inte snärja honom alls, för han tyckte väldigt mycket om henne och ville inte vara tillsammans med någon annan.

Men fruntimmer är oberäkneliga, tänkte han. Man vet aldrig var man har dem.

– Märkligt att folkbokföringen inte hade några namn på dem som bott i det där huset, om det nu är nån som har bott där, sa Elínborg och steg ur bilen.

– Det är nåt vajsing med folkbokföringen från just den där tiden. Det var otroligt många som flyttade till Reykjavík under kriget och åren efter, och folk mantalsskrev sig både här och där innan de slog sig ner för gott. Och så tror jag faktiskt att de tappat bort delar av mantalslängden. De lät så väldigt besvärade. Karln jag snackade med sa att de inte kunde hitta upplysningarna så där med en gång.

– Kanske bodde det inte nån där.

– Eller så var det nån som bodde där bara en kort tid. Eller nån som var mantalsskriven nån annanstans och inte anmälde flytten. Bodde kanske där i stugan några år, kanske bara några månader medan det var bostadsbrist i Reykjavík under kriget, och så flyttade de till en militärbarack sen. Barackpack. Vad tror du om den teorin?

– Helt logisk från en man i Burberryrock.

Husägaren tog emot dem i dörren, en ålderstigen man, mager och trög i rörelserna, med tunt, vitt hår, klädd i en tunn, ljusblå skjorta där linnet lyste igenom, grå manchesterbyxor och rätt nya joggingskor. Han bad dem stiga på, och när Elínborg såg allt skräpet där inne undrade hon om han bodde där året om. Hon frågade honom.

– Jo, det kan man väl säga, svarade mannen och slog sig ner i en fåtölj och gjorde en gest mot några köksstolar som stod mitt på golvet. Började bygga för fyrtio år sen och flyttade hit med bohaget i Ladan för ungefär fem år sen, om jag minns rätt. Eller om det var sex. Det flyter liksom ihop i en enda röra. Jag har ingen lust att bo i Reykjavík längre. En urtrist stad och ...

– Fanns det ett hus där uppe på krönet den gången, en sommarstuga som den här men kanske inte använd som sådan? frågade Sigurður Óli som inte tänkte lyssna på några längre utläggningar. Alltså för fyrtio år sen, när du började bygga?

– Sommarstuga men ändå inte, vad ...?

– Den låg för sig själv på den här sidan kullen, sa Elínborg. Byggdes nån gång före kriget. Hon tittade ut genom fönstret. Den måste ha synts från det här fönstret.

– Jo, jag minns ett hus där borta, inte helt färdigbyggt och omålat. Det är borta sen länge. Det var säkert ett rätt rejält hus, eller skulle ha blivit det, ganska stort, större än mitt, men det var helt förfallet. Hängde knappt ihop. Dörrarna var borta och fönstren krossade. Jag gick förbi där ibland, medan jag fortfarande hade ork att gå och fiska i Reynisvatn. Det var längesen jag slutade med det.

– Så det bodde ingen i huset? sa Sigurður Óli.

– Nej, det bodde ingen där då. Det hade inte gått att bo i det. Det var nästan helt förfallet.

– Så det bodde ingen i huset vad du vet, sa Elínborg. Du minns ingen som bodde där?

– Varför vill ni veta nåt om det huset?

– Man har hittat ben efter människor där borta i backen, sa Sigurður Óli. Har du inte sett det på nyheterna?

– Ben? Nej. Och de skulle vara från folk i det huset?

– Det vet vi inte. Vi känner ännu inte till husets historia eller vilka som har bott där, sa Elínborg. Vi vet vem som ägde huset men han är död sen länge och vi har ännu inte hittat nån som varit folkbokförd där. Kommer du ihåg att det fanns militärbaracker från kriget i området? På södra sidan? Förråd eller nåt sånt?

– Det fanns ju militärbaracker överallt. Både efter engelsmännen och jänkarna. Jag minns inte att det skulle ha funnits några här, men det var ju före min tid. Rätt långt före min tid. Ni borde prata med Róbert.

– Róbert? sa Elínborg.

– Han var en av de första som byggde sommarstuga här uppe i backen. Om han fortfarande är i livet. Jag vet att han kom på ålderdomshem. Róbert Sigurðsson. Om han fortfarande lever hittar ni honom säkert.

Det fanns ingen ringklocka vid entrén, så Erlendur bankade med näven på den tjocka ekdörren och hoppades att slagen skulle höras inne i huset. Det hade ägts av Benjamín Knudsen, storköpman i Reykjavík, som dog i början av sextiotalet. Hans arvingar var en bror och en syster som flyttade in när han dog och bodde där tills de själva dog. De var båda ogifta, men systern hade fött en dotter utom äktenskapet. Denna dotter var nu läkare och ogift, efter vad Erlendur fått fram, och hon bodde på mellanvåningen i detta hus, och hyrde ut lägenheten en trappa upp. Erlendur hade pratat i telefon med henne. De skulle träffas vid lunchtid.

Eva Linds tillstånd var oförändrat. Han hade tittat in till henne innan han for till jobbet och suttit länge vid hennes säng och tittat på alla apparater som registrerade livstecknen, slangarna som var fästa i näsan och blodådrorna på armarna. Hon kunde inte andas själv, och det hördes ett rosslande ljud från en pump som utvidgades och sjönk ihop. EKG-et var stadigt. På väg ut från intensiven pratade han med en läkare som berättade att det inte fanns något nytt att säga om Eva Linds tillstånd. Erlendur frågade om det fanns något han kunde göra och läkaren sa att även om dottern var medvetslös så skulle han prata med henne så mycket han kunde. Låta henne höra hans röst. Det hjälpte inte minst de anhöriga att tala med patienten under sådana här omständigheter. Hjälpte dem att bearbeta chocken. Eva Lind var alls inte förlorad och han skulle hela tiden ha detta i åtanke.

Den tunga ekdörren började röra på sig och öppnades till slut, och en kvinna någonstans runt de sextio räckte fram handen och presenterade sig. Elsa. Hon var smal och hade ett vänligt ansikte med diskret makeup. Hon hade mörkt, kortklippt hår med sidbena, var klädd i jeans och vit skjorta, och bar inga smycken. Hon visade in honom i vardagsrummet, förde sig säkert och elegant.

– Och vad tror ni det är för ben? frågade hon när han lagt fram sitt ärende.

– Det vet vi inte men vi har en teori om att de har samband med den sommarstuga som fanns där alldeles intill, som tillhörde din morbror Benjamín. Vistades han mycket där uppe?

– Jag tror inte att han nånsin var i den där stugan, sa hon tyst. Det finns en tragisk historia där. Mamma pratade jämt om vilken stilig och begåvad karl han var och hur bra det gick för honom ekonomiskt, men så förlorade han sin fästmö. En dag försvann hon. Bara så där. Hon var gravid.

Erlendur tänkte på sin dotter.

– Han blev deprimerad. Brydde sig knappt om sin affär och sina andra tillgångar så det gick utför med alltsammans, tror jag, tills han inte hade nåt kvar utom det här huset. Han dog i sitt livs blomma, kan man säga.

– Hur försvann hon? Hans fästmö?

– Man trodde att hon gått i sjön, sa Elsa. Det var i alla fall vad jag hörde.

– Var hon deprimerad?

– Man pratade aldrig om henne på det viset.

– Och hon hittades aldrig?

– Nej, hon ...

Elsa tystnade mitt i meningen. Det var som om hon plötsligt begrep vad han syftade på och hon stirrade på honom, först vantroget, och sedan ledsen och chockerad och arg, allt på samma gång. Hon rodnade.

– Jag tror dig inte.

– Vad då? sa Erlendur och såg hur hennes ansikte plötsligt skiftade färg och hon blev fientlig.

– Du tror att det är hon! Att det är hennes ben!

– Jag tror ingenting. Det är första gången jag hör talas om denna kvinna. Vi har ingen aning om vem det är som ligger där uppe. Det är alldeles för tidigt att säga nåt närmare om vem det kan vara eller inte vara.

– Varför är du då så intresserad av henne? Vad vet du som inte jag vet?

– Ingenting, sa Erlendur förvirrad. Tänkte du inte själv på det när jag nämnde att man hittat ben där uppe? Din släkting hade ett hus i området. Hans fästmö försvann. Vi hittar ben. Det är ingen långsökt slutsats.

– Är du inte klok? Antyder du ...

– Jag antyder ingenting alls.

– ... att han har mördat henne? Att Benjamín skulle ha dödat sin fästmö och begravt henne där och inte sagt ett ord om det till nån, en plågad man resten av livet?

Elsa hade rest sig och vankade fram och tillbaka över golvet.

– Vänta, jag har inte sagt nånting, suckade Erlendur, och funderade på om han hade kunnat gå mer försiktigt fram. Absolut ingenting, sa han.

– Tror du att det är hon? Skelettet som ni hittat? Är det hon?

– Säkert inte, sa Erlendur, utan att ha några belägg för det. Han ville för allt i världen lugna ner denna kvinna. Han måste ha farit lite för hårt fram. Antytt något som var helt ogrundat, och det ångrade han.

– Vet du nånting om den där stugan? sa han i ett försök att byta samtalsämne. Var det nån som bodde där för femtio, sextio år sen? Under kriget eller strax efter? Folkbokföringen har inte lyckats få fram några uppgifter än.

– Herregud, att få höra nåt sånt, suckade Elsa. Va? Vad sa du?

– Han kanske hyrde ut stugan, sa Erlendur snabbt. Din morbror. Det rådde ju bostadsbrist i Reykjavík under kriget och åren därefter och hyresrum var eftertraktade, och jag tänkte att han kanske lät nån bo i huset mot skälig ersättning. Eller kanske sålde det. Vet du nåt om det?

– Ja, jag tror faktiskt jag hört nåt om att han skulle ha hyrt ut stugan, men jag vet inte till vilka, om det är det du vill veta. Förlåt att jag reagerade så där. Det hela är bara så ... Vad är det för slags ben? Ett helt skelett? Man, kvinna, barn?

Lugnare nu. I balans. Hon satte sig igen och gav honom en frågande blick.

– Det verkar vara ett helt skelett men vi har inte kommit ända ner än, sa Erlendur. Hade din morbror nån bokföring över sin verksamhet eller sina fastigheter? Nåt som inte har kastats?

– Källaren här är full av skräp efter honom. Alla möjliga papper och kartonger som jag aldrig har kommit mig för med att slänga och heller aldrig orkat gå igenom. Hans skrivbord finns där nere, och några skåp. Jag måste väl snart ta itu med allt det där.

Hon sa det sista med ett styng av harm i rösten och Erlendur tänkte att kanske är hon inte riktigt nöjd med sin lott här i livet, ensam i ett stort hus som är ett arv från en förgången tid. Han såg sig omkring och reflekterade över att hela hennes liv på något sätt verkade vara ett arv från det förgångna.

– Tror du att vi ...?

– Varsågod. Du får gärna titta på allt du har intresse av, sa hon och log lite frånvarande.

– Det är en sak jag funderar på, sa Erlendur och reste sig. Vet du varför Benjamín hyrde ut stugan? Behövde han pengar? Jag tycker inte det verkar som om han haft ekonomiska problem. Inte med det här huset i sin ägo. Och affären. Du säger att affären så småningom gled honom ur händerna, men under kriget måste han ha tjänat tillräckligt för att försörja sig och mer därtill.

– Nej, jag tror inte han behövde nån extra inkomst.

– Varför hyrde han då ut stugan?

– Jag tror att nån frågade honom om det. När folk flyttade in till Reykjavík från landsbygden under kriget. Jag tror att det var nån han ville hjälpa.

– Så han kanske inte ens krävde nån hyra?

– Det vet jag inget om. Det är väl inte så att du tror att Benjamín ...

Hon hejdade sig mitt i meningen som om hon inte riktigt vågade säga vad hon tänkte.

– Jag tror ingenting, sa Erlendur och försökte le. Det är alltför tidigt att börja tro nåt.

– Jag tror bara inte det kan vara så.

– Säg mig en annan sak.

– Ja.

– Har hon några efterlevande?

– Vem då?

– Benjamíns fästmö. Finns det nån man kan prata med?

– Hur så? Varför vill du gå vidare med den saken? Han hade aldrig kunnat göra henne nåt illa.

– Det förstår jag. Vi har icke desto mindre dessa ben och de

tillhör nån och de försvinner inte. Jag måste ta alla möjliga för-
klaringar i beaktande.

– Hon hade en syster som jag vet lever. Hon heter Bára.

– När försvann hon, flickan?

– Det var 1940, sa Elsa. Man säger att det var en vacker dag
om våren.

9

Róbert Sigurðsson levde fortfarande, men det var allt med nöd och näppe, tänkte Sigurður Óli. Han och Elínborg satt mitt emot den gamle mannen på hans rum, och Sigurður Óli tänkte medan han tittade på det färglösa ansiktet att han själv inte hade någon lust att bli över nittio. Han rös. Gubben saknade tänder och hade blodlösa läppar, insjunkna kinder och grå hårtofsar som stack upp åt alla håll från den benvita skallen. Han var kopplad till en syrgastub som stod på en liten vagn bredvid honom. Varje gång han skulle säga något tog han av sig syrgasmasken med darriga händer och utstötte två eller tre ord innan han satte på masken igen.

Róbert hade sålt sin stuga för länge sedan och därefter hade den sålts och köpts i flera omgångar tills den revs och man byggde ett nytt hus på tomten. Sigurður Óli och Elínborg hade väckt det nya husets ägare strax efter lunch och fått hela historien luddigt och något osammanhängande berättad.

De hade låtit huvudkontoret leta rätt på den gamle mannen medan de for ner från utgrävningsområdet. Det visade sig att han låg på centralsjukhuset i Fossvogur, och att han nyligen fyllt nittio.

Det var Elínborg som förde ordet på sjukhuset och hon berättade om utredningen för Róbert som satt där vissen i sin rullstol och kippade efter syre i masken. Rökare sedan urminnes tider. Han tycktes dock vara vid sina sinnens fulla bruk, trots sin klena hälsa, och nickade till tecken på att han förstod varje ord och hängde med i polisens berättelse. Sjuksköterskan som följt med dem in till patienten stod bakom rullstolen och påpekade nu för dem att de inte fick hålla på för länge så att de tröttade ut åldringen. Han tog av sig masken med skälvande händer.

– Jag minns ... sa han med mycket låg och hes röst, satte på sig masken igen och sög i sig syret. Tog sedan av masken igen.

– ... det där huset men ...

Sigurður Óli tittade på Elínborg och sedan på sitt armbandsur och gjorde inget försök att dölja sin otålighet.

– Vill du inte ... började hon men då åkte masken av igen.

– ... jag minns bara att ... inflikade Róbert, plågad av andnöd.

Masken på.

– Vill du inte gå ner i matsalen och få en bit mat, sa Elínborg till Sigurður Óli som återigen tittade på sin klocka, på den gamle mannen och sedan på Elínborg, suckade, reste sig och försvann ut ur rummet.

Masken av.

– ... en familj som bodde där.

Masken på. Elínborg väntade ett ögonblick för att se om mannen skulle fortsätta, men Róbert teg och hon kom på att hon skulle kunna formulera frågorna så att han inte skulle behöva svara med mer än ja och nej och kunde göra det med huvudet så att han inte behövde säga något. Hon beskrev hur hon tänkte göra och han nickade. Glasklar, tänkte Elínborg.

– Hade du en stuga där under kriget?

Róbert nickade.

– Bodde den där familjen i huset under de åren?

Róbert nickade.

– Minns du vad de hette, de som bodde i huset på den tiden?

Róbert skakade på huvudet.

– Var det en stor familj?

Róbert skakade på huvudet igen.

– Ett par med två, tre barn? Fler?

Róbert nickade och sträckte upp tre blodlösa fingrar.

– Man och hustru med tre barn. Träffade du dem nånsin? Umgicks ni eller kände ni varann inte alls? Elínborg hade glömt systemet med ja och nej och Róbert tog av sig masken.

– Kände dem inte alls.

Masken åkte på igen. Sjuksköterskan hade börjat bli orolig där hon stod bakom rullstolen och stirrade på Elínborg som för att signalera att nu skulle hon sluta ögonaböj och hon var redo att ingripa när som helst. Róbert tog av masken.

– ... dog.

– Vem då? Den där familjen? Vem dog? Elínborg lutade sig närmare över honom och väntade på att han skulle ta av masken. Han förde den skälvande handen mot masken en gång till och tog av den.

– Hjälplöst ...

Elínborg riktigt kände hur svårt han hade att tala och deltog så mycket hon kunde i hans försök. Hon såg stadigt på honom och väntade på att han skulle fortsätta.

Masken av.

– ... paket.

Róbert tappade masken, han slöt ögonen och huvudet sjönk långsamt ner mot bröstet.

– Jaha, sa sjuksköterskan förebrående, då har du lyckats ta livet av honom. Hon tog tag i masken och tryckte den hårdhänt över Róberts ansikte. Han satt med huvudet ner mot bröstet och blundade som om han sov eller höll på att dö, tänkte Elínborg. Hon reste sig och såg på medan sjuksköterskan rullade fram Róbert till sängen, lyfte upp honom så lätt som om han vore en fjäder och la honom till rätta.

– Tänker du ta död på karln med de där dumheterna? sa sjuksköterskan, ett rejält fruntimmer i femtioårsåldern med håret i en knut i nacken, klädd i en vit rock, vita byxor och vita träskor. Hon stirrade ilsket på Elínborg. Borde aldrig ha gett tillstånd till detta, mumlade hon anklagande för sig själv. Han lever knappast fram till kvällen, suckade hon och riktade orden till Elínborg utan att försöka dölja den förebrående tonen.

– Förlåt mig, sa Elínborg, utan att egentligen begripa vad det var hon ursäktade sig för. Vi trodde han skulle kunna hjälpa oss i samband med några gamla ben. Jag hoppas att han inte har det alltför svårt.

Róbert slog plötsligt upp ögonen där i sängen. Han tittade sig omkring som om han försökte fatta var han befann sig och tog sedan av syrgasmasken trots sjuksköterskans protester.

– Kom ofta, sa han andfådd, ... senare. Grön ... kvinna ... buskarna ...

– Buskarna? sa Elínborg. Hon tänkte efter ett ögonblick. Menar du vinbärsbuskarna?

Sköterskan hade satt tillbaka masken på Róbert men Elínborg uppfattade att han nickade.

– Vem var det? Menar du dig själv? Minns du vinbärsbuskarna? Gick du dit? Gick du till vinbärsbuskarna?

Róbert skakade sakta på huvudet.

– Gå nu och låt honom få lugn och ro, beordrade sköterskan Elínborg som hade rest sig och lutade sig närmare Róbert, men inte för nära för att inte reta upp sköterskan mer än hon redan gjort.

– Kan du berätta om det? fortsatte Elínborg. Visste du vem det var? Vem var det som kom till vinbärsbuskarna ofta?

Róbert hade slutit ögonen igen.

– Senare? fortsatte Elínborg. Vad menar du med senare?

Róbert öppnade ögonen och lyfte upp sina gamla, magra händer och signalerade att han ville få papper och penna. Sköterskan skakade på huvudet och sa åt honom att vila sig, nu hade han fått nog. Han grep tag om hennes handled och såg bedjande på henne.

– Kommer inte på fråga, sa sköterskan. Vill du nu vara så snäll och gå härifrån, sa hon till Elínborg.

– Ska vi inte låta honom få bestämma? Om han dör i kväll ...

– Vi? sa kvinnan. Vilka vi? Har du arbetat här i trettio år med att ta hand om patienter? Hon fnyste. Kan du nu se till att gå innan jag måste kalla på hjälp och släpa ut dig härifrån.

Elínborg tittade ner på Róbert som hade slutit ögonen igen och verkade sova. Hon tittade på sköterskan och började mycket långsamt röra sig i riktning mot dörren. Sköterskan följde efter och smällde igen dörren i ansiktet på Elínborg när hon kommit ut i korridoren. Hon funderade på att gå och hämta Sigurður Óli och ta strid med kärringen och göra klart för henne hur viktigt det var att Róbert fick säga det han hade att säga. Men hon ändrade sig. Sigurður Óli skulle säkert reta upp tanten ännu mer.

Elínborg gick längs korridoren och kom fram till matsalen där Sigurður Óli satt och tryckte i sig en banan med bister min. Hon tänkte gå in till honom men tvekade. Hon vände på klacken och spanade mot Róberts dörr. Det fanns en liten alkov eller ett TV-rum vid slutet av korridoren och hon gick dit och gömde sig bakom en stor krukväxt som stack upp ur en enorm kruka och som räckte ända upp i taket. Där kurade hon som en lejoninna på vakt och höll ögonen på dörren.

Det dröjde inte lång stund förrän sköterskan kom ut, seglade nerför korridoren, genom matsalen och ut till nästa avdelning. Hon brydde sig inte om Sigurður Óli, och han med sin banan inte om henne.

Elínborg smög fram från sitt gömställe bakom trädet och gick försiktigt längs korridoren fram till Róberts dörr. Han låg och sov i sängen med masken för ansiktet, precis som när hon lämnat rummet. Gardinerna var fördragna men en ljuskägla från en liten lampa vid sängen kastade lite ljus ut i halvmörkret. Hon gick fram till honom, tvekade ett ögonblick och tittade sig snabbt omkring innan hon samlade mod och skakade försiktigt i gamlingen.

Róbert rörde sig inte. Hon försökte igen men han sov som en sten. Elínborg tänkte att antingen sov han mycket djupt eller också höll han på att dö, och hon bet på naglarna medan hon funderade på om hon skulle skaka honom hårdare eller glömma alltihop och gå sin kos. Det var inte mycket han hade sagt. Bara att någon hade irrat omkring där uppe vid vinbärsbuskarna. En grön kvinna.

Hon skulle just vända sig om när Róbert öppnade ögonen och stirrade på henne. Elínborg var inte säker på om han kände igen henne, men han nickade och hon tyckte precis det såg ut som om han log mot henne där bakom syrgasmasken. Han signalerade på samma sätt som förut att han ville ha papper och penna och hon grävde i fickorna efter ett litet anteckningsblock och en penna hon visste att hon hade där. Hon satte blocket och pennan i händerna på honom och han började med darrande händer skriva något med stora blockbokstäver. Han tog god tid på sig och Elínborg stirrade med skräck i blicken mot dörren och räknade med att sköterskan skulle dyka upp när som helst och börja skrika otidigheter mot henne. Hon hade velat be Róbert skynda sig men vågade för allt i världen inte stressa honom.

När han var klar föll hans blodfattiga händer ner på täcket, blocket och pennan likaså, och han blundade igen. Elínborg tog blocket och tänkte just läsa vad han skrivit när EKG-mätaren som var kopplad till gubben plötsligt började pipa. Oljudet från apparaten skar igenom rummets tystnad och Elínborg blev så paff att hon ryckte till och gjorde ett litet hopp. Hon tittade snabbt ner på Róbert och undrade vad hon skulle göra, men la sedan benen på ryggen och rusade ut ur rummet, nerför korridoren, in i matsalen där Sigurður Óli satt kvar och just stoppade i sig sista biten av bananen. Någonstans i huset ljöd ett alarm.

– Fick du nåt ur gubbskrället? sa Sigurður Óli när Elínborg mycket andfådd satte sig bredvid honom. Va, är det nåt på tok? undrade han när han insåg hur andtruten hon var.

– Nej då, allt är bara bra, sa Elínborg.

En hel drös läkare, sjuksköterskor och biträden kom rusande in i matsalen, skyndade igenom den och fortsatte springande ut i korridoren i riktning mot Róberts rum. Strax efter dem kom en man i vit rock och sköt en apparat framför sig, något som Elínborg trodde var en hjärt-lungmaskin, och även han försvann nerför korridoren. Sigurður Óli iakttog härtåget medan det försvann runt hörnet.

– Vad fan har du nu ställt till med? sa han och vände sig mot Elínborg.

– Jag, stönade Elínborg. Ingenting. Jag! Vad menar du?

– Varför är du så svettig? frågade Sigurður Óli.

– Jag är inte svettig.

– Vad hände? Varför rusar alla omkring så där? Och du kan ju knappt dra andan?

– Ingen aning.

– Fick du ur honom nåt? Är det han som håller på att trilla av pinn?

– Du, försök nu att visa lite hänsyn, sa Elínborg och tittade sig oroligt omkring.

– Vad fick du ur honom?

– Det måste jag se efter först, sa Elínborg. Ska vi inte åka härifrån? De reste sig och lämnade matsalen, gick ut ur sjukhuset och satte sig i bilen. Sigurður Óli körde.

– Jaha, vad sa han nu då? frågade Sigurður Óli otåligt.

– Han skrev nånting på ett papper, sa Elínborg och suckade. Stackars karln.

– Skrev?

Hon tog upp blocket ur fickan och bläddrade tills hon kom till den sida som Róbert skrivit på. Där fanns bara ett enda ord präntat med en döende mans darriga handstil, nästan oläsligt. Det tog henne en stund att dechiffrera strecken i blocket men till slut var hon säker på tolkningen. Men hon förstod inte själva innebörden. Hon stirrade på det ord som blev Róberts sista här i livet: S N E D

🖎

I kväll var det visst potatisen. Han tyckte inte den var genomkokt. Eller det var vad hon trodde. Den hade lika gärna kunnat vara överkokt, sönderkokt, rå, oskalad, dåligt skalad, skalad, inte skuren i halvor, inte i sås, i sås, stekt, ostekt, potatismos, för tjockt, för tunt, för sött, inte tillräckligt sött ...

Det var omöjligt att veta hur han ville ha det.

Det var ett av hans starkaste vapen. Hans överfall kom alltid utan förvarning och när hon var som minst förberedd, ja, han hade en större benägenhet att slå till när allt verkade frid och fröjd, och inte så ofta när han verkade bekymrad. Han var ett riktigt geni i konsten att hålla henne i ovisshet, och hon kunde aldrig känna sig trygg. Hon var liksom en spratteldocka i hans närvaro, alltid redo att vara honom till lags. Ha maten klar i rätt tid. Ha kläderna redo på morgonen. Hålla styr på pojkarna. Hålla Mikkelína borta. Passa upp på honom på alla sätt, även om hon visste att det inget tjänade till.

Hon hade för länge sedan slutat hoppas på att han skulle förändras. Hans hem var hennes fängelse.

Han tog sin tallrik när han var färdig med kvällsmaten, tystlåten som vanligt, och ställde den i diskhon. Gick sedan tillbaka mot bordet som om han var på väg ut ur köket, men stannade bredvid henne som fortfarande satt kvar vid bordet. Hon vågade inte titta upp utan fäste blicken på sina två söner som också satt vid bordet och fortfarande åt. Kroppens alla muskler i högsta beredskap. Kanske skulle han gå ut utan att röra henne. Pojkarna tittade på henne och la försiktigt ifrån sig gafflarna.

Det var dödstyst i köket.

Plötsligt grep han tag om hennes huvud och pressade ner det mot tallriken. Den gick sönder, han slet upp henne i håret och kastade henne nu bakåt så att stolen välte under henne och hon föll i golvet. Han svepte bort allt porslin från bordet och sparkade till hennes stol så den dunsade i väggen. Hon blev yr av fallet. Det var som om hela köket snurrade runt. Hon försökte resa sig, även om hon visste av erfarenhet att det var bättre att ligga kvar orörlig på golvet, men nu var det som om djävulen flög i henne och hon ville reta honom.

– Ligg still, din kossa, röt han till henne, och när hon kommit upp på knä böjde han sig över henne och skrek:

– Jaså, du vill stå upp? Sen drog han upp henne i håret och kastade henne med ansiktet före mot väggen och sparkade henne på höften så att hon miste all kraft i benen, stönade av smärta och föll ner på golvet igen. Det började forsa blod ur näsan och det surrade i öronen så att hon knappt hörde hans skrik.

– Ställ dig upp då, din jävla hora! skrek han.

Den här gången låg hon stilla, kröp ihop med händerna till skydd över huvudet och väntade på att bli överöst med sparkar. Han lyfte ena benet och riktade med all sin kraft en spark mot hennes sida och hon kippade efter andan när hon kände smärtan i bröstet. Han böjde sig ner och tog tag i håret och vred ansiktet mot sig och spottade på det innan han dängde hennes huvud i golvet igen.

– Jävla subba, väste han. Så reste han sig och tittade ut över köket som såg ut som ett slagfält. Ser du vad du ställer till med, ditt as, skrek han ner mot henne. Nu ska du städa upp här med detsamma, annars dödar jag dig!

Han backade långsamt bort från henne och försökte spotta på henne en gång till, men hade blivit torr i munnen.

– Ditt patetiska stycke, sa han. Du duger ingenting till. Kan du inte göra nånting rätt, jävla värdelösa hora? När ska du fatta det? När ska du nånsin fatta det?

Det gjorde honom detsamma om hon fick blåmärken. Han visste att det inte var någon som skulle bry sig om det. Det var ytterst sällan de fick något besök där i stugan. Det låg några enstaka sommarstugor längre ner på ängen, men det var inte många som hade vägarna förbi högre upp i backen, och även om stora vägen mellan Grafarvogur och Grafarholt gick alldeles utanför, var det ingen som hade något ärende till familjen i stugan.

Huset de bodde i var en rymlig sommarstuga som han hyrde av en man i Reykjavík. Det var inte färdigbyggt när ägaren tappade intresset för det och erbjöd honom att hyra det för en billig penning om han byggde klart det. Till att börja med hade han varit flitig med att snickra, och han blev nästan klar, men sedan visade det sig att husägaren ändå inte brydde sig om ifall det blev något gjort på huset och då drog han ner på takten och slutade sedan helt med byggnadsarbetena. Det var ett trähus som innehöll ett kombinerat vardagsrum och kök, två sovrum med kolkaminer och en liten korridor mellan rummen. Det fanns en brunn inte långt från huset där de hämtade vatten varje morgon, två hinkar om dagen som ställdes på en bänk i köket.

De hade flyttat dit för ungefär ett år sedan. Efter att engelsmännen kommit och folk strömmade till stan från landet för att få jobb. De förlorade källarlägenheten. Hade inte råd att bo där längre. Hyran gick upp när efterfrågan började öka av att alla kom till Reykjavík för att jobba för engelsmännen, och till slut blev denna bostad alltför dyr. När han fick tag i den halvbyggda sommarstugan i Grafarholt och flyttade dit med sin familj, började han leta efter något jobb som kunde passa de nya omständigheterna, och fick arbete som kolutkörare till områdena utanför stans centrum. Han gick nerför vägen från Grafarholt varje morgon, plockades upp av kolbilen och släpptes av på samma plats på kvällen igen. Ibland tänkte hon att han hade flyttat från Reykjavík av den enda anledningen att ingen skulle höra hennes nödrop när han misshandlade henne.

Bland det första hon gjorde när de kom till stugan var att skaffa vinbärsbuskarna. Hon tyckte att tomten var lite kal och planterade tre buskar på sydsidan av huset. De skulle markera tomtgränsen söderut, och hitom buskarna skulle hon ha en liten trädgård. Hon ville plantera fler buskar och träd men det tyckte han var slöseri med tid och förbjöd henne att ägna sig åt det.

Hon låg stilla på golvet och väntade på att han skulle lugna ner sig eller gå därifrån, ut ur huset, ner till stan för att träffa sina vänner. Han åkte ibland till Reykjavík och sov över där utan att komma med några närmare förklaringar till det. Hennes ansikte sved av smärta och hon hade samma värk i bröstet som när hon knäckte ett revben för två år sedan. Hon visste att det inte var potatisen. Inte heller fläcken han upptäckt på sin nytvättade skjorta. Inte heller klänningen hon sytt åt sig och som han tyckte var för prålig och rev sönder i trasor. Inte heller barnens gråt på natten, som var hennes fel. Usel mor! Få tyst på dem eller jag slår ihjäl dem! Hon visste att han var kapabel till det. Visste att han kunde gå så långt.

De två pojkarna kilade ut ur köket när de såg honom överfalla mamman, men Mikkelína blev kvar som vanligt. Hon kunde knappt förflytta sig utan hjälp. Hon låg hela dagarna på rygg på en madrass i köket, eftersom det var lättast att hålla ett öga på henne om hon fanns där. För det mesta rörde hon inte en fena efter att han kommit in i köket, och när han började ge sig på mamman drog hon filten över huvudet med båda armarna, som om hon ville försvinna helt.

Hon såg inte vad som hände. Ville inte se det. Genom filten hörde hon hans skrik och mammans smärtfyllda rop, och ryckte till när hon hörde hur mamman dunsade i väggen och föll i golvet. Hon kröp ihop under filten och började nynna inne i huvudet:

Lilla tösen vaknar
skakar sina lockar
Lilla tösen saknar
båda sina sockar

När hon slutade hade det åter blivit tyst i köket. Det dröjde ännu en lång stund innan hon vågade lyfta filten. Hon kikade ut mycket försiktigt men såg honom inte. Hon tittade mot ingången och såg att ytterdörren stod öppen. Han måste ha gått ut. Hon satte sig upp och såg sin mor ligga på golvet. Hon vek undan filten, kröp upp ur sin bädd och släpade sig över golvet, under köksbordet bort mot sin mamma som fortfarande låg hopkrupen och inte rörde sig.

Mikkelína la sig tätt intill sin mor. Flickan var mycket mager och svag och det var svårt för henne att krypa på det hårda golvet. Om hon skulle förflytta sig någon längre sträcka fick hon bäras av bröderna eller mamman. Han gjorde det aldrig. Han hade ofta hotat att döda idioten. Kväva den ömkliga invaliden i sängen! Krymplingen!

Mamman rörde sig inte. Hon kände att Mikkelína la sig bakom hennes rygg och strök henne över huvudet. Värken i bröstkorgen avtog inte och det rann blod ur näsan. Hon visste inte om hon hade svimmat. Hon trodde först att han var kvar i köket men eftersom Mikkelína nu kommit krypande kunde han inte vara det. Mikkelína var livrädd för sin styvfar.

Hon sträckte försiktigt på sig, stönade av smärta och tog sig åt sidan där hans spark träffat. Han måste ha knäckt ett revben. Hon rullade över på rygg och tittade på Mikkelína. Flickan hade gråtit och rädslan lyste ur ögonen. Hon ryckte till när hon såg mammans blodiga ansikte och började gråta igen.

– Det är okej, Mikkelína, stönade hennes mor. Allt kommer att bli bra med oss.

Hon reste sig sakta med stort besvär och stödde sig mot köksbordet.

– Vi överlever det här också.

Hon strök med handen över sidan av bröstkorgen och kände hur smärtan stack till som ett knivhugg.

– Var är pojkarna? frågade hon och tittade ner på Mikkelína på golvet. Mikkelína pekade på dörren och gav ifrån sig ett ljud som avslöjade både skräck och iver. Mamman hade alltid behandlat henne som om hon vore normal. Styvfadern kallade henne aldrig något annat än idioten och något ännu värre. Mikkelína hade fått hjärnhinneinflammation när hon var tre år, och ingen trodde att hon skulle överleva. Flickan hade i flera dagar svävat mellan liv och död hos nunnorna på katolska kyrkans sjukhus, och mamman fick inte vara hos henne hur mycket hon än bönade och bad och grät utanför sjuksalen. När Mikkelína blev bättre hade hon förlorat rörelseförmågan i hela högra sidan av kroppen, även i höger ansiktshalva, vilket gjorde henne sned i ansiktet. Ena ögat var ständigt halvslutet och ena mungipan hängde ner, så hon hade svårt att hålla saliven inne.

Pojkarna visste att de inget kunde göra för att hjälpa sin mor. Den yngste var nu sju år, den äldste tolv. Numera visste de vad pappan kunde ta sig till när han misshandlade mamman, de kände till alla de fula orden som han öste ur sig när han förberedde sig och kände igen hans sinnestillstånd när han vräkte ur sig alla förolämpningarna. Då flydde de. Först Símon, den äldre. Han grep tag i sin bror och drog honom med sig och sköt honom framför sig ut genom dörren, livrädd för att faderns vrede skulle riktas mot dem.

Någon gång skulle han lyckas få med sig Mikkelína också.

Och någon gång skulle han kunna försvara sin mor.

Bröderna sprang för livet ut ur huset bort mot vinbärsbuskarna. Det var höst och buskarna var som vackrast, djupgröna med tätt bladverk. De eldröda bären var sprängfyllda av saft och gick sönder mellan fingrarna när de plockade dem och la dem i muggar och burkar de fått av mamman.

De slängde sig på marken bakom buskarna och hörde pappans svordomar och okvädinsord, ljudet från porslin som krossades och mammans ångestrop. Den lille höll för öronen men Símon tittade mot köksfönstret som lyste upp halvmörkret med ett gyllene sken och tvingade sig att höra moderns rop.

Han hade slutat hålla för öronen. Han var tvungen att lyssna om han skulle kunna göra det han tänkte göra.

10

Elsa hade sannerligen inte överdrivit när hon beskrivit källaren i Benjamíns hus. Den var proppfull av skräp och Erlendur stod ett tag helt handfallen. Han funderade på om han skulle ringa på Elínborg och Sigurður Óli men bestämde sig för att vänta med det. Källaren var på ungefär 90 kvadratmeter och indelad i några rum som alla saknade dörrar och fönster, och i alla rummen stod låda på låda, de allra flesta omärkta. Det var papplådor som innehållit vinflaskor eller cigaretter, det var trälådor i alla tänkbara storlekar, och skräpet de innehöll var av de mest skiftande sorter. I källaren fanns också gamla skåp och resväskor och kistor och allt möjligt annat som samlats under årens lopp: dammiga cyklar, gamla gräsklippare, en rostig grill.

– Du får rota i det här så mycket du vill, sa Elsa när de kommit ner. Om det är nåt jag kan hjälpa dig med ska du bara ropa. Hon tyckte nästan synd om den allvarlige polismannen som ibland verkade ha tankarna någon annanstans, slarvigt klädd i en sliten väst under den skrynkliga kavajen med blankslitna armbågslappar. När hon såg honom i ögonen och när hon hörde hans röst, anade hon att han bar på en sorg av något slag.

Erlendur log lite grann och tackade henne. Två timmar senare hade han hittat de första dokumenten om handelsman Knudsens verksamhet. Det tog en evinnerlig tid att jobba sig fram genom källaren. Allt låg i en fullkomlig röra. Gammalt och nytt skräp låg om vartannat och han var tvungen att gå igenom allt för att komma vidare. Men han tyckte ändå det verkade som om han arbetade sig bakåt i tiden ju djupare in han kom. Han längtade efter en kopp kaffe och var röksugen och funderade på om han skulle störa Elsa eller ta en paus från alltihop och åka iväg till något kafé.

Hans tankar gick hela tiden till Eva Lind. Han hade mobilen på och kunde när som helst bli uppringd från sjukhuset. Han hade dåligt samvete för att han inte var mer hos henne. Kanske skulle han ta ledigt några dagar, sitta hos sin dotter och prata med henne så som läkaren sagt åt honom att göra. Vara hos henne och inte låta henne ligga ensam och medvetslös på intensiven, utan familj, utan tröstande ord. Men han visste också att han inte klarade av att sitta sysslolös och vänta vid hennes säng. Arbetet var en sorts frälsning. Han behövde det för att skingra tankarna. För att inte tänka för ingående på det värsta som kunde hända. På det som var otänkbart.

Han försökte koncentrera sig på arbetet. Han gick igenom innehållet i ett gammalt skrivbord där han hittade räkningar från en grossisthantering med firmanamnet Knudsens Magasin. De var handskrivna och han hade problem med att tyda skriften men det verkade röra sig om godstransporter. Flera liknande räkningar fanns i skrivbordets gömslen och Erlendur tyckte det verkade som om Knudsen sysslat med import av kolonialvaror. Kaffe och socker fanns bland posterna på listorna, och ett pris i kolumnen bredvid.

Ingenting om uthyrning av sommarstuga långt ute på landet där nu Tidevarvsbyn höll på att byggas.

Erlendur blev till slut så röksugen att han blev tvungen att göra något åt det, och hittade en dörr som vette ut mot en vacker trädgård. Där ute höll naturen på att vakna till liv igen efter den långa vintern, men det var inget som Erlendur ägnade någon tanke där han stod och girigt drog i sig röken och blåste ut den igen. Han rökte två cigaretter i rask takt. Telefonen ringde i jackfickan när han var på väg in igen. Det var Elínborg.

– Hur mår Eva Lind? frågade hon.

– Fortfarande medvetslös, sa Erlendur kort. Nog om det. Nåt nytt? frågade han.

– Jag talade med en gammal gubbe som heter Róbert och som hade sommarstuga där borta i backen. Jag är inte helt på det klara med vad han menade men han kom ihåg nån som brukade hålla till bland dina buskar.

– Buskar?

– Borta vid benen.

– Vid vinbärsbuskarna? Vem var det?

– Jag tror att han dog sen.

Erlendur hörde Sigurður Óli fnissa i bakgrunden.

– Han i vinbärsbuskarna?

– Nej, Róbert, sa Elínborg. Så det är inget mer att hämta där.

– Och vem var det? Vid vinbären?

– Väldigt luddigt, sa Elínborg. Det var nån som kom "ofta" och "senare". Det var egentligen det enda jag fick ur honom. Sen började han säga nåt annat. Sa "grön kvinna" och sen var det slut.

– Grön kvinna?

– Ja. Grön.

– Ofta och senare och grön, upprepade Erlendur. Senare än vad då? Vad kan han ha menat?

– Det var som sagt väldigt lapidariskt. Jag tror att det kan ha varit … jag tror att hon … Elínborg tvekade.

– Att hon vad då? frågade Erlendur.

– Var sned.

– Sned?

– Det var den enda beskrivning han gav på människan. Han kunde inte prata längre, gubbstackarn, och skrev ner detta enda ord, sned. Sen somnade han och jag tror att nånting hände, för sen kom en hel hoper läkare inrusande och …

Elínborgs röst ebbade ut. Erlendur funderade ett slag på det hon sagt.

– Det verkar alltså vara så att det är nån kvinna som ofta kommit till vinbärsbuskarna nån gång senare.

– Kan ha varit under kriget, inflikade Elínborg.

– Kom han ihåg dem som bodde i huset?

– En familj. Man och hustru med tre barn. Jag fick inte ur honom mer än så.

– Det bodde alltså folk där i området?

– Ser så ut, ja.

– Och hon var sned. Vad betyder det att vara sned? Hur gammal är Róbert?

– Han är ... eller var, jag vet inte ... över nittio.

– Då är det omöjligt att veta vad han menade med det ordet, sa Erlendur mest för sig själv. Sned kvinna vid vinbärsbuskarna. Är det nån som bor i det hus Róbert hade? Nån som är i livet?

Elínborg berättade att hon och Sigurður Óli hade pratat med husets nuvarande ägare för någon dag sedan, men att den där kvinnan inte kommit på tal då. Erlendur sa åt dem att åka dit igen och särskilt fråga om de lagt märke till folk som vistats vid vinbärsbuskarna, och om det i så fall var en kvinna. Och så skulle de också försöka få tag på Róberts släktingar, om det fanns några och höra om han hade sagt någonting om familjen i backen. Erlendur sa att han skulle rota ett tag till där i källaren och sedan åka till sin dotter på sjukhuset.

Han gick igenom ytterligare några av Benjamíns högar och gjorde reflektionen att det nog skulle ta flera dagar att gå igenom allt skräp. Han inriktade sig på skrivbordet igen, men vad han kunde begripa innehöll det inget annat än papper och räkningar som hade med firman Knudsens Magasin att göra. Erlendur kunde inte komma ihåg någon sådan affär, men den verkade ha legat vid Hverfisgata.

Två timmar senare, efter att ha druckit kaffe med Elsa och rökt ytterligare två cigaretter i trädgården, hade han nått fram till en gråmålad amerikakoffert som stod på källargolvet. Den var låst, men nyckeln satt i hålet. Erlendur blev tvungen att ta i för att vrida den runt. I kofferten fanns mera papper och kuvertbuntar med gummisnoddar kring, men inga fakturor. Bland alla papper fanns en del foton, några lösa, andra i ramar. Erlendur inspekterade dem. Han hade ingen aning om vilka människorna på fotona var, men gissade sig till att några föreställde Benjamín själv. Ett foto visade en lång, stilig karl som börjat få lite mage och stod framför en affär. Det var uppenbart varför bilden tagits. Man hade just satt upp en skylt ovanför ingången. Knudsens Magasin.

Erlendur tittade på flera foton och såg samme man på några

av dem, ibland tillsammans med en ung kvinna, och de log båda mot kameran. Alla fotona var tagna utomhus, och solen sken på vartenda ett.

Han la fotona ifrån sig och tog upp kuvertbuntarna och upptäckte att de innehöll kärleksbrev som Benjamín skrivit till sin blivande hustru. Hon hette Sólveig. Några var bara helt korta meddelanden och kärleksbetygelser, andra var långa och utförliga och beskrev hans dagliga bestyr. De var alla skrivna i en mycket kärleksfull ton. Breven verkade vara ordnade kronologiskt och Erlendur läste ett av dem särskilt noggrant. Det kändes som om han begick ett helgerån och han skämdes. Det var som att kika in genom någons fönster i hemlighet.

Hjärtat mitt!

Vad jag saknar min älskling. Jag har tänkt på dig hela dagen och räknar minuterna tills du är här igen. Livet utan dig är som en kall vinter, så färglöst och tomt och dött. Tänka sig att du ska vara borta i två veckor. Jag vet ärligt talat inte hur jag ska stå ut.

Din käre,
Benjamín K.

Erlendur stoppade tillbaka brevet i kuvertet och tog fram ett annat längre bak i bunten. Det var längre och berättade om den blivande handelsmannens idéer beträffande hans affär på Hverfisgata. Han hade stora planer. Han hade läst att i Amerika fanns det stora butiker som sålde alla möjliga sorters varor, både kläder och matvaror, och där folk själva plockade från hyllorna. La varorna i vagnar som de sköt framför sig.

Han åkte upp till sjukhuset senare på kvällen och tänkte sitta ett tag hos Eva Lind. Han hade tidigare ringt Skarphéðinn som meddelat att grävningarna gick bra, men inte ville säga något om när de kunde tänkas komma ner till själva benen. De hade inte hittat något i jorden som kunde ge några ledtrådar om vad som hade orsakat Tidevarvsmannens död.

Erlendur ringde också till Eva Linds läkare innan han for dit och fick veta att hennes tillstånd var oförändrat. När han kom in på intensiven såg han att det satt en kvinna vid dotterns säng, klädd i brun kappa, och han hade nästan kommit ända fram innan han insåg vem det var. Han blev alldeles stel, och backade sakta tillbaka ut genom dörren och stannade ute i korridoren och iakttog kvinnan på avstånd.

Hon satt med ryggen mot honom, men han visste vem hon var. Kvinnan var ungefär i hans ålder, satt lätt ihopsjunken, en mullig kropp i en ljuslila joggingdress under den bruna kappan. Hon förde en näsduk till näsan och pratade med Eva Lind med låg röst. Han hörde inte vad hon sa. Han såg att hennes hår var färgat, men det verkade vara ett tag sedan det gjordes sist för det syntes en vit rand i hårbottnen vid benan. Utan att tänka på det började han räkna ut hur gammal hon var. Det var enkelt. Hon var tre år äldre än han.

Han hade inte sett henne på så nära håll på tjugo år. Inte sedan han gick ifrån henne och lämnade henne ensam med två barn. Hon hade inte gift om sig, det hade ju inte han heller, men bott ihop med några män av skiftande karaktär. Eva Lind berättade om dem när hon blivit äldre och började hälsa på honom. Flickan var misstänksam de första gångerna de sågs, men trots allt utvecklades ett samförstånd mellan dem och han försökte göra allt han kunde för henne. Detsamma gällde för pojken, som inte alls stod honom så nära. Han hade nästan ingen kontakt alls med sin son. Och på tjugo år hade han knappt utbytt ett enda ord med den kvinna som nu satt hos deras dotter.

Erlendur tittade på sin före detta fru och backade ännu längre ner i korridoren. Han funderade på om han skulle gå in till henne, men vågade inte. Han förutsåg problem och han ville inte att de skulle bråka på ett sådant ställe. Ville inte ha något bråk någonstans överhuvudtaget. Ville det för sitt liv inte, men det var ändå oundvikligt. De hade aldrig rett ut sitt förhållande och det var en av de saker som Eva Lind sa att hon var mest ledsen över. Att han bara gick sin väg.

Han vände på klacken och gick sakta korridoren bort och kom

att tänka på kärleksbreven i Benjamíns källare. Erlendur kom inte längre ihåg hur det var en gång och frågan var ännu obesvarad när han kom hem och satte sig tungt i sin fåtölj och lät sömnen fösa undan den.

Hade hon någonsin varit hjärtat hans?

11

M an bestämde att bara Erlendur, Sigurður Óli och Elín-borg skulle ta hand om utredningen av "benfyndet", som fallet kallades i massmedia. Rikspolisämbetet hade inte resurser att använda så många i utredningen som heller inte hade högsta prioritet. Det pågick som bäst en utredning i ett stort narkotikamål som slukade mycket personal och tid och Rikspolisen såg ingen anledning att låta fler poliser ägna sig åt historieforskning, som Hrólfur, deras chef, uttryckte det. Det var ju till och med osäkert om det rörde sig om en brottsutredning.

Erlendur gjorde ett besök på sjukhuset tidigt nästa morgon innan han åkte till jobbet, och satt vid sin dotters sida i nästan två timmar. Hennes tillstånd var oförändrat. Mamman syntes inte till. Han satt länge tyst och iakttog dotterns magra och beniga ansikte och tänkte tillbaka. Försökte återuppliva minnen av deras stunder tillsammans när hon var liten. Eva Lind skulle fylla tre när föräldrarna skilde sig och han kom ihåg att hon sov mellan dem i dubbelsängen. Vägrade att sova i sin egen säng trots att den stod i föräldrarnas sovrum eftersom lägenheten var så liten, bara ett sovrum, vardagsrum och kök. Klättrade upp ur sin säng och kröp ner i dubbelsängen och la sig till rätta mellan dem.

Han kom ihåg hur hon stod i dörröppningen hemma hos honom, en flicka mitt i tonåren som uppsökt sin förlorade pappa. Halldóra tvärnekade honom umgängesrätt med barnen. Så fort han försökte ta kontakt med dem öste hon förolämpningar över honom, och han tyckte själv att vartenda ord hon sa var sant. Så småningom slutade han gå dit. När Eva Lind dök upp på hans tröskel hade han inte sett henne på många år, men ansiktet var ändå så bekant. Han såg sina egna släktdrag i hennes.

– Tänker du inte be mig komma in? sa hon när han stirrat på henne en lång stund. Hon hade på sig en svart skinnjacka, slitna jeans och på läpparna svart läppstift. Naglarna var också målade i svart. Hon rökte, och blåste ut röken genom näsan.

Då fanns ännu barnet i hennes ansikte, nästan opåverkat.

Han tvekade. Visste varken ut eller in. Så bad han henne stiga på.

– Mamma blev skitförbannad när jag sa att jag tänkte gå hit, sa hon medan hon gick förbi honom i ett rökmoln och slängde sig ner i hans fåtölj. Sa att du var patetisk. Det har hon alltid sagt. Till mig och Sindri. En förbannad, jävla ynkrygg, er far. Och sen: ni är precis som han, förbannade, jävla ynkryggar.

Eva Lind skrattade. Hon sökte efter en askkopp för att kunna fimpa men han tog cigaretten ifrån henne och fimpade åt henne.

– Varför ... började han men kom inte längre.

– Jag ville bara se dig, sa hon. Ville bara se hur i helvete du ser ut.

– Och hur ser jag ut? frågade han.

Hon tittade på honom.

– Som en ynkrygg, sa hon.

– Då är vi inte helt olika, sa han.

Hon tittade på honom ett bra tag, och han tyckte precis att hon log.

När Erlendur kom till sitt rum kom Elínborg och Sigurður Óli in och satte sig och sa att de inte fått fram något efter att ha talat med de nuvarande ägarna av Róberts sommarhus. De hade inte lagt märke till någon sned kvinna, som de uttryckte det, någonstans där i backen. Róberts hustru var död sedan tio år. De hade två barn. Det ena, en son som blev sextio år, dog ungefär samtidigt som modern, det andra, en kvinna på sjuttio, skulle Elínborg snart hälsa på.

– Och Róbert då, kan vi få nåt mer ur honom? frågade Erlendur.

– Róbert dog igår kväll, sa Elínborg och man skymtade ett drag av dåligt samvete i hennes röst. Färdig med livet. Allvarligt talat. Jag tror att han tyckte han fått nog. Ett hjälplöst paket. Det var det han sa. Herregud, jag vill verkligen inte sluta mina dagar i så uselt skick på ett sjukhus.

– Han skrev ett litet meddelande på en lapp precis innan han dog, sa Sigurður Óli. "Hon tog livet av mig."

– Äh, jättelustigt, hör du, sa Elínborg. Fy fan vad han är tråkig.

– Du behöver inte se honom mer idag, sa Erlendur och nickade mot Sigurður Óli. Jag ska skicka iväg honom till Benjamín Knudsens källare, där han ska få gräva fram ledtrådar.

– Vad tror du egentligen att du ska hitta där? sa Sigurður Óli medan hånleendet stelnade.

– Han måste ha bokfört nånting om han hyrde ut sitt hus. Nåt annat är otänkbart. Vi behöver få fram namnen på dem som bodde där. Jag tror knappast Folkbokföringen tänker göra det åt oss. När vi fått namnen kan vi kolla dem mot förteckningen över försvunna personer och också se om nån av dem fortfarande lever. Och så måste vi få uppgifter om kön och ålder så fort benen kommer i dagen.

– Róbert nämnde tre barn, sa Elínborg. Nåt av dem borde fortfarande vara i livet.

– Det är alltså detta vi har, sa Erlendur, och det är inte mycket: i en sommarstuga i Grafarholt bodde en familj på fem personer, ett par med tre barn, nån gång före, under eller efter kriget. Det är de enda vi känner till som har bott där, men det kan ju också finnas andra. Familjen verkar inte ha varit folkbokförd där. Så länge vi inte vet nåt mer, kan vi utgå ifrån att det är nån av dem som ligger begravd där, eller nån som haft med dem att göra. Och nån annan som har med dem att göra, en kvinna som Róbert minns, kom dit upp ...

– Ofta och senare och var sned, fyllde Elínborg i. Skulle sned inte kunna betyda att hon var halt?

– Hade han inte skrivit det då? sa Sigurður Óli.

– Vad hände med huset? frågade Elínborg. Det finns ju inga spår av det där uppe.

– Du kan kanske få reda på det i källaren eller hos Benjamíns systerdotter, sa Erlendur till Sigurður Óli. Det glömde jag totalt bort att fråga.

– Vi behöver alltså bara namnen på den där familjen och sen ska vi kolla upp dem i förteckningen över försvunna personer från den tiden, och sen är fallet löst. Är det inte uppenbart? sa Sigurður Óli.

– Inte nödvändigtvis, sa Erlendur.

– Hur så?

– Du tar bara med i beräkningen de försvinnanden som blivit registrerade.

– Vilka andra försvinnanden skulle jag räkna med?

– De som inte är registrerade. Det är inte säkert att alla anmäler saken om nån försvinner ur deras liv. Nån flyttar utomlands och hörs aldrig mer av. Nån flyr fältet och blir så småningom bortglömd. Och så har vi dem som fryser ihjäl. Om det finns nån förteckning över folk som frusit ihjäl här i trakten så borde vi ha tag på den med.

– Jag tror väl vi kan vara överens om att det inte rör sig om nåt sånt i det här fallet, sa Sigurður Óli, som nu bestämt sig och började bli irriterad på Erlendur. Det är uteslutet att mannen, eller vem det nu är som ligger där, skulle ha frusit ihjäl. Nån har begravt honom där. Det har vi expertutlåtande på.

– Det är precis det jag menar, sa Erlendur, väl inläst på berättelser om ödesdigra strapatser på fjället. En man ger sig av ut på fjällhedarna. Det är mitt i vintern och man har varnat för oväder. Man försöker övertala honom att inte gå. Han lyssnar inte på råden, tror att han ska klara sig. Det märkligaste med alla berättelserna om folk som frusit ihjäl är att de inte lyssnat på andra människors varningar. Det är som om de obevekligt dras mot döden. Man säger att de är dödsmärkta. Som om de inget hellre vill än locka döden till sig. Ja, nog om det. Den här mannen tror att han ska klara sig. Men så överraskas han förstås av ovädret, och det är mycket hårdare än han föreställt sig. Han förlorar orienteringen. Går vilse. Stupar till sist och fryser ihjäl. Då har han kommit långt utanför den allfarväg som han hade tänkt följa. Därför återfinns aldrig liket. Till slut avförs han bara.

Elínborg och Sigurður Óli tittade på varandra och förstod inte vart Erlendur ville komma.

– Det här är ett typiskt isländskt försvinnande som går att förklara och som vi kan förstå eftersom vi bor i det här landet och vet hur vädret kan slå om, och vi vet att berättelsen om denne man upprepas med jämna mellanrum utan att nån frågar nåt mer om det. Så är det på Island, tänker folk och skakar på huvudet. Sånt här inträffade förstås mycket oftare förr i tiden när folk för det mesta förflyttade sig till fots. Om detta har många hyllmeter skrivits – det är fler än jag som är intresserade av ämnet. Sättet att färdas förändrades egentligen inte förrän för sextio, sjuttio år sen. Människor försvann, och även om folk naturligtvis tyckte det var tråkigt, så hade man en viss förståelse för ett sånt öde. Man tyckte sällan det fanns anledning att betrakta detta som ett fall för polisen.

– Vad pratar du om? sa Sigurður Óli.

– Vad var det för en föreläsning? sa Elínborg.

– Tänk om några av dessa män eller kvinnor aldrig gav sig iväg upp på fjället?

– Hur då? undrade Elínborg.

– Tänk om de anhöriga sa att den och den hade tänkt ge sig ut på fjället eller skulle hälsa på i nästa bondgård eller lägga nät i sjön och sen aldrig hördes av igen? Man går skallgång, men vederbörande hittas aldrig och fallet avskrivs.

– Vilket innebär att hela familjen ingår i en konspiration om att döda den här mannen? sa Sigurður Óli misstroget.

– Varför inte? sa Erlendur.

– Och så blir han huggen och slagen och skjuten och nergrävd i trädgården, fyllde Elínborg i.

– Tills Reykjavík har blivit en så stor stad att han inte längre ligger säker i sin grav, sa Erlendur.

Sigurður Óli och Elínborg tittade på varandra och sedan på Erlendur.

– Benjamín hade en fästmö som försvann på ett mystiskt sätt, sa Erlendur. Ungefär vid den tid då sommarstugan byggdes.

Man sa att hon gått i sjön och att Benjamín aldrig blev sig själv igen efteråt. Tycks ha haft planer på att revolutionera affärslivet i Reykjavík, men blev alldeles förtvivlad när hans kvinna försvann och lät med tiden sin blomstrande verksamhet glida sig ur händerna.

– Men hon försvann alltså inte, enligt din nya teori, inflikade Sigurður Óli.

– Jo, hon försvann.

– Men han mördade henne.

– Jag har förvisso svårt att föreställa mig det, sa Erlendur. Jag har läst brev han skrev till henne och det verkar otroligt att han skulle kunna göra henne det minsta illa.

– Då är det svartsjuka, sa Elínborg, väl insatt i billiga kärleksromaner. Han mördade henne av svartsjuka. Hans kärlek till henne var total. Begravde henne där uppe och gick aldrig tillbaka dit. Punkt, slut.

– Det jag funderar på, sa Erlendur, är om det inte är en väl dramatisk reaktion för en ung man att bli så fullständigt nedbruten även om hans älskade dör ifrån honom? Även om hon begår självmord? Det verkar som om Benjamíns himmel blev svart för evig tid efter att hon försvann. Kan det ligga nåt mer bakom?

– Kan han ha sparat en lock av hennes hår? funderade Elínborg och Erlendur trodde att hon fortfarande var uppslukad av kioskromanernas värld. Kanske i en fotoram eller medaljong, la hon till. Om han nu älskade henne så mycket.

– Lock? Sigurður Óli gapade.

– Han fattar aldrig nånting, sa Erlendur som nu förstod vad Elínborg tänkte på.

– Vad då för en lock? sa Sigurður Óli.

– Det skulle ju kunna utesluta henne, om inte annat.

– Vem? sa Sigurður Óli. Han tittade omväxlande på dem och hade slutat gapa. Pratar ni om DNA-analys?

– Så har vi kvinnan i backen, sa Elínborg. Det vore intressant att hitta henne.

– Gröna damen, sa Erlendur knappt hörbart.

– Erlendur, sa Sigurður Óli.

– Ja.

– Tycker du att jag är en idiot?

Just då ringde telefonen på Erlendurs skrivbord. Det var Skarphéðinn, arkeologen.

– Nu är vi på god väg, sa Skarphéðinn. Vi bör vara nere vid skelettet om så där en två dagar.

– Två dagar! utropade Erlendur.

– Eller nånting ditåt. Vi har ännu inte hittat nåt som skulle kunna likna ett mordredskap. Du tycker kanske att vi är överdrivet noggranna, men min mening är att vi måste hantera detta enligt konstens regler. Vill du komma hit och titta hur vi jobbar?

– Ja, jag var på väg upp till er, sa Erlendur.

– Då kanske du kan köpa med lite kaffebröd till oss på vägen, sa Skarphéðinn, och Erlendur såg de stora, gula framtänderna framför sig.

– Kaffebröd? morrade han.

– Wienerbröd, sa Skarphéðinn.

Erlendur slängde på luren i örat på honom och bad Elínborg följa med till Grafarholt. Han sa åt Sigurður Óli att åka till Benjamíns källare och försöka hitta någonting om sommarstugan som handelsmannen byggde men inte verkade ha brytt sig om efter att hans liv blev ett enda elände.

På vägen till Grafarholt tänkte Erlendur fortfarande på försvinnanden och folk som frös ihjäl i oväder och kom att tänka på berättelsen om Jón Austmann. Han kom bort på fjället, förmodligen i Blöndugil 1780. Man hittade hans häst med halsen avskuren, men av Jón själv återfanns ingenting annat än en hand.

Den hade en blå, stickad vante på.

Símons far var monstret i hans mardrömmar.

Så hade det varit så länge han kunde minnas. Han var räddare för monstret än för något annat och när det bar hand på hans mamma ville Símon inget hellre än att kunna hjälpa henne. Han såg den oundvikliga kampen framför sig som i en äventyrsberättelse där riddaren fällde den eldsprutande draken, men i mardrömmen var det inte Símon som vann.

Monstret i Símons mardrömmar hette Grímur. Han var aldrig far eller pappa, bara Grímur.

Símon var vaken när Grímur spårade upp dem i baracken i Siglufjörður, och hörde när han viskade till deras mor att han tänkte döda Mikkelína uppe på fjället. Han såg mammans skräck och han såg hur hon plötsligt förlorade kontrollen och av all kraft slängde sig mot sänggaveln och svimmade. Då lugnade Grímur ner sig. Han såg hur Grímur väckte henne ur medvetslösheten genom att metodiskt ge henne slag efter slag. Han kände den sura doften från fadern och borrade in huvudet i madrassen så rädd att han bad till Jesus om att få bli förd till himlen.

Han hörde inget mer av det som Grímur viskade till mamman. Hörde henne bara kvida. Undertryckt som ett sårat djur, och hennes rop blandades med Grímurs svordomar. Han öppnade ögonen till en smal springa och såg hur Mikkelína stirrade på honom i mörkret med uppspärrade ögon ur vilka det lyste en obeskrivlig skräck.

Nu hade Símon slutat be till gud, och han hade slutat tala med Jesus, barnens vän, trots att hans mor alltid sa till honom att inte förlora tron. Símon visste bättre, men talade inte längre med sin mamma om det, för han såg på hennes min att hon inte tyckte om det han sa. Han visste nu att ingen, allra minst gud, skulle hjälpa hans mor att fälla Grímur. Så vitt han visste var gud den allsmäktige och allvetande skaparen av himmel och jord och då hade gud skapat Grímur precis som alla andra och gud höll liv i monstret och gud lät det plåga hans mor och dra henne i håret över köksgolvet och spotta på henne. Och ibland gav sig Grímur på Mikkelína, det jävla dårhushjonet, och slog henne och hånade henne och ibland gav han sig på Símon också och sparkade på honom eller slog honom så hårt i ansiktet att det lossnade en tand i övre käken och blodet forsade.

Gud som haver barnen kär, se till mig som liten är.

Grímur hade fel som sa att Mikkelína var en idiot. Símon trodde att hon nog var klokare än alla de andra tillsammans.

Men hon sa aldrig ett ord. Han var säker på att hon kunde tala men inte ville. Säker på att hon hade valt att tiga och han trodde sig veta att det berodde på att hon var lika rädd för Grímur som han, ja, kanske ännu räddare, för Grímur pratade ibland om henne och sa att man borde slänga henne på soptippen tillsammans med kärran, för hon var så jävla patetisk, och han hade tröttnat på att se hur hon proppade i sig mat utan att göra ett skapandes grand i hemmet utan bara var en börda. Och han sa att hon gjorde dem till åtlöje, hela familjen och honom också, eftersom hon var en idiot.

Grímur såg noga till att Mikkelína tydligt och klart skulle höra när han sa de där sakerna, och när mamman gjorde kraftlösa försök att tysta ner honom skrattade han åt henne. Mikkelína tyckte inte det gjorde så mycket att han skällde på henne och gav henne alla möjliga öknamn men det gjorde henne illa till mods att mamman skulle behöva lida för hennes skull. Símon såg det i hennes blick när hon tittade på honom. De två hade alltid haft ett särskilt samförstånd, ett mycket närmare förhållande än Mikkelína och lille Tómas hade. Lillebror var hemlighetsfull och tillbakadragen.

Deras mamma visste att Mikkelína inte var någon idiot. Hon gjorde olika slags övningar med henne, men bara när Grímur inte såg. Masserade hennes fötter. Rätade försiktigt på hennes vissna hand, vars fingrar var vända inåt och sammandragna, smorde den förlamade sidan med olja som hon själv kokade av örter från ängen utanför huset. Hon trodde till och med att Mikkelína en dag skulle kunna gå och höll henne om midjan och stapplade fram och tillbaka med henne över golvet och uppmuntrade henne och berömde henne.

Hon pratade alltid med Mikkelína som om hon vore frisk och sa åt Símon och Tómas att också göra det. Hon tog med henne på allt de gjorde tillsammans när Grímur inte var hemma. De förstod varandra, Mikkelína och hon. Och bröderna förstod henne de med. Varje rörelse och varje skiftning i ansiktsuttrycket. Ord var inte nödvändiga. Mikkelína kunde orden men använde dem aldrig. Mamman hade lärt henne läsa och det enda hon tyckte var roligare än att bli utburen i solen var att läsa, eller att någon läste högt för henne.

Men så kom orden ur hennes mun en sommar när kriget drabbade världen och engelsmännen byggt sina baracker i området. När Símon bar in Mikkelína i huset igen efter att hon suttit i solen. Han skulle lägga ner henne i kojen igen för det hade blivit kväll och det började bli kyligt ute, och Mikkelína som hade varit ovanligt livlig hela dagen rullade med ögonen och gapade och räckte ut tungan lycklig efter vistelsen i solen. Plötsligt gav hon ifrån sig ett ljud som fick mamman att tappa en tallrik i diskbaljan så att tallriken gick sönder. Hon glömde ett ögonblick skräcken som annars fyllde henne när hon var klumpig och vände sig tvärt mot Mikkelína på golvet och stirrade på henne.

– EMAAEMAAAA, sa Mikkelína igen.

– Mikkelína! suckade mamman.

– EMAAEMAAAA, ropade Mikkelína och kastade med huvudet, alldeles upprymd av sin prestation.

Mamman gick sakta fram till henne som om hon inte trodde sina öron, och tittade så intensivt på dottern att Símon tyckte det kom tårar ur hennes ögon.

– Emaaemaaaa, sa Mikkelína och mamman lyfte upp henne ur Símons famn och la henne försiktigt på bädden i köket och strök henne över håret. Símon hade aldrig sett mamman gråta tidigare. Det spelade ingen roll vad Grímur gjorde henne, hon grät aldrig. Hon skrek av smärta och ropade på hjälp och bad honom sluta och hon tog emot slagen under tystnad, men Símon hade aldrig förr sett henne gråta. Han trodde att hon var ledsen och la armen om henne men hon sa att han inte skulle vara orolig. Det här var det bästa som kunde hända henne. Han förstod då att hon grät på grund av allt som Mikkelína fick stå ut med, men också på grund av det som Mikkelína nu åstadkommit och att det hade gjort henne lyckligare än hon någonsin tillåtit sig att vara.

Sedan dess hade det gått två år och Mikkelínas ordförråd ökade stadigt och hon kunde nu få fram hela meningar, eldröd i ansiktet av ansträngningen, med tungan viftande utanför munnen och huvudet rullande från sida till sida i krampaktig iver, så det nästan verkade som om det skulle lossna från den späda kroppen. Grímur visste inte att hon kunde prata. Mikkelína vägrade säga ett enda ord när han var i närheten och mamman höll det hemligt för honom för hon ville inte dra uppmärksamhet till dottern, inte ens på grund av hennes framsteg. De låtsades som om inget hänt. Som om allt var som vanligt. Símon hörde henne några gånger prata mycket tvekande med Grímur om Mikkelína och om hon inte skulle undersöka om det var möjligt att få hjälp med henne. Hon kunde röra sig mera nu och blev starkare med åren och verkade vara läraktig. Hon kunde läsa och nu höll hon på att lära sig skriva med hela handen.

– Hon är en idiot, sa Grímur. Tro inte att hon är nåt annat än en idiot. Och sluta tjata om henne.

Så hon slutade därför att hon alltid gjorde som Grímur sa, och Mikkelína fick aldrig någon hjälp utom den som hennes mor bestod henne med och det som Símon och Tómas gjorde för henne när de bar ut henne i solen och lekte med henne.

Símon hade inte mycket med Grímur att göra, ja, han undvek honom så långt det var möjligt, men ibland hände det ändå att han blev tvungen att vara med honom. När Símon blev lite större kunde Grímur ha nytta av honom och tog honom med sig på sina färder in till Reykjavík och lät honom bära hem matvaror till huset. Det tog ungefär två timmar att gå till stan, först bar det av ner till Grafarvogur, sedan över bron över Elliðaån, längs stranden och över Laugarnes. Ibland gick färden också uppför backen till Háaleiti och ner över Sogamyren. Símon gick alltid fyra eller fem steg bakom Grímur, och Grímur pratade inte med honom eller ägnade honom någon uppmärksamhet förrän han lastade på honom bördan och föste hem honom igen. Promenaden hem kunde ta tre-fyra timmar beroende på hur mycket Símon hade att bära. Ibland blev Grímur kvar i stan och sågs inte till på flera dagar.

Då bredde en sorts glädje ut sig i huset.

Under färderna till stan fick Símon reda på något om Grímur som det tog honom lite tid att ta in och som han aldrig förstod

helt och fullt. Hemma var Grímur tyst och surmulen och våld-
sam. Tålde inte att man tilltalade honom. Var ful i mun när han
pratade och elak när han hånade sina barn och deras mor, lät sig
bli uppassad på alla sätt och ve dem som inte klarade av uppgif-
ten. I sitt umgänge med andra var det som om monstret förställ-
de sig och nästan blev mänskligt. På de första turerna förväntade
sig Símon att han skulle bete sig som hemma och fräsa åt folk el-
ler hålla dem från sig. Det gruvade han sig för, men det inträffa-
de aldrig. Tvärtemot. Plötsligt var det som om Grímur ville vara
alla till lags. Han pladdrade på hos köpmannen och bockade och
bugade och niade när folk kom in i affären. Han till och med log.
Tog i hand när han hälsade. Ibland när Grímur träffade karlar
han kände sedan förr skrattade han högt och ljudligt, ett riktigt
glatt skratt och inte det konstiga, torra och hesa skratt som de
ibland hörde när han misshandlade deras mor. Folk pekade på
Símon, och Grímur la sin hand på hans huvud och sa att pojken
var hans son, ja, så stor hade han blivit. Första gångerna duckade
Símon undan och trodde att han skulle bli slagen och Grímur
viftade bort det med ett skämt.

Det dröjde länge innan Símon fick någon rätsida på den här
svårbegripliga dubbelheten hos Grímur. Han kände inte igen
detta beteende. Han förstod inte hur Grímur kunde vara på ett
sätt hemma och på ett helt annat sätt så fort han kommit utanför
dörren. Han förstod inte hur Grímur kunde smickra och vara
underdånig och nia folk till höger och vänster, han som härskade
över hela världen och hade obegränsad makt över liv och död.
När Símon berättade om det här för sin mamma skakade hon
trött på huvudet och sa, som så många gånger förr, att han skulle
akta sig för Grímur. Akta så han inte retade upp honom. Det
spelade nämligen ingen roll om det var Símon, Tómas eller Mik-
kelína som tände stubinen eller något som hände medan Grímur
var borta och gjorde honom upprörd, det var för det mesta mam-
man som till slut fick lida för det.

Det kunde gå flera månader mellan överfallen, till och med
nästan ett år, men de avtog aldrig i häftighet, och ibland kom de
mycket tätare. Med någon veckas mellanrum. De pågick olika

länge, ibland bara ett slag som en blixt från klar himmel, ibland var han utom sig av ilska och knuffade ner mamman på golvet och sparkade oupphörligt.

Och det var inte bara den fysiska misshandeln som låg som en mara över familjen och hemmet. Hans förolämpningar kunde ha samma verkan som ett slag i ansiktet. Nedlåtande ord om Mikkelína, krymplingen och idioten. Hånfulla kommentarer till Tómas som inte slutade kissa i sängen om nätterna. Och ibland fick man ta sig an Símon, den satans latmasken. Och allt det som deras mor fick höra och som de försökte stänga öronen för.

Det gjorde Grímur detsamma om barnen såg på när han slog mamman eller förolämpade henne med ord som högg som små knivar.

Däremellan brydde han sig lite eller inget alls om dem. Betedde sig för det mesta som om de inte existerade. Någon enstaka gång spelade han kort med pojkarna och kunde till och med låta Tómas vinna. Ibland på söndagarna gick de på promenad in till Reykjavík och då köpte han sötsaker till pojkarna. Det hände till och med att Mikkelína fick följa med och då ordnade Grímur lift med kolbilen så att de slapp bära henne. På dessa utflykter, som verkligen inte inträffade ofta, kunde Símon tycka att hans far nästan var som en människa. Nästan som en far.

De få gånger Símon såg någon annan sida av sin far än tyrannens, verkade han vara sluten och svårbegriplig. Han kunde sitta vid köksbordet och dricka kaffe och titta på Tómas som lekte på golvet, stryka med handflatan över bordet och be Símon, som tänkte smyga ut från köket, om mera kaffe. En gång medan Símon fyllde på hans kopp, sa han:

– Jag kan bli så förbannad när jag tänker på det.

Símon stannade upp med kannan i handen och stod tyst intill honom.

– Kan bli så förbannad, sa han och strök med handen över bordet.

Símon tog försiktigt några steg tillbaka och satte kaffekannan på plattan.

– Blir så arg när jag ser Tómas leka här på golvet, fortsatte han. Jag var inte mycket äldre än han.

Símon hade aldrig tänkt på pappan som yngre än han var nu, eller att han någon gång skulle ha varit annorlunda. Nu, plötsligt, blev han ett barn som Tómas, och Símon fick en alldeles ny bild av honom.

– Ni är vänner, du och Tómas, eller hur?

Símon nickade.

– Eller hur? upprepade han och Símon svarade ja.

Hans far fortsatte stryka över bordsskivan.

– Vi var också vänner.

Så tystnade han.

– Det var en kvinna, sa Grímur till slut. Jag skickades dit. Lika gammal som Tómas är nu. Var där i många år.

Tystnade igen.

– Och hennes man.

Han slutade stryka med handen över bordet och knöt näven.

– Jävla skithögar. Förbannade, jävla skithögar.

Símon backade sakta bort från honom. Men så tycktes fadern lugna sig igen.

– Jag begriper det inte själv, sa han. Och jag kan inte styra det.

Han drack upp kaffet, reste sig, gick in i sovrummet och stängde dörren bakom sig. På vägen lyfte han upp Tómas och tog honom med sig.

Símon märkte att hans mor förändrades med åren, medan han själv blev större och mognade och hans ansvarskänsla växte. Förändringen var inte lika tvär som när Grímur plötsligt förvandlades och nästan blev mänsklig, utan tvärtemot skedde förändringen hos mamman mycket långsamt och smygande och processen pågick i många år, och han anade vad den innebar, för han hade en känslighet som var få förunnad. Han kände allt starkare att denna förändring var farlig för henne, kanske lika farlig som Grímur själv, och att det på något oundvikligt sätt var hans ansvar att ingripa innan det blev för sent. Mikkelína var för svag och Tómas var för liten. Bara han kunde hjälpa henne.

Símon hade svårt att förstå sig på förändringen hos henne eller vad den skulle föra med sig men hans oro plågade honom mer än någonsin ungefär samtidigt som Mikkelína utstötte sitt första ord. Mikkelínas framsteg gladde mamman enormt, och för ett ögonblick tycktes svårmodet skingras och hon log och kramade om Mikkelína och båda pojkarna, och de följande månaderna tränade hon Mikkelína i att tala och gladdes åt varje litet framsteg.

Men det dröjde inte länge förrän mamman var tillbaka i samma gamla hjulspår, som om svårmodet la sig över henne igen och var ännu tyngre än förr. Hon satt ibland på sängkanten i sovrummet och stirrade framför sig flera timmar i sträck, efter att ha städat hela huset så att inte ett dammkorn fanns kvar. Stirrade framför sig i tyst lidande med halvslutna ögon, med en så oändligt sorgsen min, så oändligt ensam i världen. En gång när Grímur slagit henne i ansiktet och sedan rusat ut genom dörren, upptäckte Símon att hon stod med brödkniven i ena handen och den andra handflatan vänd uppåt och strök med eggen över handleden. När hon fick syn på honom log hon svagt med ena mungipan och la tillbaka kniven i lådan.

– Vad gör du med kniven? frågade Símon.

– Kontrollerar att den är vass. Han vill att knivarna ska vara vassa.

– Han är en annan människa när vi är i stan, sa Símon. Då är han inte elak.

– Jag vet det.

– Då ler han och är glad.

– Ja.

– Varför är han inte sån här hemma? Mot oss?

– Jag vet inte.

– Varför är han så elak här hemma?

– Jag vet inte. Han mår inte bra.

– Jag önskar han vore annorlunda. Jag önskar att han vore död.

Hans mor tittade på honom.

– Inte säga så. Du ska inte prata som han. Du får inte tänka såna tankar. Du är inte som han och kommer aldrig att bli det.

Varken du eller Tómas. Aldrig. Hör du det! Jag förbjuder dig att tänka så. Det får du inte göra.

Símon tittade på sin mor.

– Berätta om Mikkelínas pappa, sa han. Símon hade någon gång hört henne berätta om honom för Mikkelína och föreställde sig hur hennes värld skulle varit om han inte dött ifrån henne. Föreställde sig att han var den mannens son och föreställde sig ett familjeliv där hans pappa inte var ett monster utan en snäll kamrat som tog hand om sina barn.

– Han dog, sa mamman och man kunde ana en anklagande ton i rösten. Det var inte mer med det.

– Men han var annorlunda, sa Símon. Du skulle varit annorlunda.

– Om han inte omkommit? Om Mikkelína inte blivit sjuk? Om jag inte träffat din far? Vad tjänar det till att tänka så?

– Varför är han så elak?

Många gånger hade han ställt den frågan, och ibland svarade hon men ibland teg hon bara som om hon sökt svaret på frågan i många år utan att komma fram till något. Hon stirrade framför sig som om Símon inte längre var där, som om hon var ensam och pratade för sig själv, sorgsen och trött och avlägsen som om inget hon sa eller gjorde längre spelade någon roll.

– Jag vet inte. Jag vet bara att det inte är vårt fel. Det är inte vi som är orsaken. Det är nånting inne i honom själv. Först la jag skulden på mig själv. Letade efter sånt som jag gjort fel och som fick honom att bli arg, och så försökte jag förändra det. Men jag förstod aldrig vad det var, och det spelade ingen roll vad jag än gjorde. Nu har jag för länge sen slutat att tro att det är mitt eget fel, och jag vill inte att du eller Tómas eller Mikkelína ska tro att hans beteende är ert fel heller. Trots att han skäller och skriker på er. Det är inte vårt fel.

Hon tittade på Símon.

– Den lilla makt han har här i världen har han över oss, och den tänker han inte släppa. Den kommer han aldrig att släppa.

Símon tittade på lådan där knivarna låg.

– Finns det inget vi kan göra?

– Nej.

– Vad tänkte du göra med kniven?

– Det sa jag ju. Se om den var vass. Han vill ha vassa knivar.

Símon förlät sin mor den lögnen för han visste att hon alltid försökte skydda honom och ta hand om honom, försökte se till att hans liv påverkades så lite som möjligt av denna eländiga tillvaro som skulle kallas familjeliv.

När Grímur kom hem den kvällen, skitig upp över öronen efter arbetet med kolet, var han ovanligt lättsam och började prata med deras mor om något han hört inne i Reykjavík. Satte sig på en köksstol och ville ha kaffe och sa att man pratat om henne. Grímur förstod inte varför, men kolutkörarna hade talat om henne och påstått att hon var ett av dem. Ett av undergångsbarnen som blev till i gasklockan.

Hon vände ryggen mot Grímur och kokade kaffe och sa inte ett ord. Símon satt vid köksbordet. Tómas och Mikkelína var ute.

– I gasklockan!

Så skrattade Grímur sitt fula, rosslande skratt. Han hostade ibland upp slem som var svart av koldamm och han var svart kring ögonen och munnen och på öronen.

– I undergångshysterin i den jävla gasklockan! ropade han.

– Det där är inte sant, sa hon tyst, och Símon reagerade för han hade aldrig hört henne säga emot något som Grímur sagt. Han stirrade på sin mor och det gick kalla kårar längs hans ryggrad.

– Där knullade man hysteriskt hela natten för man trodde att världens undergång var nära och på det viset blev du till, ditt patetiska stycke.

– Det är lögn, sa hon mer bestämt än förra gången utan att titta upp från det hon sysslade med vid diskbänken. Hon stod med ryggen mot Grímur och hennes huvud sjönk ner mot bröstet och hennes små axlar sköt upp som om hon ville gömma sig mellan dem.

Grímur hade slutat skratta.

– Beskyller du mig för att ljuga?

– Nej, sa hon, men det du hörde är inte sant. Det är ett miss-
förstånd.

Grímur kom på benen.

– Jaså, det är ett missförstånd, härmade han moderns röst.

– Jag vet när gasklockan byggdes. Jag föddes innan dess.

– Man berättade en hel del annat också. Man sa att din mor
var en hora och din pappa ett fyllesvin och att de slängde dig i
soptunnan när du föddes.

Knivlådan var öppen och hon stirrade ner i den, och Símon
såg att hennes blick var riktad mot den stora kniven. Hon tittade
på Símon och tillbaka ner på kniven och Símon förstod för första
gången att hon var i stånd att använda den.

12

S karphéðinn hade låtit spänna upp ett stort vitt tält över ut-
grävningsområdet och när Erlendur lämnade vårsolen och
steg in under det såg han att arbetet hade gått otroligt sak-
ta fram. En ungefär 10 kvadratmeter stor rektangel hade grävts i
jorden vid husgrunden, och skelettet låg ute vid kanten av den.
Handen stod upp från skelettet som förut, och två män låg på
knäna med små borstar och skärslevar i händerna och petade
bort jorden och sopade ner den på fyllfat.

– Är ni inte alldeles för noggranna? frågade Erlendur när
Skarphéðinn kom fram och hälsade. Ni blir ju aldrig klara.

– Man kan aldrig gå för försiktigt fram vid utgrävningar, sa
Skarphéðinn med seriös och självbelåten min. Hans manskap ar-
betade sig framåt i enlighet med hans metoder. Och du av alla
borde begripa det, la han till.

– Det är inte så att du använder det här som nån sorts övning?

– Övning?

– För arkeologerna? Är det här en klass du undervisar borta på
universitetet?

– Nej, vet du vad, Erlendur. Vi arbetar seriöst här. Nåt annat
kommer inte på fråga.

– Det kanske inte är så bråttom med det här, sa Erlendur.

– Vi kommer att få se resultat, sa Skarphéðinn och for med
tungan över de stora framtänderna.

– Rättsläkaren är visst på semester i Spanien, sa Erlendur.
Han väntas hem om några dagar. Vi kan ändå inte göra så myck-
et innan han kommer, så vi har väl gott om tid.

– Vem kan det vara som ligger där? sa Elínborg.

– Vi kan ännu inte avgöra om det är en man eller kvinna, en gammal eller ung kropp, sa Skarphéðinn. Och det är kanske inte vår uppgift att utreda det. Men jag tror inte längre det råder nåt tvivel om att det begåtts ett mord här.

– Skulle det kunna vara en ung, gravid kvinna? frågade Erlendur.

– Det får vi snart reda på, sa Skarphéðinn.

– Snart? sa Erlendur. Inte med den takten.

– Tålamod är en dygd, Erlendur, sa Skarphéðinn. En dygd.

Erlendur hade på tungan att säga var han kunde stoppa upp den men Elínborg hann före.

– Mordet behöver ju inte nödvändigtvis ha med den här platsen att göra, sa hon liksom apropå ingenting. Hon var enig med det mesta som Sigurður Óli hade sagt dagen innan, när han började skälla på Erlendur och tyckte att han var alldeles för bunden vid den första idé han fått i skallen angående benfyndet: att den som låg där i jorden hade bott i området, kanske till och med i en av de näraliggande sommarstugorna. Enligt Sigurður Ólis åsikt var det enfaldigt att stirra sig blind på något hus som en gång stått där i backen och några människor som bott eller inte bott i det huset. Erlendur hade åkt till sjukhuset när Sigurður Óli gav utlopp för denna kritik och Elínborg ville nu höra vad Erlendur hade att säga om saken.

– Han kan ha blivit dödad i låt oss säga Vesturbær, och sen transporterats hit, sa hon. Vi kan ju inte alls utgå ifrån att mordet har begåtts på platsen. Sigurður Óli och jag pratade om saken igår.

Erlendur borrade händerna djupt ner i rockfickorna tills han fick tag på en tändare och ett cigarettpaket.

Skarphéðinn tittade strängt på Erlendur.

– Du röker inte här inne i tältet, sa han vresigt.

– Då ska vi gå ut, sa Erlendur vänd mot Elínborg, och inte störa dygden.

De gick ut ur tältet och Erlendur tände en cigarett.

– Ni har förstås rätt, sa han. Det är inte alls säkert att mordet – om det nu är ett mord, vilket vi ju inte heller vet nåt om – har begåtts här på platsen. Vad jag kan se, sa han och blåste ut en tjock rökpelare, har vi tre jämbördiga hypoteser. Den första är att detta är Benjamín Knudsens fästmö som var gravid när hon försvann och alla trodde gått i sjön. Av nån anledning, kanske svartsjuka som du har föreslagit, dödade han flickan och gömde henne här intill sin sommarstuga, och la sen inte två strån i kors häruppe. Den andra är att detta är nån som blivit mördad i Reykjavík, kanske Keflavík eller till och med på Akranes, var som helst i eller omkring stan. Hittransporterad och bortglömd av alla. Den tredje hypotesen är att det förefaller sannolikt att det har bott folk här i backen och att nån av dem har begått ett mord och grävt ner liket utanför dörren, därför att de inte kunde få bort det härifrån. Kanske var det nån som var på resande fot, nån gäst, kanske nån av de engelska soldaterna som kom hit under kriget och byggde baracker på andra sidan kullen, eller nån av jänkarna som tog över efter dem, men kanske var det också nån som bodde i huset.

Erlendur lät fimpen falla till marken vid sina fötter och stampade på den.

– Personligen – och jag kan inte motivera det – lutar jag mest åt den tredje hypotesen. Hypotesen om Benjamíns fästmö vore enklast om vi kunde konstatera att det var hennes skelett. Den tredje hypotesen skapar mest problem för oss, eftersom det då handlar om ett försvinnande för många år sen, som kanske inte registrerats, och där underlaget utgörs av människor från alla möjliga håll. Alla möjligheter står fortfarande öppna i så fall.

– Om det visar sig att det finns ben efter ett foster tillsammans med det stora skelettet, har vi då inte löst gåtan? sa Elínborg.

– Det vore ju en mycket enkel lösning, som sagt. Finns det nåt på papper om den där graviditeten?

– Vad menar du?

– Kan det beläggas att hon var gravid?

– Påstår du att Benjamín skulle ha ljugit? Att hon inte var med barn?

– Jag vet inte. Hon kan ju ha varit gravid, men han behöver inte ha varit fadern.

– Så hon skulle ha varit otrogen?

– Vi kan spekulera så här i all oändlighet tills vi får nåt konkret från arkeologerna.

– Vad har den här människan råkat ut för? suckade Elínborg och tänkte på benen i jorden.

– Kanske förtjänade hon det, sa Erlendur.

– Va?

– Den där människan. Eller det kan vi ju hoppas. Förhoppningsvis är det inget oskyldigt offer som fått en sån behandling.

Han kom att tänka på Eva Lind. Förtjänade hon att ligga på intensiven närmare döden än livet? Var det hans fel? Var det någons fel annat än hennes eget? Var det inte av egen förskyllan som hennes liv blev som det blev? Var det inte hennes eget problem, orsakat av hennes knarkbegär? Eller hade han själv någon del i det? Det var i alla fall hon övertygad om och lät honom ofta veta det när hon inte tyckte att han tog sitt ansvar.

– Du borde inte ha gått ifrån oss, skrek hon en gång till honom. Det enda du känner för mig är förakt. Du är inte ett dugg bättre själv. Du är precis lika patetisk!

– Jag har aldrig känt förakt för dig, sa han, men det örat ville hon inte höra på.

– Du ser ner på mig som om jag vore hundskit, skrek hon. Som om du skulle vara märkvärdigare än jag. Som om du skulle vara en klokare och bättre människa! Som om du skulle vara bättre än mamma och jag och Sindri! Går bara ifrån oss som nån jävla snobb och bevärdigar oss inte med en blick! Som om du vore ... som om du vore nåt jävla helgon!

– Jag försökte ...

– Du försökte inte ett jävla dugg! Vad försökte du? Inget alls! Inte ett jävla skit! Försvann bara med svansen mellan benen!

– Jag har aldrig sett ner på dig, sa han. Det är inte rätt. Jag förstår inte varför du säger så.

– Joho. Det gör du visst. Och därför stack du. Därför att vi inte dög. Vi dög inte åt dig och du tålde oss inte. Fråga mamma! Hon vet! Hon säger att alltihop är ditt fel! Allt! Bara ditt fel! Också hur jag har det. Vad sägs om det, herr uppblåsta jävla helgon?

– Allt din mamma säger är inte rätt. Hon är arg och bitter och ...

– Arg och bitter! Om du bara visste hur förbannat arg och bitter hon är och hur hon hatar dig och sina barn också därför att det inte var hennes fel att du drog eftersom hon är nån jävla jungfru Maria! Det var VÅRT fel. Mitt och Sindris. Fatta det, ditt jävla pucko. Fatta det, jävla pucko ...

– Erlendur?

– Va?

– Är allt som det ska?

– Visst. Bara fint.

– Jag ska avlägga en liten visit hos Róberts dotter. Elínborg stod och viftade med handen framför ansiktet på honom som om han fallit i trans. Åker du ner till brittiska ambassaden?

– Va? Erlendur fann sig själv igen. Jovisst, sa han frånvarande. Så gör vi. Och du Elínborg?

– Ja.

– Ta hit distriktsläkaren igen så han kan ta en titt på benen när de grävts fram. Skarphéðinn vet inte vad han håller på med. Han är ju som en parodi på nåt ur bröderna Grimm.

13

Innan Erlendur åkte till brittiska ambassaden tog han vägen om Vogar och parkerade i närheten av den källare där Eva Lind en gång bott, och där han börjat leta efter henne. Han tänkte på barnet med brännsåren som han hittat i lägenheten. Han visste att det tagits ifrån mamman och var omhändertaget av barnavårdsnämnden, och han visste att mannen hon bodde ihop med var barnets far. En snabbkoll hade visat att mamman två gånger under det gångna året kommit in på akuten, ena gången med en bruten arm, andra gången med alla möjliga skador som hon påstod härrörde från en bilolycka.

Ytterligare en snabbkoll gav vid handen att kvinnans sambo var känd av polisen. Dock aldrig gripen för misshandel. Han hade blivit anmäld för inbrott och narkotikalangning och väntade nu på rättegång. Hade en gång suttit inne för diverse småbrott. Ett av dem var rånförsök mot en kiosk.

Erlendur satt ett bra tag i bilen och bevakade ingången till lägenheten. Han lät bli att röka och skulle precis åka därifrån när dörren öppnades. En man steg ut omgiven av ett moln av cigarettrök. Han slängde fimpen i trädgården. Han var av medellängd, kraftigt byggd och hade långt, svart hår. Han var svartklädd från topp till tå. Utseendet stämde med polisens efterlysning. Mannen försvann runt hörnet och Erlendur körde tyst därifrån.

Róberts dotter mötte Elínborg i dörren. Elínborg hade ringt och anmält sitt besök. Kvinnan hette Harpa och var rullstolsburen, hennes fötter var mycket smala men kroppen såg stark ut, och armarna likaså. Elínborg blev förvånad när kvinnan öppnade men sa inget, och kvinnan bad henne stiga på. Hon lämnade dörren öppen, så Elínborg stängde den efter sig. Lägenheten var liten men trevlig och specialinredd för sin innehavare. Köket och toaletten var handikappanpassade och i vardagsrummet nådde bokhyllorna bara en meter över golvet.

– Jag beklagar sorgen, sa Elínborg skamset och följde efter Harpa in i vardagsrummet.

– Tack, sa kvinnan i rullstolen. Han hade ju blivit så himla gammal. Jag hoppas jag inte blir lika gammal. Vill verkligen inte sluta mina dagar på en institution med usel hälsa och bara vänta på döden år efter år. Vittra bort.

– Vi gör förfrågningar om folk som kan ha bott i sommarstugan uppe i Grafarholt, på norra sidan, sa Elínborg. Inte så långt från den stuga ni hade. Det gäller tiden under eller efter kriget. Vi pratade med din far strax innan han dog och han berättade om en familj som han kände till i den stugan, men han kunde tyvärr inte ge några närmare upplysningar.

Elínborgs tankar gick till masken på Róberts ansikte. Andnöden och de blodlösa händerna.

– Du nämnde att man hittat några ben, sa Harpa och rättade till håret som hade fallit ner i pannan. Det där de visade på TV.

– Ja, vi har hittat ett skelett där i området och vi försöker ta reda på vem det kan vara. Kommer du ihåg den där familjen som din pappa nämnde?

– Jag var sju år när kriget kom till Island, sa Harpa. Jag minns soldaterna i Reykjavík. Vi bodde på Laugavegur, men jag förstod ju inte så mycket. De fanns ju också där uppe på kullen. På södra sidan. Satte upp baracker och byggde befästningar där. Det stack ut en kanonpipa ur en springa på ett ställe. Väldigt dramatiskt alltsammans. Dit fick vi inte gå, min bror och jag. Om jag minns rätt var det ett staket runt hela deras område. Taggtrådsstängsel. Vi gick inte dit så ofta utan höll oss mest i stugan som pappa byggde på somrarna. Det fanns förstås folk runtomkring i stugorna där som man lärde känna lite grann.

– Om jag förstod din far rätt fanns det tre barn i det där huset.

De kan ha varit i din ålder. Elínborg tittade bort ett ögonblick. Men du kanske inte var så rörlig.

– Jodå, sa Harpa, och trummade på rullstolen. Det här hände senare. Bilolycka. Jag var trettio. Jag kommer inte ihåg några barn där i backen. Jag minns andra barn i andra stugor men inte där.

– Det växer några vinbärsbuskar inte långt från den plats där huset stod och där vi hittat skelettet. Din pappa pratade om en kvinna som kom dit flera år senare, om jag förstod honom rätt. Hon kom ofta dit, eller det är vad jag tror han försökte säga, och hon var förmodligen klädd i nåt grönt, och så var hon sned på nåt vis.

– Sned?

– Han sa så, eller skrev, rättare sagt.

Elínborg tog fram pappret som Róbert hade skrivit på och räckte över det till Harpa.

– Det verkar ha varit medan ni fortfarande hade stugan, fortsatte Elínborg. Jag har förstått att ni sålde den nån gång efter sjuttiosju.

– Sjuttiotvå, sa Harpa.

– Känner du till den där kvinnan?

– Nej, och jag har aldrig hört pappa nämna henne. Jag är verkligen ledsen att jag inte kan hjälpa till mer, men jag har aldrig sett den där kvinnan och jag minns inga människor som bodde i det där huset du pratar om.

– Har du nån aning om vad din far kan ha menat med det där ordet? Sned?

– Det som det betyder. Han sa alltid precis vad han menade och inget annat. Han var väldigt ordentlig av sig. En bra människa. Snäll mot mig. Efter olyckan. Och när min man gick ifrån mig. Han höll ut i tre år efter olyckan, sen försvann han.

Elínborg tyckte precis att hon log, men det fanns inget leende att se på kvinnans läppar.

Mannen på brittiska ambassaden i Reykjavík var så helgjutet artig och belevad att Erlendur nästan började bocka och buga sig.

Presenterade sig som ambassadsekreterare. Han var mycket lång och mager, klädd i en oklanderlig kostym och knarrande lackskor och talade en nästan felfri isländska. Vilket Erlendur tacksamt noterade, eftersom han själv talade dålig engelska och heller inte förstod den så bra. Han drog en lättnadens suck när han insåg att det var sekreteraren som tvingades tala som ett barn.

Hans kontor var lika oklanderligt som han själv och Erlendur tänkte på sitt eget rum som ständigt såg ut som efter ett bombnedslag. Sekreteraren – kalla mig Jim helt enkelt – bad honom slå sig ner.

– Det är så trevligt att ni är så informella här på Island, sa Jim.

– Har du bott här länge? frågade Erlendur och förstod inte riktigt varför han plötsligt kände sig som en tant på tebjudning.

– Ja, i snart tjugo år, sa Jim och nickade. Tack för att du frågar. Och det råkar vara så att kriget är mitt specialintresse. Jag menar alltså andra världskriget här på Island. Jag skrev en magisteruppsats om det vid London School of Economics. När du kontaktade oss angående barackerna insåg jag att jag nog skulle kunna hjälpa dig.

– Du har verkligen lärt dig isländska bra.

– Tack ska du ha. Min hustru är isländska.

– Och vad kan du säga om barackerna, sa Erlendur för att komma till saken.

– Mja, jag har ju inte haft så mycket tid på mig, men det jag hittat här hos oss på ambassaden är rapporter från själva byggandet av barackerna. Men vi skulle kanske behöva skicka ut en förfrågan för att få mer information. Det avgör du. Men det låg alltså några baracker i Grafarholt, där golfbanan är nu.

Jim tog upp några papper från skrivbordet och bläddrade i dem.

– Det fanns också en, ja, vad är det ni kallar det, en skans där ute. Eller kanonfäste? Ett torn. En kopiös kanon. En avdelning ur infanteriets 16:e kompani bemannade skansen, men jag har ännu inte kunnat få fram vilka det var som använde barackerna. De verkar ha använts som förråd. Varför de restes just på den där kullen vet jag inte, men det byggdes ju baracker och luftvärnsan-

läggningar på alla upptänkliga ställen, hela vägen in i Mosfells-
dalur, kring Kollafjörður och Hvalfjörður.

– Vi tror att det kan vara frågan om ett oförklarligt försvin-
nande där ute som jag nämnde i telefon. Vet du om det var nån
soldat där i området som försvann eller anmäldes som saknad?

– Tror du att benen ni hittat kan vara efter en engelsk soldat?

– Det är väl kanske inte så troligt, men vi tror att den man vars
skelett vi hittat kan ha begravts där nån gång vid tiden för kriget
och om engelsmännen befann sig där då, vore det ju bra att kun-
na utesluta dem, om inte annat.

– Jag ska undersöka saken åt dig, men jag vet inte hur länge
såna eventuella dokument sparas. Sen tror jag att amerikanerna
tog över även den där förläggningen när vi gav oss av 1941. De
flesta av våra soldater skickades då ut ur landet, dock inte alla.

– Så amerikanerna tog över de där barackerna?

– Jag ska kolla upp det. Jag kan kontakta amerikanska ambas-
saden och se vad de har att bidra med. Det spar dig lite arbete.

– Ni hade militärpolis stationerad här.

– Det stämmer. Kanske bäst att börja där. Det kommer nog
att ta några dar. Möjligen ett par veckor.

– Vi har gott om tid, sa Erlendur och sände en tanke till
Skarphéðinn i backen.

Sigurður Óli hade urtråkigt där han rotade runt i Benjamíns käl-
lare. Elsa hade hälsat honom välkommen och följt honom ner
och lämnat honom ensam där och i fyra timmar hade han grävt i
skåp och lådor och kartonger utan att veta vad det egentligen var
han letade efter. Tankarna sökte sig hela tiden till Bergþóra, och
han undrade om hon skulle vara lika kärlekskrank när han kom
hem idag som hon hade varit de senaste veckorna. Han hade be-
stämt sig för att fråga henne rakt på sak om det var så att hon
trängtade så efter honom av någon särskild anledning och om
den anledningen möjligen kunde vara att hon ville ha barn. Då
visste han att det hela skulle sluta med ett annat problem som de
talat om ibland utan att komma fram till något: var det inte dags
att gifta sig med pompa och ståt?

Det var en fråga som hade bränt på hennes läppar mellan de heta kyssarna. Han hade väl inte riktigt bestämt sig för vad han tyckte om saken och brukade mumla någonting till svar. Han tänkte någonting åt det här hållet: Det funkade bra att bo ihop. Kärleken blomstrade. Varför förstöra det med giftermål? All uppståndelse. Svensexa. Ceremoni i kyrkan. Alla gäster. Uppblåsta kondomer i bröllopssviten. Töntigt som bara den. Bergþóra ville inte ha något simpelt borgerligt bröllop. Hon pratade om fyrverkerier och vackra minnen att värma sig med på ålderns höst. Sigurður Óli hummade. Tyckte det var för tidigt att tänka på ålderdomen. Problemet var inte löst och tydligen var det hans sak att lösa det, och han hade ingen aning om vad han ville bortsett från att han inte ville ha något kyrkbröllop. Men han ville inte heller såra Bergþóra.

Han läste några av kärleksbreven från Benjamín K. och kände liksom Erlendur den oförfalskade kärlek och värme mannen hyste för denna kvinna som en dag dunstade från Reykjavíks gator och påstods ha gått i sjön. Älskade vän. Min ögonsten. Jag saknar dig så.

All denna kärlek, tänkte Sigurður Óli.

Skulle den kunna rymma mord?

De flesta pappren rörde Knudsens Magasin och Sigurður Óli hade fullständigt gett upp hoppet om att hitta minsta lilla som kunde vara något att ha när han fick tag på ett papper i ett dokumentskåp där det stod:

> *Höskuldur Þórarinsson.*
> *Förskottsbetalning, hyra Grafarholt.*
> *8 kr.*
> *Underteckn. Benjamín Knudsen.*

Erlendur var just på väg ut från ambassaden när mobilen ringde.

– Jag har hittat en hyresgäst, sa Sigurður Óli. Tror jag.

– Va? sa Erlendur.

– I sommarstugan. Jag är på väg upp från Benjamíns källare. En sån jädra röra har jag aldrig sett maken till. Hittade en lapp som tyder på att en Höskuldur Þórarinsson har betalat hyra för Grafarholt.

– Höskuldur?

– Ja. Þórarinsson.

– Vad står det för datum?

– Inget. Inget årtal heller. Det är skrivet på baksidan av en räkningsblankett märkt Knudsens Magasin. Benjamín har kvitterat. Och så har jag hittat kvitton på saker som skulle kunna vara material till huset. Allt är skrivet på magasinet och på de kvittona finns det årtal utsatta. 1938. Så då verkar han ha varit igång med att bygga, eller hade i alla fall tänkt börja.

– Vilket år sa vi att hans fästmö försvann?

– Vänta lite, jag antecknade det. Erlendur väntade medan Sigurður Óli kollade. Han antecknade alltid på mötena, något som Erlendur aldrig kunnat göra till vana. Han hörde hur Sigurður Óli bläddrade och kom tillbaka till telefonen.

– Hon försvann 1940. På våren.

– Och Benjamín bygger på deras sommarstuga fram till dess, men sen ger han upp och börjar hyra ut.

– Och Höskuldur är en av hyresgästerna.

– Har du inte hittat nåt annat om denne Höskuldur?

– Nej, inte än. Är det inte en bra idé att börja med honom? sa Sigurður Óli och hoppades därmed bli utsläppt ur källaren.

– Jag ska ta itu med Höskuldur, sa Erlendur och sa sedan till Sigurður Ólis förtret: Kolla om du inte hittar nåt mer om honom eller nån annan där nere i skräpet. Om det existerar ett sånt kvitto kan det mycket väl finnas fler.

14

Erlendur satt ett bra tag vid Eva Linds säng efter att han kommit från ambassaden och funderade fram och tillbaka på vad han skulle kunna prata om. Han hade ingen aning om vad han skulle säga till henne. Han försökte några gånger utan att lyckas. Ända sedan läkaren nämnde att det skulle vara bra för henne om han pratade med henne, hade han tänkt och tänkt på vad han skulle kunna säga men han kunde aldrig komma på något.

Han började prata om vädret, men gav upp. Han började beskriva Sigurður Óli och berättade för henne att han såg lite trött ut nuförtiden. Men sedan fanns det inte mycket mer att säga om honom. Han försökte komma på något att säga om Elínborg men gav upp det också. Han berättade om Benjamín Knudsens fästmö som påstods ha gått i sjön och om kärleksbreven han hittat i källaren.

Han sa att han sett hennes mamma sitta vid sjukbädden.

Sedan blev han tyst.

– Vad är det med dig och mamma? frågade Eva Lind en gång när hon kom och hälsade på. Varför pratar ni inte med varann? Hon hade kommit tillsammans med Sindri Snær men han stannade inte länge och nu satt de två kvar för sig själva i halvmörkret. Det var i december och det spelades julsånger i radion som Erlendur stängde av, men Eva Lind slog på radion igen och sa att hon ville höra. Hon var gravid sedan några månader och var drogfri för tillfället och, som alltid när hon hälsade på, började hon prata om den familj hon aldrig haft. Sindri Snær pratade aldrig om det, pratade aldrig om sin mamma eller syster eller det som aldrig blev. Han var tyst och inbunden när Erlendur försökte prata med honom. Brydde sig inte mycket om sin far. Därvidlag var syskonen olika. Eva Lind ville lära känna sin pappa och drog sig inte för att ställa honom till svars.

– Din mamma? hade Erlendur sagt. Kan vi inte slå av det där julylandet? Försökte vinna tid. Eva Linds frågor om det förgångna fick honom alltid att känna sig besvärad. Han visste inte vad han skulle säga om det kortlivade äktenskapet, om barnen han fick, varför han gav sig av. Han hade inte svar på alla hennes frågor, och det gjorde henne arg. Hon hade kort stubin när det gällde familjesituationen.

– Nej, jag vill höra lite julmusik, sa Eva Lind och Bing Crosby fortsatte sjunga om en vit jul. Jag har aldrig nånsin hört henne tala väl om dig, men hon måste ju ha sett nåt hos dig en gång. I början. När ni träffades. Vad var det?

– Har du frågat henne?

– Ja.

– Och vad sa hon?

– Ingenting. Då måste hon ju säga nåt positivt om dig och det klarar hon inte av. Klarar inte av att tänka på att det finns nåt gott i dig. Vad var det för nåt? Varför blev det ni två?

– Jag vet inte, sa Erlendur och menade det också. Han försökte vara ärlig. Vi träffades på ett dansställe. Jag vet inte. Det var inget vi planerade. Det bara hände.

– Och vad tänkte du på?

Erlendur svarade inte. Han tänkte på barn som inte kände sina föräldrar. Som aldrig fick veta vilka de i grund och botten var. Kom in i deras liv när de redan var vuxna utan att veta något om dem. Aldrig fick lära känna dem annat än som far och mor och övervakare och målsman. Aldrig fick veta vilka hemligheter de två hade tillsammans och var och en för sig, och resultatet blev att föräldrarna blev lika främmande för barnen som alla andra de råkade stöta på i livet. Tänkte på hur föräldrar kunde hålla barn ifrån sig och bemöta dem med någon sorts artig uppfostrarroll, med en spelad innerlighet som uppstod ur den gemensamma erfarenheten snarare än ur verklig kärlek.

– Vad tänkte du på? Eva Linds frågor öppnade små sår som hon oupphörligt petade i.

– Jag vet inte, sa Erlendur och höll henne ifrån sig så som han alltid gjort. Det kände hon. Kanske höll hon på så där för att känna efter ordentligt. Få ytterligare bekräftelse. Känna hur långt borta han var och hur svårt det var att förstå honom.

– Du måste ju ha sett nånting hos henne.

Hur skulle hon kunna förstå honom när han ibland inte ens förstod sig själv?

– Vi träffades på ett dansställe, upprepade han. Då räknar man väl inte med nån vidare framtid.

– Och sen drog du bara.

– Jag drog inte bara, sa Erlendur. Det var inte så. Men jag gick till sist, och därmed var det slut. Vi lyckades inte … Jag vet inte. Kanske finns det inget rätt sätt. Om det finns, så hittade vi det i alla fall inte.

– Men det var inte slut, sa Eva Lind.

– Nej, sa Erlendur. Han lyssnade på Crosby i radion. Tittade ut genom fönstret och såg stora snöflingor dala sakta ner mot marken. Tittade på sin dotter. Ringarna i ögonbrynen. Den lilla metallkulan i näsvingen. Arméskorna som låg på soffbordet. Sorgkanterna under naglarna. Magen som blev allt större och putade ut under den svarta tröjan.

– Det är aldrig slut, sa han.

Höskuldur Þórarinsson bodde med sin dotter i souterrängvåningen i en stor, flott villa i Árbær, och det var en man som trivdes alldeles utmärkt med tillvaron. Han var kortväxt och snabb i rörelserna, hade silvergrått hår och skägg i samma färg runt en liten mun och var klädd i en rutig arbetsskjorta och beigefärgade manchesterbyxor. Det var Elínborg som hittade honom. Det fanns inte så många Höskuldur i pensionsåldern i folkbokföringsregistret. Hon ringde till dem i tur och ordning och hamnade på olika ställen i landet tills denne Höskuldur sa att jo, han hade hyrt av Benjamín Knudsen, den stackars, olycklige mannen. Kom ihåg det mycket väl, trots att han inte bodde så länge där uppe i stugan.

De satt i hans vardagsrum, Erlendur och Elínborg, och han hade bryggt kaffe och de hade talat om ditt och datt, han var infödd Reykjavíkbo, och de förbannade konservativa som långsamt plågar livet ur pensionärerna som om de vore att jämföra med socialfall som inte kan försörja sig själva. Erlendur ville få stopp på karln.

– Varför flyttade du upp dit i backen? Var det inte långt ute på landet för en Reykjavíkbo?

– Jo, för tusan, sa Höskuldur och serverade kaffet. Men det var inget annat att göra. Inte för mig. Det fanns inte husrum att få nån annanstans i Reykjavík på den tiden. Varenda liten garderob hyrdes ut till folk under kriget. Plötsligt kunde bondlurkarna få betalt i reda pengar och behövde inte längre ta emot lön i form av filmjölk och brännvin. Folk bodde i tält om de inte kunde få tag i nåt annat. Priset på bostäder sköt i höjden och jag flyttade ut dit till Grafarholt. Vad är det för benknotor ni hittat?

– När flyttade du till stugan? frågade Elínborg.

– Det var väl nån gång runt fyrtiotre, om jag minns rätt. Eller fyrtiofyra. På hösten det året, tror jag.

Mitt under kriget.

– Och hur länge bodde du där?

– Jag höll till där i ett år. Till hösten därpå.

– Och bodde du ensam?

– Med frugan. Min lilla Ellý. Hon är död.

– När dog hon?

– För tre år sen. Trodde du att jag hade begravt henne där i backen? Ser jag sån ut, lilla vännen?

– Vi har inte kunnat hitta några som varit folkbokförda i det huset, sa Elínborg och undvek hans fråga. Varken dig eller nån annan. Du mantalsskrev dig inte där.

– Jag minns inte hur jag gjorde. Vi skrev oss väl varken här eller där. Var bostadslösa. Det fanns alltid nån som kunde betala mer än vi och så fick jag höra talas om Benjamíns stuga och pratade med honom. Då hade de förra hyresgästerna precis flyttat och han ville vara hygglig mot mig.

– Vet du vad det var för hyresgäster? Som bodde där före dig?

– Nej, men jag minns att det var ett nöje att flytta in. Höskuldur drack ur det sista kaffet, fyllde på sin kopp igen och tog en klunk. Allt var så snyggt och prydligt, fortsatte han.

– Hur då snyggt och prydligt?

– Jo, jag minns att Ellý nämnde det särskilt. Hela huset var fejat och bonat, det fanns inte ett dammkorn att se. Det var som att komma in på ett hotell. Inte så att vi själva var så slarviga av oss. Inte på några villkor. Men det där huset var alldeles särskilt välstädat. Det var uppenbarligen gjort av en husmor som kunde sin sak, sa lilla Ellý.

– Så du såg inte några märken efter bråk eller nåt sånt? frågade Erlendur som hittills suttit tyst. Som till exempel blodfläckar på väggarna?

Elínborg tittade på honom. Drev han med karln?

– Blod? På väggarna? Nä, nåt blod såg jag inte.

– Och allt snyggt och prydligt?

– Snyggt och prydligt. Så sannerligen.

– Fanns det några buskar vid huset när du bodde där?

– Det fanns några vinbärsbuskar, ja. Det kommer jag tydligt ihåg, för de gav väldiga mängder bär den hösten och vi gjorde vinbärssylt.

– Så det var inte du som planterade dem. Eller din fru, Ellý?

– Nej, det var inte vi som planterade dem. De fanns där när vi kom.

– Du har inte nåt förslag på vems ben det kan vara som vi hittat i jorden där? frågade Erlendur.

– Är det därför ni har kommit hit? För att ta reda på om jag mördat nån?

– Vi tror att en manskropp har begravts där nån gång under kriget eller ungefär då, sa Erlendur. Men du är inte misstänkt för mord. Alls inte. Pratade du nånsin med Benjamín om människorna som hyrde före er?

– Ja, faktiskt, sa Höskuldur. Jag nämnde hur välstädat det var en gång när jag betalade hyran, och berömde dem som bott där innan. Han verkade inte lyssna på det med nåt större intresse.

Han var en rätt mystisk karl. Förlorade sin fru. Hon gick visst i sjön, efter vad jag hört.

– Fästmö. De var inte gifta. Kommer du ihåg engelsmännen som höll till där uppe? frågade Erlendur. Eller jänkarna, förresten, under de senare krigsåren.

– Det myllrade av engelsmän överallt efter att de kom hit fyrtio. De byggde baracker på andra sidan kullen och satte upp en kanon för att försvara Reykjavík mot anfall. Jag tyckte det var rena skämtet, men Ellý sa att jag inte skulle göra narr av det. Sen försvann engelsmännen och jänkarna kom istället. De höll till där uppe när jag flyttade dit. Engelsmännen var då borta sen länge.

– Lärde du känna dem nåt?

– Det var väl det lilla. De höll sig för sig själva. De luktade inte lika illa som engelsmännen, sa Ellý. Det var rejäla karlar. Flotta typer. Allt var mycket flottare kring dem. Som i filmerna. Clark Gable. Eller Cary Grant.

Grant var engelsman, tänkte Erlendur för sig själv men gitte inte rätta besserwissern. Han såg att även Elínborg lät bli.

– Byggde bättre baracker också. Jänkarna göt ordentliga betonggolv, och använde inte gammalt murket trä, som engelsmännen. Mycket bättre förrådsbyggnader. Så var det med allt som jänkarna tog sig före. Bättre och snyggare. Allting.

– Vet ni vem som tog över stugan när du och Ellý flyttade? frågade Erlendur.

– Ja, vi tog emot dem och visade dem runt. Det var en arbetare från Gufunes med fru och två barn och hund. Genomtrevligt folk, men jag kan inte för mitt liv komma på vad de hette.

– Vet du nåt om dem som bodde i huset före dig och som städade så bra?

– Inte mer än det Benjamín sa när jag nämnde det där att huset var så fint hållet och att Ellý och jag minsann inte tänkte vara sämre.

Erlendur spetsade öronen och Elínborg rätade på sig i stolen. Höskuldur teg.

– Ja, sa Erlendur.

– Vad han sa? Det var om hustrun. Höskuldur tystnade igen

och tog en klunk kaffe. Erlendur väntade otåligt på att han skulle fortsätta berätta. Höskuldur hade lagt märke till Erlendurs iver och visste att han nu hade övertaget över polismannen. Det var som om han hade satt en kaka på nosen på honom och han stod där och väntade på ett tecken med svansen viftande.

– Det var nåt rätt märkligt, ska jag säga dig, sa Höskuldur. De här poliserna skulle minsann inte behöva gå tomhänta från honom. Inte från Höskuldur. Han tog en klunk kaffe till utan att göra sig någon som helst brådska.

Herregud, tänkte Elínborg. Ska den förbannade gubben inte få ur sig det någon gång. Hon hade fått nog av gamla skrällen som antingen dog ifrån henne eller gjorde sig breda i sin ålderdom och ensamhet.

– Han trodde att maken bar hand på henne.

– Bar hand? upprepade Erlendur.

– Ja, vad heter det nuförtiden? Misshandel?

– Slog han sin fru? sa Erlendur.

– Det var vad Benjamín sa. En sån där skitstövel som slår både hustru och barn. Jag skulle inte kunnat lyfta ett finger mot min Ellý.

– Berättade han vad de hette?

– Nej, eller om han gjorde det så har jag glömt det för länge sen. Men han sa nåt annat som jag sen ofta har tänkt på. Han sa att hon, alltså frun till den där karln, hade kommit till i gamla gasklockan vid Rauðarárstígur. I närheten av Hlemmur. Det var i alla fall vad folk sa. Och de sa också att det var Benjamín som dödat sin fru. Sin fästmö, alltså.

– Benjamín? Gasklockan? Vad pratar du om? Erlendur visste varken ut eller in. Sa folk att Benjamín hade dödat sin fästmö?

– Det var en del som trodde det. På den tiden. Han berättade det själv.

– Att han dödat henne?

– Att folk trodde att han gjort henne illa. Inte att han hade dödat henne. Det hade han ju aldrig berättat för mig. Jag kände honom inte. Men han var säker på att folk misstänkte honom och jag minns att det pratades om svartsjuka.

– Skvaller?

– Alltihop var förstås bara skvaller. Vi lever ju på det. Får näring av att tala illa om vår nästa.

– Men vänta lite, vad var det där med gasklockan?

– Det är det bästa skvallret av allt. Har ni inte hört talas om det? Det fanns folk som trodde att jordens undergång var nära och knullade hela natten i gasklockan och det skulle det ha blivit barn av och den här kvinnan var ett av dem, eller det trodde Benjamín. De kallades undergångsbarn.

Erlendur tittade på Elínborg och sedan på Höskuldur igen.

– Driver du med mig? frågade han.

Höskuldur skakade på huvudet.

– Det var på grund av kometen. Folk trodde att den skulle krocka med jorden.

– Vilken komet?

– Jamen, Halley, förstås! nästan ropade besserwissern, djupt chockerad av Erlendurs okunnighet. Halleys komet! Folk trodde att den skulle krocka med jorden så att vår planet skulle brinna upp i helveteslågor!

15

Elínborg hade tidigare på dagen fått tag på Benjamíns fäst-
mös syster och sa till Erlendur att hon ville prata med hen-
ne när de var klara hos Höskuldur. Erlendur nickade och
sa att han tänkte åka upp till Riksbiblioteket och försöka ta fram
gamla pressklipp om Halleys komet. När det kom till kritan viss-
te Höskuldur inte särskilt mycket om själva händelsen. Kände
bara till rykten och skvaller, men på besserwissrars vis lät han
påskina att han visste mycket mera och pratade i stora cirklar
tills Erlendur inte gitte höra mer och tog ett något hastigt far-
väl.

– Vad tror du om det som Höskuldur sa? frågade Erlendur när
de satte sig i bilen.

– Det där med gasklockan är fullständigt gripet ur luften, sa
Erlendur. Det ska bli intressant att se vad du kommer fram till
där. Det han sa om skvallret var å andra sidan huvudet på spiken.
Vi njuter alla av att tala illa om vår nästa. Det säger ingenting
om huruvida Benjamín var en mördare eller inte, och det vet du
också.

– Ja, men hur lyder det där ordspråket nu igen? Ingen rök utan
eld?

– Ordspråk, mumlade Elínborg. Jag frågar systern om det där.
Säg mig en annan sak. Hur är det med Eva Lind?

– Hon bara ligger där i sängen och det ser ut som om hon so-
ver djupt. Doktorn säger att jag borde prata med henne.

– Prata?

– Han tror att hon skulle höra min röst trots att hon ligger i
koma och att hon skulle må bra av det.

– Och vad talar du med henne om?

– Ingenting än så länge, sa Erlendur. Jag vet inte vad jag ska säga till henne.

Systern kände till skvallret men avvisade bestämt att det skulle ligga någon sanning i det. Hon hette Bára och var avsevärt yngre än den försvunna systern, bodde i en stor villa i Grafarvogur, gift i alla år med en välbärgad grossist och levde det goda livet, vilket visade sig i de flotta möblerna i huset, de eleganta smycken hon bar och den välvillighet mot främmande hon kunde kosta på sig, till exempel mot poliskvinnan som nu stigit in i hennes vardagsrum. Elínborg, som i stora drag hade beskrivit sitt ärende i telefon, tänkte att denna kvinna aldrig någonsin hade behövt bekymra sig för ekonomin, alltid hade kunnat unna sig det hon fick lust till och aldrig hade behövt umgås med andra än sina gelikar. Förmodligen hade hon för länge sedan slutat bry sig om något annat. Elínborg snuddade vid tanken att det kunde ha varit denna tillvaro som väntade systern när hon försvann.

– Min syster var mycket förälskad i Benjamín vilket jag aldrig riktigt förstod. Han var en riktig träbock i mina ögon. Visst var han av fin familj, annat kan man inte säga. Knudsen är en av de äldsta Reykjavíkfamiljerna. Men han var tråkig.

Elínborg log. Förstod inte vad hon menade. Bára såg det.

– En drömmare. Kom sällan ner på jorden med sina stora planer på moderna affärsmetoder, som nu faktiskt alla blivit verklighet utan att han haft ett dugg med det att göra. Och så beblandade han sig med simpelt folk. Tjänstefolket behövde inte nia honom. Nu har ju folk slutat nia för länge sen. Ingen vet hur man för sig längre. Och inte finns det nåt tjänstefolk längre heller.

Bára torkade bort några inbillade dammkorn från soffbordet. Elínborg noterade två stora oljemålningar i ena änden av salongen, varsitt porträtt av mannen och hustrun. Mannen såg lite dyster och trött ut, till och med en smula tankspridd. Bára såg ut som om hon hade ett lömskt litet leende på läpparna i ett annars strängt ansikte och Elínborg kunde inte värja sig för tanken att det var hustrun som var vinnaren i detta äktenskap. Hon tyckte synd om mannen på tavlan.

– Men om du tror att han dödat min syster så misstar du dig, sa Bára. De där benknotorna där uppe vid hans sommarstuga är inte hennes.

– Hur kan du vara så säker på det?

– Jag bara vet det. Benjamín hade inte kunnat göra en fluga förnär. Han var inte sån. Han var en vekling. En drömmare, som sagt. Det visade sig ju när hon försvann. Han blev fullkomligt tillintetgjord. Slutade sköta affären. Drog sig undan allt umgängesliv. Upphörde med allt. Hämtade sig aldrig. Mamma gav honom kärleksbreven han skickat till min syster. Hon hade läst några av dem, sa att de var vackra.

– Stod ni systrar varann nära?

– Nej, det kan jag inte påstå. Jag var så mycket yngre. Mina första minnen av henne är att hon redan verkade vara vuxen. Min mamma sa alltid att hon påminde om vår far. En särling med besvärligt humör. Tungsint. Han gjorde samma sak.

Den sista meningen verkade ha trillat ur munnen på henne ofrivilligt.

– Samma sak?

– Ja, sa Bára surt. Samma sak. Tog livet av sig. Det lät som om det var något som inte angick henne. Men han försvann inte som hon. Långt därifrån. Han hängde sig i matsalen. Från kroken till kristallkronan. Inför allas ögon. Så mycket brydde han sig om sin familj.

– Det måste ha varit ett hårt slag för er, sa Elínborg för att säga något. Damen sände henne en förebrående blick där hon satt mitt emot, som om hon anklagade Elínborg för att tvingas återuppliva dessa minnen.

– Svårast var det för henne. Min syster. De stod varann nära. Såna där händelser sätter sina spår i folk. Välsignade flicka.

Man kunde urskilja medlidande i hennes röst, men bara för ett kort ögonblick.

– Var det ...?

– Det var några år innan hon själv försvann, sa Bára, och

plötsligt fick Elínborg på känn att hon dolde något. Att berättelsen var inrepeterad. Avskalad alla känslor. Men kanske var hon bara sådan, denna kvinna. Dryg, känslokall och gemen.

– För att göra Benjamín rättvisa får man väl ändå säga att han var snäll mot henne, fortsatte Bára. Skrev kärleksbrev och så. På den tiden var det vanligt att förlovade par tog långa promenader i Reykjavík. Deras förlovningstid var på så sätt alldeles normal. De träffades på Hotel Borg, som var innestället på den tiden, och de gick hem till varann, gick på promenader och fjällvandringar, och så utvecklades detta på samma sätt som för de flesta ungdomar var de än bor. Han friade, och jag tror att hon försvann bara två veckor före bröllopet.

– Jag har förstått att man sa att hon gick i sjön, sa Elínborg.

– Ja, snacket gick. Man letade efter henne i hela Reykjavík. Det var många som deltog i letandet, men man hittade inte minsta lilla spår efter henne. Det var min mamma som meddelade mig. Min syster gick hemifrån på morgonen. Skulle ut och handla och var inne i några affärer, det fanns ju inte lika många då som idag, men köpte ingenting. Träffade Benjamín i hans affär, gick därifrån och sågs aldrig igen. Han sa till polisen att de hade grälat. Därför la han skulden på sig själv och tog så illa vid sig.

– Varför skulle hon ha gått i sjön?

– Det var några karlar som påstod sig ha sett en kvinna som gick ner till stranden där som Tryggvagata slutar nu. Hon hade på sig en kappa som liknade den min syster hade. Var lika lång. Det var allt.

– Vad grälade de om?

– Nån småsak. Nåt som hade med bröllopet att göra. Planeringen. Eller det var i alla fall vad Benjamín sa.

– Men du tror att det var nåt annat.

– Det vet jag inget om.

– Och du anser det uteslutet att det kan vara hennes skelett där uppe i backen?

– Helt uteslutet. Ja. Men jag har ingen speciell orsak att tro det. Kan inte bevisa det. Men det verkar så fullkomligt långsökt. Jag kan bara inte föreställa mig det.

– Vet du nåt om de människor som hyrde stugan i Grafarholt? Kanske till och med de som var där under kriget? Möjligen en familj på fem personer, man och hustru med tre barn? Känner du till dem?

– Nej, men jag visste att det bodde folk i stugan under kriget. På grund av bostadsbristen.

– Har du nånting som tillhört din syster? En hårlock, till exempel? Kanske i en medaljong?

– Nej, men Benjamín hade en hårlock. Jag såg när hon klippte av den. Han bad henne om nånting han kunde ha som minne, när hon skulle åka bort i två veckor för att hälsa på några släktingar i Fljótin uppe i norr.

Elínborg ringde Sigurður Óli när hon satt sig i bilen. Han var på väg upp ur Benjamíns källare efter en lång och tråkig arbetsdag och hon sa åt honom att hålla ögonen öppna efter en hårlock från Benjamíns fästmö. Skulle kunna finnas inuti en vacker medaljong, sa hon. Hon hörde Sigurður Óli stöna.

– Var inte dum, sa Elínborg. Vi kan lösa fallet om vi hittar locken. Så enkelt är det.

Hon knäppte av mobilen och tänkte köra iväg när en tanke slog henne, och hon stängde av motorn. Hon funderade ett ögonblick och bet sig i underläppen. Så bestämde hon sig.

Bára blev förvånad över att se henne igen när hon öppnade dörren.

– Glömde du nåt? frågade hon.

– Nej, bara en fråga, sa Elínborg besvärat. Sen är jag klar.

– Jaha, vad är det då? frågade Bára otåligt.

– Du sa att din syster hade haft en kappa på sig den dagen hon försvann.

– Ja, hur så?

– Hurdan kappa var det?

– Hurdan? En alldeles vanlig kappa hon fått av mamma.

– Jag menar, sa Elínborg, vad hade den för färg? Vet du det?

– Kappan?

– Ja.

– Varför frågar du det?

– Av nyfikenhet, bara, sa Elínborg som inte hade någon lust att börja förklara.

– Jag minns inte, sa Bára.

– Nej, det är klart, sa Elínborg. Jag förstår. Tack ska du ha, och förlåt att jag besvärade.

– Men mamma har berättat att den var grön.

Det var så mycket som förändrades i dessa underliga tider.

Tómas hade slutat väta i sängen om nätterna. Slutat reta upp sin far, och på något sätt, som Símon inte fick grepp om, hade Grímur börjat ägna hans yngre bror mer uppmärksamhet än förr. Han trodde att Grímur kanske förändrats efter att soldaterna kommit. Eller kanske höll Tómas på att förändras.

Hans mamma pratade aldrig om gasklockan som Grímur retade henne så mycket med, så han hade egentligen gett upp. Lilla bastarden, sa han, och kallade henne Gastanten och pratade om gasklockan där det knullades hela den natten, då man trodde att jorden skulle gå under därför att kometen skulle träffa den och slå den i småsmulor. Símon förstod inte så mycket av allt det där pratet men såg att mamman tog illa vid sig. Símon visste att hon led lika mycket av hans ord som av hans slag.

En gång när han var i stan med Grímur, gick de förbi gasklockan och Grímur pekade på den och skrattade och sa att där hade hans mor kommit till. Och så skrattade han ännu mer. Gasklockan var en av Reykjavíks största byggnader och den gjorde honom missmodig. Han tog en gång mod till sig och frågade mamman om henne och den stora gasklockan som han var så förfärligt nyfiken på.

– Du ska inte lyssna på hans dumheter, sa hon. Vid det här laget borde du ju ha lärt dig hur han är. Det han säger är inget att bry sig om. Ingenting att bry sig om.

– Men vad var det som hände i gasklockan?

– Inget som jag vet nåt om. Han har hittat på alltsammans. Jag vet inte var han har fått det ifrån.

– Men var är din mamma och pappa?

Hon blev tyst och såg på sin son. Denna fråga hade hon själv brottats med hela livet och nu hade hennes son i sin stora oskuld formulerat den rakt på sak, och hon hade ingen aning om vad hon skulle säga. Hon visste inte vilka hennes föräldrar var och hade aldrig vetat det. När hon var yngre hade hon frågat folk, men fick inget veta. Hennes första minnen var från ett barnrikt hem i Reykjavík, och när hon blev lite äldre hade hon fått veta att hon inte var någons syster och ingens dotter. Det var kommunen som betalade för henne. Hon funderade mycket på vad det kunde innebära och förstod det inte förrän långt senare. Hon hade då flyttat från det där hemmet och kommit till ett äldre par där hon skulle vara hemhjälp, och som vuxen hade hon fått plats som tjänsteflicka hos köpmannen. Det var hela hennes livs historia innan hon lärde känna Grímur. Hon saknade det alltid, detta att inte ha föräldrar eller barndomshem eller släkt med fastrar och mostrar och mor- och farföräldrar och syskon, och under en period strax innan hon blev vuxen funderade hon oupphörligen på vem hon var och vilka hennes föräldrar kunde vara. Men hon visste inte vart hon skulle vända sig för att få svar.

Hon inbillade sig att de hade dött i en olycka. Det var hennes tröst, för hon kunde inte föreställa sig att de hade lämnat henne, sitt eget barn. Hon tänkte att de hade räddat hennes liv och sedan dött. Att de till och med hade offrat sina liv för hennes. Hon såg dem alltid framför sig i det ljuset. Som hjältar som slogs för sitt liv och hennes. Hon kunde inte föreställa sig att föräldrarna skulle vara i livet. Det var otänkbart.

När hon träffade sjömannen, Mikkelínas far, bad hon honom om hjälp att söka svaret och de uppsökte alla möjliga myndigheter men ingenstans fanns några upplysningar om henne utom att hon var föräldralös; i folkbokföringen stod inga föräldrar angivna. Hon var registrerad som föräldralös. Hennes födelseattest kunde inte uppbringas. Tillsammans med sjömannen uppsökte hon den barnrika familjen och pratade med hennes fostermor, men inte heller hon kunde ge något svar. Man betalade för dig, sa hon. Vi behövde pengarna. Hon hade aldrig frågat var flickan kom ifrån.

Hon hade sedan länge slutat grubbla över sitt ursprung när så Grímur kom den där dagen och påstod sig ha kommit på var hennes föräldrar befunnit sig och hur hon kommit till, och hon hade sett hånleendet på hans läppar när han pratade om knullandet i gasklockan.

Hon tittade på Símon, och alla dessa tankar från det förgångna snurrade runt i huvudet och så var det precis som om hon tänkte säga något men ångrade sig igen. Istället sa hon till honom att inte jämt tjata om det där.

Ute i världen rasade kriget och det hade kommit hela vägen upp på andra sidan kullen där engelska soldater börjat resa hus som såg ut som limpor och kallades baracker. Símon förstod inte det ordet. I barackerna skulle det finnas något som också hade ett obegripligt namn. Depå.

Ibland sprang han över på andra sidan kullen med Tómas och spanade på soldaterna. De hade fraktat upp plank och stora takreglar och korrugerad plåt och material till stängsel, rullar med taggtråd och cementpåsar och en cementblandare och en schaktmaskin för att schakta bort jord där barackerna skulle stå. De göt ett kanonfäste med siktet mot väster, över Grafarvogur, och en dag såg de två bröderna hur engelsmännen kom med en stor kanon. Röret pekade flera meter upp i luften, och kanonen placerades så att röret stack ut ur en springa, redo att skjuta ner fienden, tysken, som hade startat kriget och som dödade alla som kom i hans väg, även små pojkar.

Och soldaterna satte upp stängsel kring barackerna, åtta längor som monterats på ett kick, de satte upp en grind, och skyltar där det stod att tillträde var strängt förbjudet för alla obehöriga. Vid grinden fanns ett litet skjul där det stod en soldat med ett gevär hela dagarna. Soldaterna brydde sig inte om pojkarna, som såg till att hålla sig på behörigt avstånd. När det var vackert väder, när solen sken, bar Símon och Tómas upp sin syster över kullen och la ner henne i mossan så att hon kunde se vad soldaterna gjorde, och visade henne kanonen som stack ut ur skansen.

Mikkelína låg där och tittade på allt som försiggick men var tyst och tankfull, och Símon tyckte det verkade som om hon var rädd för det hon såg. Soldaterna och den stora kanonen.

Soldaterna var klädda i mossgröna uniformer med skärp, och på fötterna hade de kraftiga, svarta kängor med snörning långt upp på benet, och ibland hade de hjälm på huvudet och gick omkring med gevär eller pistoler som de hade i hölster på bältet. När vädret var varmt tog de av sig jackor och skjortor och arbetade i solen med bar överkropp. Ibland var det manöver på kullen och då gömde sig soldaterna och sedan sprang de fram och kastade sig ner på marken och sköt med sina gevär. På kvällarna hörde man oväsen och musik från förläggningen. Ibland kom musiken ur en apparat som det tjöt i och rösterna som sjöng lät metalliska. Ibland satt de själva ute under kvällshimlen och sjöng sånger från sitt hemland. Det hette England, visste Símon, och Grímur sa att det var en världsmakt.

De berättade för sin mamma om allt som hände på andra sidan kullen men hon verkade inte särskilt intresserad. Men en gång fick de henne i alla fall med sig dit upp. Hon stod där och tittade på engelsmännens område ett bra tag men så vände hon om och gick hem igen och pratade om spektakel och faror och förbjöd pojkarna att snoka där bland soldaterna för man kunde aldrig veta vad karlar med gevär kunde ta sig till och hon ville inte att det skulle hända dem något.

Tiden gick och plötsligt hade amerikanerna tagit över depån och nästan alla engelsmännen hade försvunnit. Grímur sa att de skickats i döden varenda en, medan jänkarna fick ha det lugnt och skönt på Island och slippa alla bekymmer.

Grímur hade slutat köra ut kol och arbetade nu för jänkarna på kullen eftersom där fanns gott om jobb och mer pengar att tjäna. En dag släntrade han bara iväg över kullen och frågade om det fanns jobb i depån och det gjorde det. Han blev anställd på lagret och i mässen. Efter det förändrades mathållningen där hemma avsevärt. Grímur öppnade en röd konservburk som det satt en sorts nyckel på. Rullade av plåtlocket med nyckeln och vände upp och ner på burken tills det på tallriken landade ett rosa köttstycke omslutet av en klar gelé som dallrade och var väldigt salt.

– Skinka, sa Grímur. Från självaste Amerika.

Símon hade aldrig någonsin smakat något så gott.

Till att börja med funderade han inte närmare på hur denna nya mat hamnade på deras bord, men märkte att mamman såg bekymrad ut en gång när Grímur kom med en hel låda sådana där burkar och gömde undan den i huset. Ibland fyllde Grímur en säck med burkar och andra saker som Símon inte visste vad det var, och gick iväg till Reykjavík, och när han kom tillbaka räknade han kronor och ören vid köksbordet. Símon såg att han var glad på ett sätt som han inte varit tidigare. Han var inte lika elak mot deras mamma. Slutade prata om gasklockan. Strök Tómas över håret.

Varorna strömmade in i huset. Amerikanska cigaretter och härlig burkmat, till och med frukt, och till råga på allt nylonstrumpor som deras mamma sa att alla kvinnor i Reykjavík trånade efter.

Men varorna stannade aldrig länge i deras hus. En gång kom Grímur med ett litet paket som doftade ljuvligare än något Símon hade känt förut. Grímur öppnade paketet och lät dem alla smaka och sa att det här var ett slags godis som jänkarna idisslade från bittida till sent. Man fick inte svälja det, och efter ett tag skulle man spotta ut det och ta en ny bit. Símon och Tómas, ja till och med Mikkelína som också fick ett skärt, doftande stycke, idisslade för glatta livet och spottade ut och tog ett nytt.

– Det heter tuggummi, sa Grímur.

Grímur lärde sig snabbt att göra sig förstådd på engelska och blev god vän med soldaterna och ibland när de fick permission bjöd han hem dem, och då blev Mikkelína tvungen att lägga sig i skrubben och pojkarna måste kamma sig och mamman måste ta på sig en klänning och göra sig fin. Så kom soldaterna, och de var artiga och tog i hand och presenterade sig och gav barnen sötsaker. Sedan satt de där och pratade och drack ur flaskor. De sa adjö och for in till stan i en militärjeep och allt blev tyst igen i huset, dit det aldrig annars kom någon på besök.

Men oftast for soldaterna direkt in till Reykjavík och kom hem på natten skrålande och glada, och då hördes rop och skrän från kullen och en eller två gånger lät det som om någon sköt, men det var inte med den stora kanonen, för om man sköt med den betydde det att de jävla nazisterna hade kommit och de skulle döda oss alla på momangen, sa Grímur. Han följde ofta med soldaterna till stan och roade sig, och när han kom hem till stugan hade han lärt sig några nya amerikanska schlagers. Símon hade aldrig hört Grímur sjunga förrän denna sommar.

Och en gång blev Símon vittne till något märkligt.

En av de amerikanska soldaterna kom en dag över kullen med ett fiskespö och gick bort till Reynisvatn och fiskade öring. Sedan gick han nerför backen åt andra hållet och visslade hela vägen österut till Hafravatn och tillbringade resten av dagen där. Det var en vacker sommardag, och han gick där och spankulerade fram och tillbaka längs stranden och gjorde ett kast när han kände för det. Han verkade inte vara särskilt engagerad i fisket, utan tycktes snarare bara njuta av livet där vid sjön i det fina vädret. Satt där och rökte och solade sig.

Vid tretiden verkade han ha fått nog och plockade ihop spöt och en liten påse, la de tre öringar han fångat i påsen och gick lika lugnt hemåt igen från sjön och upp mot kullen, men istället för att fortsätta förbi deras stuga stannade han och sa något obegripligt till Símon som hade spionerat på hela utflykten och nu stod framför huset.

– Are your parents in? frågade soldaten och log mot Símon och kikade in genom dörren.

Den stod öppen som vanligt när det var vackert väder. Tómas hade burit ut Mikkelína i solskenet bakom huset och låg nu bredvid henne. Deras mamma var inne och skötte hushållssysslor.

Símon förstod inte vad soldaten sa.

– You don't understand me? sa soldaten. My name is Dave. I'm an American.

Símon förstod att han sagt att han hette Dave och nickade till svar. Dave räckte fram sin påse mot honom, la den sedan på marken och tog ut de tre öringarna och la dem bredvid påsen.

– I want you to have this. You understand? Keep them. They should be great.

Símon tittade storögt på Dave. Dave log så det gnistrade i de vita tänderna. Han var kortväxt och smal, hade ett kantigt ansikte och det tjocka, svarta håret var kammat i sidbena.

– Your mother, is she in? frågade han. Or your father? Símon visade inga tecken på att förstå honom. Dave knäppte upp en bröstficka och tog fram en liten svart bok och bläddrade i den tills han hittade rätt ställe. Han gick fram till Símon och pekade med ena fingret på en mening i boken.

– Can you read? frågade han.

Símon läste meningen som Dave pekat på. Den var på isländska, och lätt att förstå, men efter den stod det något på utländska som han inte förstod. Dave läste omsorgsfullt den isländska meningen.

– Jag heter Dave, sa han. My name is Dave, upprepade han på engelska. Sedan pekade han igen och räckte fram boken till Símon som läste högt.

– Jag heter … Símon, sa han och log. Dave log ännu bredare. Hittade en ny mening i boken och visade Símon.

– Hur mår ni, unga fröken? läste Símon.

– Yes, but not miss, just you, sa Dave och skrattade men Símon förstod inte. Dave hittade ett ord i boken som han visade Símon. Mor, läste Símon högt och Dave pekade på honom och nickade.

– Var är? frågade han på isländska och Símon förstod nu att han frågade efter hans mamma.

Han signalerade åt honom att följa med och gick in i huset och sedan in i köket där hans mamma satt vid köksbordet och stoppade strumpor. Hon såg Símon komma in och log, men när hon fick syn på Dave bakom honom stelnade leendet, hon tappade strumpan och reste sig så hastigt att stolen välte. Dave blev inte mindre överraskad, och steg fram och viftade med händerna.

– Sorry, sa han. Please, I'm so sorry. I didn't want to scare you. Please.

Símons mamma hade dragit sig bakåt mot diskbänken och stirrade i golvet som om hon inte vågade titta upp.

– Var snäll och ta ut honom härifrån, Símon, sa hon.

– Please, I will go, sa Dave. It's okay. I'm sorry. I'm going. Please, I …

– Gå ut med honom, upprepade mamman.

Símon förstod inte genast hennes reaktion och tittade omväxlande på de två och såg Dave gå baklänges och försvinna från köket ut på gården.

– Varför gör du så där mot mig? sa hon till Símon. Tar med dig en man hit in. Vad ska det betyda?

– Förlåt, sa Símon. Jag trodde att det gick bra. Han heter Dave.

– Vad ville han?

– Han ville ge oss fisk han fångat, sa Símon. Han hade varit och fiskat borta i sjön. Jag trodde inte att det var nåt farligt. Han ville bara ge oss fisk.

– Jisses, vad rädd jag blev. Herregud, vad du skrämde mig. Så får du aldrig mera göra! Aldrig! Var är Mikkelína och Tómas?

– Bakom huset.

– Är allt som det ska med dem?

– Som det ska? Ja. Mikkelína ville ut i solen.

– Du får aldrig mer göra så, upprepade hon och gick ut för att ta hand om Mikkelína. Hör du det? Aldrig!

Hon gick runt hörnet till husets sydsida och såg soldaten stå böjd över Tómas och Mikkelína. Han stirrade häpet på flickan. Mikkelína vred på sig och sträckte upp huvet mot solen för att se vem det var som stod så där. Hon såg inte soldatens ansikte, eftersom huvudet befann sig i motljus. Soldaten tittade på mamman och så igen ner på Mikkelína som vred sig i gräset intill Tómas.

– I … sa Dave och blev tyst. I didn't know, sa han. I'm sorry. Really am. This is none of my business. I'm sorry.

Så vände han på klacken och gick därifrån med snabba steg och de tittade efter honom ända tills han försvann bakom kullen.

– Är allt bra med er? frågade mamman och ställde sig på knä

bredvid Tómas och Mikkelína. Hon var lugnare nu när soldaten gått och inte verkade ha velat dem något illa. Hon lyfte upp Mikkelína, bar in henne i huset och la henne i bädden i köket. Símon och Tómas följde efter.

– Dave är inte elak, sa Símon. Han är annorlunda.

– Heter han Dave? sa mamman frånvarande. Dave, upprepade hon. Är det inte samma namn som Davíð om han vore islänning? sa hon mest för sig själv. Och då hände det som Símon tyckte var så märkligt.

Hon log.

Tómas hade alltid varit hemlighetsfull och lite av en enstöring, lite nervöst lagd, blyg och tyst. Under den gångna vintern och den här sommaren var det som om Grímur såg någonting hos honom som Símon saknade, och som väckte hans intresse. Han tog Tómas i famn och satt och pratade med honom inne i sovrummet och när Símon frågade sin bror vad de pratade om sa Tómas ingenting, men Símon gav inte upp och fick till slut ur honom att de hade talat om Mikkelína.

– Vad sa han till dig om Mikkelína? undrade Símon.

– Ingenting, sa Tómas.

– Jo, säg, sa Símon.

– Nej, ingenting, sa Tómas men såg skamsen ut som om han dolde en hemlighet för sin bror.

– Säg vad det var.

– Jag vill inte. Jag vill inte att han ska prata med mig. Det vill jag inte.

– Vill du inte att han pratar med dig? Menar du att du inte vill att han ska säga det han säger? Är det det du menar?

– Jag vill ingenting alls, sa Tómas. Och sluta tjata nu.

Så gick det veckor och månader och Grímur visade sin välvilja gentemot den yngre sonen på olika sätt. Símon hörde aldrig vad de pratade om men fick veta vad det rörde sig om en kväll långt in på sommaren. Grímur höll på och gjorde sig i ordning för en tur in till Reykjavík med varor från militärdepån. Han väntade på en soldat som hette Mike och som skulle hjälpa honom. Mike kunde skaffa fram en jeep och de tänkte fylla den med varor och sälja i stan. Deras mamma lagade mat av varor som också kom från depån. Mikkelína låg i sin säng.

Símon såg hur Grímur drog Tómas i riktning mot Mikkelína och viskade något i hans öra och log på samma sätt som när han retades med pojkarna med menande kommentarer. Mamman la inte märke till något och Símon förstod inte vad det var som hände förrän Tómas gick fram till Mikkelína och påhejad av Grímur ställde sig över henne och sa:

– Hynda.

Så vände han tillbaka till Grímur som skrattade och klappade Tómas på huvudet.

Símon tittade bort mot sin mor som stod vid diskbänken. Hon måste ha hört det där men rörde sig inte och visade först inga tecken på att reagera, som om hon ville förbigå händelsen med tystnad och låtsas som om inget hänt. Fast han såg att hon hade en liten kniv i ena handen som hon skalade potatis med, och knogarna vitnade när hon knep till om skaftet. Till slut vände hon sig sakta om från diskbänken med kniven i handen och stirrade på Grímur.

– Så där gör du bara inte, sa hon med darrande stämma.

Grímur tittade på henne och hånleendet stelnade på läpparna.

– Jag? sa Grímur. Ska jag inte göra så? Vad yrar du om? Jag har inte gjort nåt. Det var pojken. Det är min lille Tómas som gör det.

Mamman tog ett steg mot Grímur, fortfarande med kniven i luften.

– Lämna Tómas ifred.

Grímur reste sig.

– Hade du tänkt göra nåt med den där kniven?

– Gör inte så mot honom, sa deras mor och Símon kände att hon började ge vika. Han hörde en jeep köra upp utanför huset.

– Han är här! ropade Símon. Mike har kommit.

Grímur tittade ut genom köksfönstret och sedan åter på mamman, och för ett ögonblick lättade spänningen. Mamman la ifrån sig kniven. Mike tittade in genom dörren. Grímur log.

När han kom hem på natten slog han deras mor. Nästa morgon haltade hon och hade ett rödsvullet öga. De hörde de tunga stönandena när Grímur gav sig på henne. Tómas kröp upp i sängen till Símon och stirrade skräckslagen på sin bror i mörkret och rabblade samma sak om och om igen som om han därmed skulle kunna skölja bort det han sagt.

– ... förlåt, det var inte meningen, förlåt, förlåt, förlåt ...

16

Elsa öppnade för Sigurður Óli och bjöd in honom på en kopp te. Han kom att tänka på Bergþóra när han iakttog Elsa i köket. De hade grälat på morgonen innan de for till jobbet. Han hade vikit undan från hennes kärlekstörst och var dum nog att prata om sina bekymmer så länge att Bergþóra blev riktigt arg.

– Jaha, du, sa hon. Så vi ska aldrig gifta oss? Är det det du försöker säga? Ska vi bara bo ihop i nån sorts halvmesyr utan att befästa nånting, och ska våra barn bli oäktingar? I evighet?

– Oäktingar?

– Ja.

– Är det kyrkan du tänker på?

– Kyrkan?

– Kyrkklockor som ringer? Och brudbukett och brudklänning och ...

– Driver du med mig nu?

– Vilka barn? sa Sigurður Óli men ångrade sig genast när han såg att Bergþóras uppsyn blev ännu mörkare.

– Vilka barn? Vill du inte ha barn?

– Jo, nej, jo, jag menar, vi har ju inte pratat om det, sa Sigurður Óli. Jag tycker vi borde prata om det. Du kan inte själv bestämma om vi ska ha barn eller ej. Det är inte rättvist, och jag vill inte det. Inte nu. Inte med en gång.

– Men snart måste det bli, sa Bergþóra. Förhoppningsvis. Vi har båda fyllt trettiofem. Det är inte många år kvar förrän det är för sent. Och jämt när jag försöker ta upp frågan bollar du bort den på något vis. Du vill inte prata om det. Vill inte ha barn, vill inte gifta dig. Vill ingenting. Du håller på och blir som tönten Erlendur.

– Va? Sigurður Óli blev alldeles förbluffad. Vad var nu detta?

Men Bergþóra hade hunnit ut genom dörren och lämnat honom ensam med denna skräckvision av framtiden.

Elsa såg att hans tankar var långt borta där han satt i köket och stirrade ner i sin kopp.

– Mera te? frågade hon.

– Nej, sa Sigurður Óli. Tack ska du ha. Elínborg, hon som jag arbetar tillsammans med på det här fallet, bad mig fråga dig om du visste ifall Benjamín hade sparat nån hårlock från sin fästmö, kanske i en medaljong eller en liten ask eller nåt sånt.

Elsa tänkte ett slag.

– Nej, sa hon, jag minns inte nån lock, men jag känner ju inte till allt som finns bland Benjamíns saker där nere.

– Elínborg säger att det måste finnas en sån. Det har fästmöns syster sagt. Hon pratade med henne igår och då berättade hon om en hårlock som Benjamín fick av sin fästmö en gång när hon skulle ut och resa, om jag förstod saken rätt.

– Jag känner inte till nån lock från henne eller nån lock överhuvudtaget. Min familj har aldrig varit särskilt romantiskt lagd.

– Finns det saker efter henne där nere? Efter fästmön?

– Varför vill ni ha en hårlock av henne? frågade Elsa istället för att svara på frågan, och tittade forskande på Sigurður Óli, som nu blev lite tveksam. Han visste inte vad Erlendur sagt till henne. Hon förekom honom.

– Då kan ni bevisa att det är hon som ligger där i Grafarholt, sa hon. Om ni har nåt från henne. Då kan ni göra DNA-analys och få reda på om det är hon som ligger där och om det är hon så tror ni att det är min morbror som begravt henne där och att han är hennes mördare. Stämmer det?

– Vi vill bara undersöka alla möjligheter, sa Sigurður Óli och ville för sitt liv inte reta upp Elsa, för han hade morgonens sammandrabbning med Bergþóra i färskt minne. Den här dagen började inte bra. Inte bra alls.

– Han kom hit, den andre polisen, den ledsne, och antydde att Benjamín hade skuld i fästmöns död. Och nu kan ni bekräfta det om ni hittar en hårlock från henne. Jag förstår inte det här. Att ni kan tro att Benjamín kunde ha dödat den där flickan. Hur skulle han ha kunnat göra det? Vad skulle han ha haft för anledning att göra det? Ingen. Ingen överhuvudtaget.

– Nej, självklart inte, sa Sigurður Óli för att lugna henne. Men vi måste ta reda på vems de där benknotorna är och varför de ligger där de ligger och än så länge har vi inte så mycket mer att gå efter än just det här, att Benjamín hade en stuga där borta och att hans fästmö försvann. Du måste väl själv vara nyfiken. Du måste väl också vilja veta vad det där är för ben.

– Jag är inte så säker på det, sa Elsa som blivit lite lugnare.

– Men jag får fortsätta leta i källaren? sa Sigurður Óli.

– Jo, javisst. Det tänker jag knappast förbjuda.

Han drack upp sitt te och gick ner i källaren och tänkte på Bergþóra. Han hade ingen lock av henne i någon medaljong för han tyckte inte han behövde bli påmind särskilt om henne. Hade inte ens ett foto av henne i plånboken. Flera av hans bekanta gick ständigt omkring med bilder av fru och barn. Han mådde inte bra. Han måste prata mera med Bergþóra. Få klarhet i saker och ting.

Han ville inte bli som Erlendur.

Sigurður Óli letade igenom Benjamín Knudsens saker i flera timmar, men stack sedan iväg till ett snabbmatställe och köpte en hamburgare som han bara tog några bett av. Därefter läste han dagstidningarna över en kopp kaffe. Han återvände till källaren vid tvåtiden och svor över Erlendurs envishet. Han hade inte hittat en enda sak som kunde kasta ljus över fästmöns försvinnande, eller vilka andra än Höskuldur som hyrt stugan under kriget. Han hade inte hittat hårlocken som Elínborg var så säker på skulle existera efter alla dessa kärleksbetygelser. Det här var Sigurður Ólis andra dag i källaren, och han började få nog av eländet.

Elsa väntade på honom vid källardörren och bad honom komma in. Han försökte komma på någon ursäkt i hastigheten men var inte tillräckligt snabb med att tacka nej utan att verka oartig, så han följde efter Elsa in i vardagsrummet.

– Har du hittat nåt där nere? frågade hon, och Sigurður Óli anade att hon inte frågade av omtanke, utan därför att hon ville pumpa honom på någon information. Det föll honom inte in att hon kanske kände sig ensam, vilket var den känsla Erlendur fått bara några minuter efter att han kommit in i hennes dystra hus.

– Jag har i alla fall inte hittat den där locken, sa Sigurður Óli och tog en klunk te som blivit kallt.

Hon hade väntat på honom. Han tittade på henne och funderade på vad hon hade i kikaren.

– Nej, sa hon. Är du gift? Ja, förlåt, det angår mig ju inte.

– Nej, det, jo, nej, jag är inte gift, men sammanboende, sa Sigurður Óli och kände sig lite vilsen.

– Har du barn?

– Nej, inga barn, sa Sigurður Óli. Inte än.

– Varför inte det?

– Hurså?

– Varför har ni inte skaffat barn?

Vad är hon ute efter, egentligen, tänkte Sigurður Óli och drack lite mer kallt te för att vinna tid.

– Stress, tror jag. Det är så vanvettigt mycket att göra hela tiden. Vi har båda krävande arbeten och tiden räcker inte till.

– Har ni inte tid med barn? Vad är det ni måste göra som är viktigare än det? Vad gör din sambo?

– Hon är delägare i ett dataföretag, sa Sigurður Óli och tänkte tacka för teet, säga att han måste iväg, tänkte inte sitta i förhör om sitt privatliv hos någon ungmö i Vesturbær som uppenbarligen blivit konstig av all ensamhet, så som sådana där kärringar blir med tiden tills de slutligen har näsan i blöt överallt.

– Är det en bra kvinna? frågade hon.

– Hon heter Bergþóra, sa Sigurður Óli och hade nu svårt att vara artig längre. Det är en mycket bra kvinna. Han log. Varför frågar du det?

– Jag har aldrig haft familj, sa Elsa. Aldrig fått barn. Ingen make heller. Maken spelar inte så stor roll, men jag hade velat ha barn. De hade kanske varit i trettioårsåldern idag. Närmat sig fyrtio. Jag tänker på det ibland. Vuxna. Med egna barn. Jag vet egentligen inte vad som hände. Plötsligt är man medelålders. Jag är läkare. Det var inte många kvinnor som läste medicin när jag började. Jag var som du, hade inte tid. Hade inte tid för mitt eget liv. Det du gör nu är inte ditt liv. Ditt eget liv. Det är bara arbete.

– Jo, ja, jag tror det är dags för mig att ...

– Benjamín fick inte heller nån familj, fortsatte Elsa. Det var det enda han verkligen ville ha, en familj. Med den där flickan.

Elsa reste sig och Sigurður Óli likaså. Han trodde att de skulle säga adjö men hon gick fram mot ett stort vitrinskåp av ek med vackra glasdörrar och öppnade en av dem och tog fram en liten kinesisk ask som hon öppnade. Ur asken tog hon upp en silvermedaljong i en tunn kedja.

– Han sparade verkligen en lock från henne, sa hon. I medaljongen finns också ett foto av henne. Hon hette Sólveig. Elsa log svagt. Benjamíns blomma. Jag tror inte att det är hon som ligger där uppe i backen. Den tanken är outhärdlig. Det skulle betyda att Benjamín hade gjort henne illa. Det gjorde han inte. Skulle inte ha kunnat. Det är jag övertygad om. Den här locken kommer att bevisa det.

Hon överräckte medaljongen till Sigurður Óli. Han satte sig ner igen och öppnade den försiktigt och såg en liten, svart lock ovanpå ett foto av hårets ägare. Han rörde inte vid hårstråna, men lät dem falla över på medaljongens lock så han kunde se fotot. Det var av en flicka i tjugoårsåldern med fina anletsdrag och vackra välvda ögonbryn över stora ögon som gåtfullt tittade in i kameralinsen. Bestämd mun, liten, vacker haka. Benjamíns fästmö. Sólveig.

– Förlåt att jag dröjt med att visa den, sa Elsa. Jag har tänkt mycket på saken, vänt och vridit på allt fram och tillbaka och tyckte inte jag kunde fördärva locken. Med det som kanske blir resultatet av utredningen.

– Varför sa du inget om den?

– Jag behövde betänketid.

– Ja, men även om ...

– Jag bröt nästan ihop när din kollega – Erlendur är det väl han heter? – började antyda att hon kunde ligga där uppe, men när jag tänkte närmare efter ... Elsa ryckte uppgivet på axlarna.

– Även om DNA-analysen skulle vara positiv, sa Sigurður Óli, behöver det inte betyda att Benjamín var en mördare. Det bevisas inte på det sättet. Om det nu skulle vara hans fästmö som ligger där kan det finnas andra orsaker till det än att Benjamín skulle ha ...

Elsa avbröt honom.

– Hon, vad säger man nuförtiden, hon gjorde slut. Bröt förlovningen, sa man väl på den tiden. Då när folk förlovade sig. Samma dag som hon försvann. Benjamín berättade det inte förrän långt senare. När han låg på sin dödsbädd och pratade med min mamma. Hon berättade det sen för mig. Jag har inte berättat det här för nån. Och jag hade tagit det med mig i graven om ni inte hade hittat de där benen. Vet ni om de härstammar från en man eller en kvinna?

– Nej, inte än, sa Sigurður Óli. Nämnde han någonting om varför hon bröt förlovningen? Varför hon gick ifrån honom?

Han märkte att Elsa tvekade. Deras blickar möttes och han förstod att hon nu avslöjat så mycket att det inte fanns någon återvändo. Han kände på sig att hon ville berätta allt hon visste. Som om hon burit på ett tungt kors och nu hade det blivit dags att lägga det ifrån sig. Äntligen, efter alla dessa år.

– Han var inte far till barnet.

– Var Benjamín inte far till hennes barn?

– Nej.

– Det var inte han som gjort henne med barn?

– Nej.

– Vem var det då?

– Du måste förstå att det var andra tider då, sa Elsa. Idag gör folk abort lika enkelt som de dricker ett glas vatten. Äktenskapet har ingen särskild betydelse längre även om man vill ha barn. Man bor ihop. Man flyttar isär. Flyttar ihop med nån annan. Skaffar flera barn. Flyttar isär igen. Det har inte alltid varit så. Inte den gången. En gång var det så att barn utanför äktenskapet var nåt helt otänkbart för kvinnorna. Det var förbundet med skam och utfrysning. De kallades lättfotade. Samhället var helt nådeslöst.

– Jag har förstått det, sa Sigurður Óli och tänkte på Bergþóra och började så småningom fatta varför Elsa varit så nyfiken å hans vägnar.

– Benjamín var beredd att gifta sig med henne, fortsatte Elsa. Eller det var i alla fall vad han sa till min mamma senare. Sólveig ville inte det. Hon ville bryta förlovningen, och sa det helt kallt. Bara så där. Utan förvarning.

– Vad var det för en man? Som var far till barnet?

– När hon lämnade Benjamín bad hon om hans förlåtelse. För att hon gick ifrån honom. Han förlät henne inte det. Han behövde mera tid.

– Och så försvann hon?

– Ingen såg henne nånsin igen efter att hon sagt adjö till honom. När hon inte kom hem på kvällen började man leta efter henne och Benjamín deltog helhjärtat i eftersökningarna men man hittade henne aldrig.

– Men barnets far då? frågade Sigurður Óli igen. Vem var han?

– Det berättade hon aldrig för Benjamín. Hon gick ifrån honom utan att säga vem det var. Det var vad han sa till min mamma. Om han visste det, så berättade han det i alla fall inte för henne.

– Vem kan det ha varit?

– Kan ha varit? upprepade Elsa. Det spelar väl ingen roll vem det kan ha varit. Det enda som spelar roll är vem det var.

– Menar du att denne någon hade med hennes försvinnande att göra?

– Vad tror du? frågade Elsa.

– Misstänkte ni inte nån särskild, du och din mamma?

– Nej, ingen. Och inte Benjamín heller, så vitt jag vet.

– Kan han ha ljugit om det?

– Det kan jag inte svara på. Men jag tror inte att en enda lögn nånsin kom över Benjamíns läppar.

– Jag menar för att leda bort uppmärksamheten från sig själv?

– Jag märkte aldrig att det riktades nån uppmärksamhet mot honom, och det gick rätt lång tid innan han berättade alltsammans för min mor. Det var strax innan han dog.

– Han slutade aldrig tänka på henne.

– Precis så sa min mamma.

Sigurður Óli funderade ett ögonblick.

– Var det skammen som fick henne att begå självmord?

– Ja, alldeles säkert. Hon svek inte bara sin fästman, som avgudade henne och ville gifta sig med henne, utan hon vägrade dessutom avslöja vem som var far till det barn hon väntade.

– Elínborg, min kollega, har pratat med hennes syster. Hon berättade för Elínborg att deras far begick självmord. Han hängde sig. Att det hade varit ett svårt slag för Sólveig eftersom hon stod sin far så nära.

– Svårt slag för Sólveig?

– Ja.

– Det var märkligt!

– Hur så?

– Jo, han hängde sig, men det kan knappast ha gjort Sólveig ledsen.

– Vad menar du?

– Det sas att han gjorde det av sorg.

– Sorg?

– Ja.

– Vad ...?

– Det tror i alla fall jag.

– Vilken sorg?

– Sorgen över dotterns försvinnande, sa Elsa. Han hängde sig efter att hon försvann.

17

Äntligen hade Erlendur någonting att prata med sin dotter om. Han hade grävt djupt i Riksbibliotekets gömmor och tagit fram artiklar i isländska dagstidningar och tidskrifter från 1910, året då Halleys komet passerade jorden med svansen efter sig, full av giftig blåsyra. Han fick särskilt tillstånd att bläddra i originalen istället för att titta på mikrofilm. Han tyckte om att läsa de gamla inhemska tidningarna, höra prasslet och känna lukten av gulnande papper och få en känsla för den tid som gömdes på de prasslande sidorna då, nu och för evig tid.

Det hade blivit kväll när han satte sig hos Eva Lind och började berätta om benfynden i Grafarholt. Han berättade om arkeologerna som märkte ut en ruta över fyndplatsen och Skarphéðinn som hade sådana stora framtänder att han inte kunde stänga munnen helt. Han berättade om vinbärsbuskarna och vad Róbert sagt om en grön, sned kvinna. Han berättade om Benjamín Knudsen och hans fästmö som försvann en dag, och hur hennes försvinnande påverkade den unge Benjamín, och han berättade om Höskuldur som hade hyrt stugan under kriget och det Benjamín hade sagt om en kvinna som bodde där och hade avlats i gasklockan natten då folk trodde att jorden skulle gå under.

– Det var samma år som Mark Twain dog, sa Erlendur.

Halleys komet rusade otäckt snabbt mot jorden, och dess svans var full av giftiga gaser. Om kometen inte träffade jorden och slet den i stycken skulle vår planet passera igenom svansen som skulle ödelägga allt liv; de som fruktade det värsta såg i andanom hur de skulle omkomma i eld och syra. Fruktan för kometen spred sig bland människorna, inte bara på Island utan i hela världen. I Österrike-Ungern, i staden Trieste och i Dalmatien sålde folk sina ägodelar för en spottstyver för att kunna leva i glädje och gamman den korta tid de trodde sig ha kvar på jorden. I Schweiz stod det fina folkets flickskolor nästan tomma, eftersom familjerna ville vara tillsammans när kometen splittrade jorden. Man beordrade prästerna att hålla populärvetenskapliga föreläsningar i astronomi för att dämpa människors rädsla.

Det sas i Reykjavík att många kvinnor blev sjuka av undergångsskräck och många trodde, på fullt allvar, som det formulerades i en av tidningarna, att den sena och kalla våren detta år berodde på kometen. Gamla människor steg fram och berättade att förra gången kometen hade synts hade det också varit missväxtår.

Många Reykjavíkbor på den tiden trodde att framtiden fanns i gasen. Det fanns många gaslyktor runt om i stan, även om de inte räckte till för att lysa upp nattens gator ordentligt, och i hemmen var det också vanligt med gaslampor. Nu hade man beslutat att förbättra systemet och i utkanten av stan bygga ett modernt gasverk som skulle täcka Reykjavíks gasbehov för all framtid. Stadens styrelse bestämde sig för att skriva avtal med ett tyskt gasföretag och så kom ingenjören Carl Franke till Island från Bremen. I följe med honom fanns flera experter som började bygga Reykjavíks Gasverk. Det invigdes 1910.

Själva tanken var en jättestor behållare på 1500 kubikmeter och den kallades gasklockan eftersom den flöt på vatten och utvidgade sig eller sjönk ihop beroende på hur mycket gas det fanns i den. Reykjavíkborna hade aldrig skådat ett större under och det blev ett folknöje att gå och titta på byggnadsarbetena.

Den var nästan färdigbyggd när en grupp stadsbor samlades i den natten till den 18 maj. De ansåg att tanken var det enda ställe i landet som skulle kunna ge skydd mot kometens giftmoln. När ryktet spreds att man roade sig ordentligt i tanken på natten flockades allt fler människor där för att delta i undergångsfirandet.

Ryktet om vad som försiggått i tanken denna natt spreds över stan de närmaste dagarna. Det sas att människorna där inne varit redlöst berusade och att de hade idkat könsumgänge till långt fram på morgonen, eller till dess de insett att världen inte skulle gå under i alla fall, varken genom kollision med kometen eller i någon helveteseld orsakad av kometsvansens giftångor.

Många påstod att barn hade kommit till i tanken denna natt och Erlendur tänkte att kanske hade ett av dem mött sitt öde i Grafarholt många år senare, och blivit begravd i jorden där.

– Gasväktarens hus finns fortfarande kvar, sa han till Eva Lind utan att veta om hon hörde honom eller ej. Men annars är alla spår av gasklockan försvunna. När allt kom omkring låg framtiden inte alls i gasen utan i elektriciteten. Gasklockan stod vid Rauðarárstígur där Hlemmur ligger nu och den fyllde en funktion även om den snabbt blev urmodig: under riktigt kalla vintrar sökte sig uteliggarna dit och värmde sig vid ugnarna, särskilt i vargtimmen, och även under vinterns kortaste dagar gick det livligt till i gasverksbyggnaden.

Eva Lind rörde inte en muskel under Erlendurs berättelse. Det hade han inte heller väntat sig. Några underverk trodde han inte på.

– Gasverket byggdes på ett ställe som hette Elsumýrarblettur, fortsatte han och log åt ödets ironi. Elsumýrarblettur låg öde i många år efter att gasverket rivits och gasklockan fraktats bort. Senare reste man en stor byggnad där som nu hyser Reykjavíks polisstation. Där är min arbetsplats. Exakt där tanken stod en gång.

Erlendur blev tyst.

– Vi väntar ständigt på jordens undergång, sa han sedan. Om den nu ska komma i skepnad av en komet eller nåt annat. Alla har vi vår egen version av vår världs undergång. Vissa drar själva till sig den. Vissa längtar efter den. Andra försöker undkomma den. De flesta fruktar den. Visar den respekt. Inte du. Du förmår inte respektera nåt alls. Och du fruktar inte din egen lilla världs undergång.

Erlendur satt tyst och betraktade sin dotter och funderade på om det gjorde någon skillnad att han sa dessa saker, när hon inte tycktes höra någonting alls av det han sa. Han tänkte på vad läkaren sagt och han måste erkänna att han själv kände en viss lättnad genom att tala till sin dotter på det här sättet. Det var inte ofta han kunnat prata så här lugnt och genomtänkt med henne. Allt deras umgänge färgades av kamp och bråk, och de fick sällan tillfälle att sitta ner och bara samtala.

Men samtalade gjorde de ju knappast nu heller. Erlendur log svagt. Han pratade och hon lyssnade inte.

Så allt var ju som vanligt mellan dem.

Kanske var det här inte det hon ville höra. Benfynd och gasklocka, komet och könsumgänge. Kanske ville hon höra honom berätta något helt annat. Något om sig själv. Något om dem två.

Han reste sig, böjde sig över Eva Lind, kysste henne på pannan och gick ut ur rummet. Han var djupt försjunken i tankar och istället för att ta till höger och gå ut genom korridoren, ut från avdelningen, gick han åt andra hållet utan att lägga märke till det, längre in på intensivvårdsavdelningen, förbi mörka salar där andra patienter kämpade mot döden, ihopkopplade med den allra senaste tekniska apparaturen. Han reagerade inte förrän han befann sig i korridorens andra ände. Han tänkte just vända om när en kortväxt kvinna kom ut ur rummet längst in i korridoren och gick rakt i famnen på honom.

– Ursäkta, sa hon med lite skrikig röst.

– Nej, det är jag som ska be om ursäkt, sa han förvirrad och kastade en hastig blick omkring sig. Jag skulle inte åt det här hållet. Jag var egentligen på väg ut.

– Jag har blivit hitkallad, sa den korta kvinnan. Hon var märkbart tunnhårig, ganska rundhyllt och hade en stor barm under en kortärmad, lila topp. Ansiktet var runt och vänligt. Erlendur la märke till några tunna, mörka skäggstrån på överläppen. Han tittade snabbt in i det rum hon kommit ifrån och såg en äldre man ligga under ett täcke i en säng, med ett magert, kritvitt ansikte. Bredvid honom satt en kvinna på en stol, klädd i en dyr päls. Hon förde en näsduk till ansiktet med handskbeklädda händer.

– Det finns fortfarande människor som tror på andeskådare, sa hon tyst för sig själv.

– Ursäkta, jag hörde inte …

– Man bad mig komma hit, sa hon och drog Erlendur försiktigt bort från rummet. Han är döende. De kan inget göra. Hustrun sitter där inne hos honom. Hon bad mig se om jag kunde få kontakt med honom. Han ligger i koma och man säger att det inte finns nåt mer att göra, men han vägrar dö. Som om han inte ville ta farväl. Hon bad mig söka upp honom, men jag fick inga signaler.

– Signaler?

– Från nästa liv.

– Nästa …? Är du andeskådare?

– Hon förstår inte att han är döende. Åkte iväg hemifrån för några dagar sen, och vad händer sen, jo hon blir kontaktad av polisen som säger att han råkat ut för en bilolycka på Vesturlandsvegur. Han var på väg upp till Borgarfjörður. En lastbil kom i vägen för honom. De säger att det inte går att rädda honom. Han är hjärndöd.

Hon tittade upp mot Erlendur som stirrade vantroget på henne.

– Hon är en väninna till mig.

Erlendur förstod inte vad hon pratade om eller varför hon berättade detta för honom i den mörka korridoren, viskande, som om de två var några slags sammansvurna. Han hade aldrig sett denna kvinna förut och sa adjö lite för abrupt och tänkte gå vidare, när hon grep honom i handen.

– Vänta, sa hon.

– Vaba?

– Vänta.

– Ursäkta, men jag har inget med det där att …

– Det är en pojke i snöstormen, sa den lilla kvinnan.

Erlendur hörde inte riktigt vad hon sa.

– Det är en liten pojke i snöstormen, upprepade hon.

Erlendur tittade förskräckt på henne och ryckte till sig handen som om han bränt sig.

– Vad pratar du om? sa han.

– Vet du vem det är? frågade kvinnan och tittade upp på Erlendur.

– Jag har inte den blekaste aning om vad du menar, sa Erlendur med eftertryck och vände sig från henne och gick med stora steg längs korridoren mot lampan över utgången.

– Du behöver inte vara rädd, ropade kvinnan efter honom. Han är försonad. Han är försonad med det som hände. Det som hände var ingens fel.

Erlendur tvärstannade, vände sig sakta om och stirrade på den lilla kvinnan längst ner i korridoren. Han begrep inte hur hon kunde vara så envis.

– Vad är det för en pojke? frågade kvinnan. Varför är han med dig?

– Det är ingen pojke här, sa Erlendur barskt. Jag förstår inte vad du menar. Jag känner inte dig och vet inte vad det är för en pojke du pratar om. Lämna mig ifred! ropade han.

Så vände han på klacken och marscherade ut från intensivvårdsavdelningen.

– Lämna mig ifred! väste han mellan sammanbitna tänder.

18

Edward Hunter var befälhavare i den amerikanska armén på
Island under kriget och en av de få militärer som inte flyt-
tade hem när kriget var slut. Jim, ambassadsekreteraren,
fick tag på honom utan nämnvärda problem genom amerikanska
ambassaden. Han letade efter militärer från ockupationsstyrkor-
na, engelska och amerikanska, som fortfarande var i livet, och de
var inte många, enligt informationen från brittiska inrikesdepar-
tementet. De flesta brittiska militärer som varit på Island miste
livet i slag i Afrika eller Italien eller på västfronten under inva-
sionen av Normandie 1944. Mycket få av de amerikanska solda-
terna deltog i några slag men gjorde sin militärtjänst på Island
fram till krigets slut. Några stannade kvar i landet hos sina is-
ländska hustrur och blev med tiden isländska medborgare. Bland
dem Edward Hunter.

Erlendur blev uppringd av Jim tidigt på morgonen.

– Jag har talat med amerikanska ambassaden och där hänvisa-
de man mig till denne Hunter. Jag tänkte jag skulle bespara dig
lite arbete, så jag pratade med honom själv. Hoppas det var okej.

– Tack ska du ha, sa Erlendur sömndrucket.

– Hunter bor i Kópavogur.

– Sen kriget?

– Det vet jag tyvärr inte.

– Men han bor alltså fortfarande här i landet, den här Hunter,
sa Erlendur och gnuggade sömnen ur ögonen.

Han hade inte sovit särskilt gott, han hade legat och dåsat och
däremellan haft otäcka mardrömmar. Det hade gjort intryck på
honom, det som den korta, tunnhåriga kvinnan sagt till honom

kvällen innan på intensivvårdsavdelningen. Han trodde inte att andeskådare fungerade som ombud för livet hinsides och han trodde inte att de kunde se något som andra inte såg. Tvärtom trodde han att de var bedragare hela bunten, kvicka med att lirka fram information ur folk och avläsa deras beteende, till och med deras klädsel, och därigenom skapa sig en uppfattning om vederbörande, som de sedan byggde upp sina spekulationer kring och som stämde i hälften av fallen och var fullkomligt åt skogen i den andra hälften – det var enkel sannolikhetslära. Erlendur fnyste åt alltihop, sa att det var kvalificerat jädra skitsnack en gång när ämnet kom upp på jobbet, vilket gjorde Elínborg en smula besviken. Hon trodde på andeskådare och på ett liv efter döden, och av någon anledning hade hon trott att också han var öppen för sådant. Kanske därför att han var från landet. Det visade sig vara ett stort missförstånd. Han var inte alls öppen för det övernaturliga. Men ändå var det någonting i den där kvinnans beteende och det hon sa som Erlendur inte kunde få ur skallen och som störde hans nattsömn.

– Ja, han har bott här sen dess, sa Jim och ursäktade sig tusen gånger ifall det var så att han hade väckt Erlendur, det var ju inte alls meningen, han trodde att alla islänningar steg upp tidigt på våren, det gjorde han själv, för de här långa vårdagarna visade ju ingen barmhärtighet.

– Och, vänta, gift med en isländska?

– Jag har pratat med honom, sa Jim med sin engelska brytning som om han inte hört frågan. Han väntar på att höra av dig. Överste Hunter tjänstgjorde en tid i militärpolisen här i Reykjavík, och han minns nåt – vad säger man – fuffens som han gärna vill berätta om. I en depå där uppe på kullen. Det var väl snyggt sagt? Fuffens?

När Erlendur var på brittiska ambassaden hade Jim pratat om hur språkintresserad han var, och att han la sig vinn om att inte bara använda de mest frekventa orden.

– Fint ord, sa Erlendur och försökte verka intresserad. Vad då för slags fuffens?

– Det vill han berätta själv. Så fortsatte jag gräva lite grann om militärer som dog här eller försvann. Du borde fråga överste Hunter om det med.

De sa adjö och Erlendur gick ut i köket, stel i kroppen, och satte på kaffet. Han var fortfarande i djupa tankar. Kunde andeskådare säga på vilken sida folk befann sig som svävade mellan liv och död? Han trodde ju inte på det där, men tänkte att om det nu var möjligt att trösta människor som sörjde sina närstående så tänkte han inte lägga sig i det. Det spelade ingen roll varifrån trösten kom.

Kaffet var skållhett och han brände sig på tungan när han tog första klunken. Han undvek att tänka på det som hade upptagit hans tankar under natten och nu på morgonen och lyckades hålla det ifrån sig.

Någorlunda.

Edward Hunter, före detta överste i amerikanska armén, såg mer ut som islänning än amerikan när han öppnade dörren för Erlendur och Elínborg i sin villa i Kópavogur, klädd i islandströja och med vitt skägg som växte i ojämna testar. Håret var tovigt och hans ansikte var grovt, men han var både vänlig och artig när han tog i hand och hälsade och bad dem att kalla honom Ed. Han påminde Erlendur om Jim i det avseendet. Han sa att hans hustru var i USA och besökte hans syster. Själv åkte han alltmer sällan över Atlanten.

På vägen till Hunter hade Elínborg berättat om det hon fått veta om Benjamíns fästmö av Bára, och att hon varit klädd i en grön kappa när hon försvann. Elínborg tyckte att det var intressant men Erlendur tog död på den diskussionen genom att ganska bryskt deklarera att han inte trodde på spöken. Elínborg förstod att han inte ville prata mer om saken.

Ed visade in dem i ett rymligt vardagsrum och såvitt Erlendur kunde se när han tittade sig omkring fanns det inte något som vittnade om livet i det militära; det han såg var två dystra isländska landskapsmålningar, isländska keramikstatyer och inramade familjefoton. Ingenting som påminde om det militära eller världskriget.

Deras besök var väntat och Ed hade förberett både kaffe och te och tilltugg, och efter ett antal artighetsfraser som tråkade ut dem alla tre lika mycket, tog den gamle militären initiativet och frågade hur han kunde stå till tjänst. Han talade en nästan felfri isländska och uttryckte sig kortfattat och koncist, som om den militära disciplinen för länge sedan hade slipat av allt onödigt tjafs.

– Jim på engelska ambassaden berättade att du tjänstgjorde här i landet under kriget, bland annat i militärpolisen, och att du då haft nåt att göra med en depå som stod där Grafarholts golfbana nu är belägen.

– Ja, där spelar jag golf regelbundet, sa Hunter. Jag såg inslaget om benfynden på nyheterna, och Jim sa att ni trodde att det kunde vara en av våra soldater från kriget, engelsman eller amerikan.

– Hände det nåt i den där depån? frågade Erlendur.

– Det stals, sa Hunter. Det händer i de flesta depåer. Man brukar väl kalla sånt där för svinn. Det var ett gäng soldater som stal ur förråden och sålde varorna inne i Reykjavík. Det började i rätt liten skala, men växte sen stadigt allteftersom tjuvarna kände sig tryggare, och till slut var det en rätt omfattande verksamhet. Depåföreståndaren var med på det hela. Alla blev dömda. Försvann härifrån. Jag minns det väldigt väl. Jag skrev dagbok på den tiden, och den kikade jag i efter att Jim hade kontaktat mig. Då kom hela historien kring stölderna tillbaka till mig. Jag ringde också till en gammal vän från den där tiden, Phil, som då var min överordnade. Vi friskade upp minnet tillsammans.

– Hur avslöjades stölderna? frågade Elínborg.

– De blev alldeles för giriga. När stölderna blir så omfattande som i det här fallet är det svårt att hemlighålla dem, och det läckte ut att nånting försiggick.

– Och vad var det för karlar som var inblandade? Erlendur tog upp sitt cigarettpaket och Hunter nickade till tecken på att han gärna fick röka. Elínborg glodde strängt på Erlendur.

– Meniga. De flesta. Depåföreståndaren var den med högst rang. Och så var det åtminstone en islänning. En karl som bodde där på kullen. På andra sidan.

– Minns du vad han hette?

– Nej. Han bodde med sin familj i ett omålat ruckel. Vi hitta-de en stor mängd varor där. Från depån. Jag skrev i dagboken att han hade tre barn, varav ett var handikappat, en flicka. De andra två var pojkar. Modern ...

Hunter tystnade.

– Vad var det med modern? sa Elínborg. Du tänkte säga något om modern.

– Hennes liv var nog inte precis nån dans på rosor. Hunter tystnade igen och blev tankfull, som om han försökte förflytta sig i tankarna till denna tid för länge sedan när han utredde en stöld och kom in i ett isländskt hem på kullen och där mötte en kvinna han var säker på hade blivit misshandlad. Inte bara på så sätt att hon nyligen blivit slagen någon enstaka gång, utan det syntes att hon hade fått tåla långvarigt och systematiskt våld, både mentalt och kroppsligt.

Han la knappt märke till henne när han steg in i huset med fyra andra militärpoliser. Han såg genast den handikappade flickan som låg i en eländig koj i köket. Han såg de två pojkarna som stod orörliga sida vid sida bredvid sängen och stirrade skräckslagna på militärerna som klampade in i huset. Han såg mannen hoppa upp från köksbordet. De hade inte förvarnat om sin ankomst och han blev uppenbarligen förvånad att se dem. Militärerna var vana att bedöma folks styrka. Avgöra om de kun-de vara farliga. Denne man skulle inte bli något problem.

Sedan såg han hustrun. Det här var tidigt på våren och det var halvmörkt där inne och det tog honom ett ögonblick att vänja sig vid mörkret. Kvinnan stod liksom och gömde sig i den del av huset som verkade vara en liten korridor. Han trodde först att det var en tjuv som försökte komma undan. Han gick snabbt in mot korridoren och drog upp en pistol ur hölstret som satt vid höften. Ropade någonting in mot korridoren och riktade pisto-len in i mörkret. Den handikappade flickan började skrika åt ho-nom. De två pojkarna kastade sig samtidigt över honom och skrek någonting han inte förstod. Och ut ur mörkret kom denna kvinna som han skulle komma att minnas så länge han levde.

Han förstod genast varför hon gömde sig. Hon hade massor av märken i ansiktet och en stor fläskläpp. Ena ögat var så svullet att hon inte kunde öppna det, men med det andra tittade hon skräckslagen på honom och sedan böjde hon sig liksom reflexmässigt ner. Som om hon väntade sig att han skulle slå henne. Hon hade någon sorts rockklänning utanpå en annan klänning, var barbent och barfota i ett par eländiga skor. Håret var smutsigt och hängde ner på axlarna i tjocka stripor. Hon verkade halta. Det var den ynkligaste människa han skådat i hela sitt liv.

Han såg hur hon försökte lugna ner pojkarna och förstod att det inte var utseendet hon försökte dölja.

Hon dolde sin skam.

Barnen blev tysta. Den större pojken tryckte sig tätt intill mamman. Han tittade bort mot hennes man, stoppade tillbaka pistolen, gick fram till honom och gav honom en rungande örfil.

– Ja, så var det faktiskt, sa Hunter när han avslutat sin berättelse. Jag tappade kontrollen. Vet inte vad som hände. Begriper inte vad som tog åt mig. Det var egentligen obegripligt. Man var ju tränad, som ni väl vet, tränad för alla slags situationer. Tränad att behålla sitt lugn vad som än hände. Det var alltid mycket viktigt att inte förlora kontrollen, som ni ju kan föreställa er, det var ju krig. Men när jag såg denna kvinna … när jag såg vad hon hade fått stå ut med, och uppenbarligen inte bara den här gången, utan jag såg för mig hela hennes liv i denne mans händer. Då brast nånting inne i mig, nånting hände som jag bara inte kunde behärska.

Hunter tystnade.

– Jag hade varit polis i två år i Baltimore innan kriget bröt ut. Man kallade det inte misshandel på den tiden, men det var lika hemskt för det. Jag såg det, och det är avskyvärt. Jag förstod strax vad som försiggick i det där hemmet, och dessutom hade han stulit från oss … och, tja, karln blev dömd efter era lagar, sa han sedan, som om han ville skaka av sig minnet av kvinnan i stugan. Jag tror inte han fick nåt särskilt strängt straff. Kom säkert hem och kunde fortsätta slå sin stackars fru efter bara några månader.

– Du pratar alltså om allvarlig misshandel, sa Erlendur.

– Av värsta sorten. Det var tragiskt att se denna kvinna, sa

Hunter. Helt enkelt tragiskt. Som sagt. Jag såg direkt vad som pågick där. Försökte prata med henne, men hon förstod inte ett enda ord engelska. Jag informerade den isländska polisen om henne men de sa att det inte var mycket de kunde göra. Och där har inte mycket förändrats, vad det verkar.

– Du minns väl möjligen inte namnen på de där människorna? undrade Elínborg. Du har dem inte i dagboken?

– Nej, men de borde ju finnas antecknade i våra rapporter. På grund av stölden. Han arbetade ju i depån. Naturligtvis finns det nånstans en lista över de anställda. Över isländska anställda på förläggningen i Grafarholt. Men det var ju ett tag sen.

– Och militärerna då? frågade Erlendur. De som era domstolar dömde?

– De satt i militärfängelse en tid. Depåstölder var rätt vanliga, men ansågs vara ett allvarligt brott. Sen skickades de till främsta leden vid fronterna. Det var en sorts dödsstraff.

– Och ni satte fast alla?

– Det vet jag ju inte. Stölderna upphörde. Arbetet i depån återgick till det normala. Fallet var löst.

– Så du tror inte att den där historien kan ha nåt med benen att göra?

– Det kan jag inte uttala mig om.

– Du kan inte påminna dig om det var nån som anmäldes försvunnen ur era eller engelsmännens led?

– Menar du desertering?

– Nej. Outrett försvinnande. Jag syftar på benfynden. Vem det kan ha varit. Om det skulle kunna vara en amerikansk soldat från depån.

– Ingen aning. Jag har verkligen ingen aning.

De pratade ytterligare ett bra tag med Hunter. Han verkade trivas med att prata med dem. Verkade tycka om att återuppliva gamla minnen med hjälp av sin kära dagbok, och snart hade de börjat prata om krigsåren på Island och de följder militärens närvaro fick för livet på ön, tills Erlendur tog sig samman igen. Sådant här hade han inte tid med. Han reste sig, Elínborg gjorde likaledes och han tackade hjärtligen för dem båda två.

Även Hunter reste sig och följde dem till dörren.

– Hur fick ni nys om stölderna? frågade Erlendur i dörren.

– Nys? upprepade Hunter.

– Hur upptäckte ni dem?

– Jaha, jag förstår. Ett telefonsamtal. Nån ringde till militär-
polisens högkvarter och påstod att det stals stora mängder från
depån i Grafarholt.

– Och vem var det som skvallrade?

– Det kom aldrig fram, tyvärr. Vi fick aldrig reda på vem det
var.

🖙

Símon stod vid sin mammas sida och tittade lamslagen på när
officeren vände sig från dem med ett underligt uttryck av förvå-
ning och vrede, gick tvärs över köksgolvet och utan förvarning
gav Grímur ett hårt slag i ansiktet så att han ramlade i golvet.

De tre militärerna i dörren stod orörliga medan han som slagit
Grímur stod över honom och skrek något de inte förstod. Símon
trodde inte sina ögon. Han tittade på Tómas som stirrade stint
på det som skedde, och han tittade sedan bort mot Mikkelína
och såg att hon skräckslaget iakttog Grímur där han låg på gol-
vet. Hon tittade på sin mor och såg tårar i hennes ögon.

Grímur hade inte misstänkt något. De hade hört två jeepar
köra upp till huset, och deras mor hade dragit sig tillbaka i korri-
doren så att ingen skulle se henne. Se hur hon såg ut med det
svullna ögat och den spruckna läppen. Grímur reste sig inte ens
från köksbordet, han var inte orolig för att det skulle komma
fram att han var inblandad i stölderna i depån. Han väntade be-
sök av sina vänner som skulle komma med stöldgods som skulle
gömmas i huset. På kvällen skulle de in till stan för att sälja en
del av det. Grímur hade nu fått in en del pengar och pratade om
att flytta bort från kullen, köpa lägenhet, hade till och med
nämnt att han ville skaffa sig bil, men bara när han var på gott
humör.

Militärerna tog honom med sig. De satte Grímur i den ena
jeepen och for iväg med honom. Han som gick först, mannen

som slog ner Grímur utan vidare, bara gick fram till honom och slog honom som om han inte kände till hans makt, sa någonting till deras mor innan han sa adjö, och det gjorde han inte på militärers vis, utan han tog i hand, och sedan gick han ut och satte sig i den andra jeepen.

Snart var det åter tyst i den lilla stugan. Deras mamma stod kvar på samma fläck i hörnet och verkade inte riktigt ha förstått vad det här var för ett besök. Hon strök sig sakta över ögonen och stirrade framför sig i någon sorts tomrum som bara hon såg. De hade aldrig sett Grímur ligga på golvet. Aldrig sett honom så maktlös. De förstod inte vad som hänt. Hur det kunde ske. Varför Grímur inte gav sig på soldaterna och slog dem sönder och samman. Barnen tittade på varandra. Tystnaden i huset var kvävande. De tittade på sin mor och plötsligt hördes ett underligt ljud från Mikkelína. Hon halvsatt upp i sängen och de hörde ljudet igen och insåg att hon hade börjat fnissa, och fnissandet tilltog och växte till skratt som hon först försökte hålla inne. Det klarade hon inte och snart skrattade hon högt. Símon log och började också skratta och Tómas tog efter och inom kort skrattade de alla tre hejdlöst och krampaktigt så det ekade i huset och rungade långt ut över kullen i vårvärmen.

Ungefär två timmar senare anlände en lastbil från depån och tömde huset på det stöldgods som Grímur och hans kompanjoner gömt där. Pojkarna stod och såg på när bilen åkte iväg och sprang uppför backen och såg den köra in genom grinden till förläggningen och lastas ur.

Símon förstod inte exakt vad som hänt och han var inte säker på att hans mor förstod det heller, men Grímur blev dömd till fängelse och kom inte hem de närmaste månaderna. Till en början förändrades inget i stugan. De fattade liksom inte först att Grímur inte var där. I alla fall inte på ett tag. Deras mor skötte sina sysslor på samma sätt som förr och tvekade inte att använda de smutsiga pengarna för att försörja sig och sina barn. Sedan skaffade hon sig arbete vid gårdsmejeriet i Gufunes som låg en halvtimmes promenad från hemmet.

Pojkarna bar ut Mikkelína i solen när vädret tillät. Ibland tog de med henne upp till Reynisvatn där de fiskade öring. Om fångsten blev god stekte deras mamma fisken och det blev en riktig delikatess. På så sätt gick några veckor. Lite i sänder lossnade Grímurs grepp om dem. Det var lättare att stiga upp på morgnarna, dagarna rann iväg utan bekymmer, och på kvällarna rådde ett lugn och en ro som de alls inte var vana vid, men som var så behagligt att de satt uppe länge och småpratade med varandra och lekte tills de tuppade av.

Grímurs frånvaro hade emellertid störst påverkan på mamman. En dag, när hon äntligen fattat att Grímur inte skulle komma hem på ett tag, tog hon itu med dubbelsängen och rengjorde den in i minsta vrå. Hon tog ut madrasserna på gården till vädring och piskade dem så att damm och smuts yrde. Täckena tog hon också ut, och gav dem en likadan omgång och bytte sedan sängkläder. Hon tvättade barnen från topp till tå med grönsåpa och varmt vatten i en stor balja som hon ställde på köksgolvet, och till sist gav hon sig själv samma behandling, tvättade håret och ansiktet, där det fortfarande syntes märken efter Grímurs senaste överfall, och sedan hela kroppen. Med tvekan tog hon fram en spegel och tittade sig i den. Hon strök sig över ögat och läppen. Hon hade magrat, och ansiktet hade fått hårda drag, tänderna stod ut lite grann, ögonen satt djupt, och näsan, som en gång blivit bruten, hade en knappt synlig krökning.

När det led mot midnatt tog hon barnen med sig, Mikkelína och Símon och Tómas, och hade dem hos sig i sängen där de alla fyra somnade tillsammans. Efter det sov barnen alltid tätt intill sin mor, Mikkelína ensam på högra sidan och pojkarna på vänstra. Alla tre lika lyckliga.

Hon hälsade aldrig på Grímur i fängelset. De nämnde aldrig hans namn en enda gång under den tid han var borta.

En morgon, strax efter att Grímur förts bort, kom Dave gående över kullen med fiskespöt och gick förbi deras hus och nickade till Símon som stod där ute, och sedan gick han vidare hela vägen bort till Hafravatn. Símon följde efter honom och gömde sig i buskaget på behörigt avstånd och spionerade på honom. Dave tillbringade hela dagen på samma behagliga sätt som förra gången och det verkade inte spela någon roll om han fick någon fisk eller ej. Tre fiskar lirkade han i alla fall upp.

Han gick tillbaka uppför backen när det led mot kvällen och stannade utanför stugan med de tre öringarna i ett snöre. Han såg lite tveksam ut, tyckte Símon som hade gått hem tidigare och nu kikade på honom genom köksfönstret, men var noga med att Dave inte skulle få syn på honom. Till slut verkade Dave ändå fatta ett beslut och gick fram till huset och knackade på.

Símon hade berättat om soldaten för sin mor, att det var den samme som kommit med fisk till dem förut. Då hade hon gått ut och spejat efter honom, och sedan gått in igen och tittat sig i spegeln och rättat till håret. Hon verkade känna på sig att han skulle titta in på vägen tillbaka till barackerna. Nu var hon redo att ta emot honom när han kom.

Hon öppnade dörren och Dave log, sa något obegripligt och räckte fram fiskarna. Hon tog emot dem och bad honom stiga på. Han steg in med viss tvekan och stod där i köket och såg lite bortkommen ut. Nickade mot pojkarna och Mikkelína som vred och sträckte på sig för att få en bättre titt på denne soldat som kommit ända in i köket, i uniform och med en konstig mössa som såg ut som en uppochnervänd båt på huvudet. Han kom plötsligt på att han inte tagit av den, och slet generat bort den från skallen. Han var inte lång, men inte heller kort, var säkert över trettio år, han var smal och hade vackra händer som kramade den uppochnervända båten som om han just tvättat den och ville vrida vattnet ur den.

Hon tecknade att han skulle slå sig ner vid köksbordet, och han satte sig. Pojkarna satte sig bredvid honom och mamman gjorde i ordning kaffe, riktigt kaffe från depån, kaffe som Grímur hade stulit men som militärerna inte hittat. Dave visste att Símon hette Símon och fick nu reda på att Tómas hette Tómas, och det var namn som han inte alls hade svårt att uttala. Han tyckte att Mikkelína var ett lustigt namn och han upprepade det om och om igen på ett roligt sätt som fick dem alla att skratta. Han sa att han hette Dave Welch och att han kom från ett ställe i

Amerika som hette Brooklyn. Han sa att han var menig soldat. De begrep inte vad han pratade om.

– A private, sa han och de bara stirrade på honom.

Han drack sitt kaffe och verkade tycka att det smakade gott. Deras mor satte sig ner vid andra änden av bordet.

– I understand your husband is in jail, sa han. For stealing.

Han fick ingen reaktion.

Han tittade på barnen och tog upp en lapp ur bröstfickan och vände den mellan fingrarna som om han inte riktigt visste vad han skulle göra med den. Så föste han lappen över bordet till mamman. Hon tog upp lappen, vek upp den och läste det som stod där. Hon tittade förbryllad på mannen och återigen på lappen och visste inte riktigt vad hon skulle göra med den. Så vek hon ihop lappen och stoppade den i förklädesfickan.

Tómas lyckades få Dave att begripa att han skulle säga Mikkelínas namn en gång till och när han gjorde det började de alla skratta igen, och Mikkelínas ansikte blev en enda stor grimas av pur glädje.

Dave Welch kom ofta till stugan i backen den sommaren och blev god vän med barnen och deras mor. Han fiskade i de två sjöarna och gav dem fångsten och han kom också med en del smått och gott från depån som de kunde ha nytta av. Han lekte med barnen, som blev mycket fästa vid honom, och hade alltid med sig den lilla boken så att han kunde göra sig förstådd på isländska. De tyckte det var jätteroligt när han vrickade tungan på de isländska orden. Hans allvarliga min stämde inte alls överens med det han fick ur sig och det sätt på vilket han sa det; han talade isländska som en treåring.

Men han lärde sig snabbt och det blev allt lättare för dem att förstå honom och lättare för honom att begripa vad de sa. Pojkarna visade honom de bästa fiskeställena och gick stolta med honom runt kullen och till de två sjöarna, och lärde sig engelska ord och texterna till amerikanska schlagers som de kände igen efter att ha hört dem ljuda över nejden från högtalarna på förläggningen.

Han fick särskilt god kontakt med Mikkelína. Det dröjde inte länge förrän han helt vunnit hennes förtroende och fick bära ut henne när det var fint väder och försöka öva hennes färdigheter. Han gjorde ungefär samma saker som mamman alltid gjort, rörde på hennes armar och ben, stödde henne så att hon kunde försöka gå och gjorde alla möjliga sorters övningar. En dag hade han tagit med sig en militärläkare för att han skulle titta på Mikkelína. Läkaren undersökte henne noga och bad henne utföra olika rörelser. Han lyste in i hennes ögon och ner i halsen med en ficklampa, vred hennes huvud åt sidorna och kände utanpå halsen och ner efter ryggraden. Han hade med sig några träklossar av olika storlekar och bad henne stoppa ner dem i en platta med hål som passade till respektive kloss. Det fick hon hålla på ett tag med. Han fick veta att hon blivit sjuk som treåring och att hon förstod vad folk sa till henne, men själv nästan aldrig sa något. Fick också veta att hon kunde läsa och att modern höll på att lära henne skriva. Läkaren nickade som tecken på att han förstod och såg ganska hemlighetsfull ut. Han pratade länge med Dave efter undersökningen och när han gått lyckades Dave få dem att förstå att det inte var något fel på Mikkelínas förstånd. Det var ingen nyhet för dem. Men så sa han också att med tiden och med rätt slags träning och hårt arbete borde Mikkelína kunna gå utan stöd.

– Gå! Deras mor sjönk långsamt ner på en köksstol.

– Och till och med prata normalt, la Dave till. Kanske. Har hon aldrig varit hos nån doktor tidigare?

– Jag förstår inte, suckade hon.

– She is okay, sa Dave. Just give her time.

Hon hörde honom inte.

– Han är en fruktansvärd människa, sa hon plötsligt och barnen spetsade öronen, för de hade aldrig förr hört henne prata om Grímur så som hon gjorde nu. En fruktansvärd människa, fortsatte hon. En förbannad, liten själ som inte borde ha rätt att leva. Jag förstår inte hur såna får leva. Varför såna människor blir till. Jag förstår det bara inte. Varför de får bete sig som de vill. Hur skapas såna människor? Vad är det som gör honom till ett monster? Varför får han bete sig som ett djur år efter år och slå sina barn och förödmjuka dem och ge sig på mig och slå mig tills jag vill dö och börjar tänka ut olika sätt att …

Hon drog en djup suck och satte sig hos Mikkelína.

– Man skäms för att vara en sån människas offer och försvinner in i en total ensamhet och spärrar tillträdet för alla, till och med för barnen, därför att man inte vill att nån ska komma dit in, barnen sist av alla. Och där sitter man och stålsätter sig inför nästa angrepp som kommer utan förvarning och är fullt av hat mot nånting som man inte förstår vad det är, och hela ens liv blir en enda väntan på nästa överfall: när ska det komma, hur hemskt ska det bli, vad kommer orsaken att vara, hur kan man avstyra det? Ju mer jag försöker vara honom till lags, desto mer avskyr han mig. Ju mer underdånighet och rädsla jag visar, desto mer hatar han mig. Och om jag trotsar honom så blir det en anledning för honom att banka livet ur mig. Det går inte att göra rätt. Det går bara inte.

Tills det enda man kan tänka är att en dag kommer detta att ta slut och det spelar ingen roll hur. Bara det tar slut.

Det var dödstyst i huset. Mikkelína låg orörlig i sin säng och pojkarna hade dragit sig närmare sin mamma. De lyssnade som förstenade på varje ord. Aldrig förr hade hon öppnat dörren in till sin plåga som hon kämpat med så länge att hon glömt allt annat.

– Allt kommer att bli bra, upprepade Dave.

– Jag ska hjälpa dig, sa Símon gravallvarligt.

Hon tittade på honom.

– Jag vet det, Símon, sa hon. Jag har alltid vetat det, min stackars lilla Símon.

Dagarna gick och Dave tillbringade all sin lediga tid i backen hos familjen och umgicks alltmer med mamman, ibland i huset, ibland på promenader kring Reynisvatn och bort till Hafravatn. Pojkarna ville egentligen vara tillsammans mera med honom, men han hade slutat gå och fiska med dem och han hade mindre tid över för Mikkelína. Men det gjorde barnen detsamma. De la märke till hur deras mamma förändrats och förstod att det hade med Dave att göra och de gladdes å hennes vägnar.

Nästan ett halvt år efter att Grímur förts bort från stugan av militärerna, en vacker höstdag, såg Símon Dave och deras mamma komma gående tillsammans i riktning mot huset. De gick tätt tillsammans och han tyckte precis det såg ut som om de höll varandra i hand. När de kom närmare släppte de taget och flyttade sig lite isär och Símon förstod att de inte ville att någon skulle se dem.

– Vad tänker du och Dave göra? undrade Símon en kväll på hösten när mörkret sänkt sig över kullen. De satt i köket. Tómas och Mikkelína spelade kort. Dave hade tillbringat dagen med dem, men hade nu gått hem till förläggningen. Frågan hade legat i luften hela sommaren. Barnen hade diskuterat den sinsemellan och fantiserat ihop alla möjliga scenarier som alla slutade med att Dave blev deras nya pappa och slängde ut Grímur så att de aldrig behövde se honom igen.

– Vad då göra? sa hans mamma.

– När han kommer tillbaka, sa Símon och såg att Tómas och Mikkelína slutat spela kort och nu tittade på honom.

– Vi har gott om tid att fundera på det, sa deras mamma. Han kommer inte tillbaka i första taget.

– Men vad tänker du göra? Mikkelína och Tómas flyttade blickarna från Símon till mamman.

Hon betraktade Símon, och tittade sedan bort mot Mikkelína och Tómas.

– Han ska hjälpa oss, sa hon.

– Vem då? sa Símon.

– Dave. Han ska hjälpa oss.

– Vad tänker han göra? Símon tittade på sin mamma och försökte förstå henne. Hon såg honom rakt i ögonen.

– Dave vet hur den sortens karlar är. Han vet hur man gör sig av med dem.

– Vad tänker han göra? upprepade Símon.

– Bekymra dig inte om det, du, svarade mamman.

– Tänker han göra så att vi slipper honom?

– Ja.

– Hur då?

– Det vet jag inte. Han säger att det är bäst att vi vet så lite som möjligt och jag borde inte ens berätta det här för er. Jag vet inte vad han tänker göra. Kanske ska han prata med honom. Skrämma honom så att han lämnar oss ifred. Han säger att han har en vän i armén som kan hjälpa till om det skulle behövas.

– Men vad händer om Dave åker sin väg? frågade Símon.

– Vad då åker sin väg?

– Om han åker härifrån, sa Símon. Han kommer ju inte att stanna här för alltid. Han är soldat. Soldaterna skickas ju iväg hela tiden. Det kommer ständigt nya soldater till barackerna. Så vad händer om Dave måste ge sig av? Vad gör vi då?

Hon tittade på sin son.

– Vi ska nog hitta på råd, sa hon lågt. Vi ska nog hitta på råd.

19

Sigurður Óli ringde Erlendur och berättade om samtalet med Elsa, att hon trodde att det hade funnits en annan man med i leken som gjort Benjamíns fästmö Sólveig med barn, men att man inte visste vem det var. De diskuterade saken ett tag och Erlendur berättade för Sigurður Óli vad han fått veta hos den gamle officeren Edward Hunter om stölderna ur depån och att en familjefar från kullen varit inblandad i affären. Edward hävdade också att mannens hustru var offer för misshandel, och detta bekräftade ju det Höskuldur hade sagt och som han i sin tur hade hört av Benjamín.

– Alla de här människorna är döda och begravna för länge sen, sa Sigurður Óli trött. Jag fattar inte varför vi ska jaga rätt på dem. Det är som att jaga spöken. Vi kommer aldrig att hitta nån enda av dem så vi kan prata med dem. Det är spöken i spökhistorier.

– Pratar du nu om den gröna kvinnan på kullen? frågade Erlendur.

– Elínborg säger att gamle Róbert hade sett Sólveig spöka i en grön kappa, och därmed har vi alltså börjat jaga spöken.

– Men vill du inte veta vem det är som ligger där uppe med handen rakt upp i luften som om han blivit levande begravd?

– Jag har rotat runt i en lortig källare i två dagar och kunde inte vara mera likgiltig, sa Sigurður Óli. Jag ger blanka fan i allt det här skitsnacket, sa han med eftertryck och avslutade samtalet.

Elínborg sa adjö till Erlendur när de kom ut från Hunters hus. Hon var, i likhet med ett antal andra poliser, inkallad för att föl-

ja en man till tingsrätten i Reykjavík, en känd affärsman som påstods ha koppling till ytterligare ett stort narkotikafall. Media visade sitt outtröttliga intresse och journalisterna flockades kring
tingshuset, och denna dag fördes också flera andra svarande till
domstolen för att delges anklagelserna. Elínborg försökte fräscha
till sig efter bästa förmåga med så kort varsel. Det kunde mycket
väl hända att hon kom på TV när man rapporterade från tingsrätten på kvällsnyheterna och då var det lika bra att se presentabel ut och att i alla fall ha läppstiftet på plats.

– Håret, stönade hon och drog fingrarna igenom det.

Erlendur hade, precis som dagen före, tankarna hos Eva Lind där
hon låg på intensiven med dålig prognos att överleva. Han var
djupt försjunken i deras senaste gräl hemma i lägenheten för två
månader sedan. Då var det fortfarande vinter, med djup snö,
mörkt och kallt. Han hade inte alls tänkt gräla på henne. Han
hade inte tänkt förlora behärskningen. Men hon gav aldrig efter.
Inte mer än vanligt.

– Du måste tänka på barnet, hade han sagt i ytterligare ett försök att tillrättavisa henne. Han beräknade att hon måste vara i
femte månaden. Hon hade skärpt sig när hon just fått reda på att
hon var gravid, och efter två försök verkade det som om hon
lyckats göra sig drogfri. Han stöttade henne så gott han kunde
men de visste båda att hans stöd inte var värt så mycket, och deras umgänge var av det slaget att ju mindre han la sig i hennes
liv, desto större var chansen att hon skulle lyckas. Eva Linds inställning till sin far var tveeggad. Hon sökte hans sällskap men
hittade också ständigt saker att klandra honom för. Kastades
mellan dessa ytterligheter utan att kunna finna någon gyllene
medelväg.

– Vad vet du om det? sa hon. Vad vet du om barn? Jag kan
föda mitt barn. Och jag tänker föda mitt barn i fred.

Han visste inte vad hon gick på, om det var narkotika eller alkohol eller en blandning av båda, men hon var helt säkert inte
sig själv när han öppnade dörren och släppte in henne. Hon föll
snarare än satte sig i soffan. Magen putade ut under den upp

knäppta läderjackan, kulan hade blivit tydligare. Under jackan hade hon bara en tunn tröja. Det var minst tio grader kallt ute.

– Jag trodde vi hade …

– Vi har inget alls, avbröt hon. Du och jag. Vi har inget. Ingenting.

– Jag trodde du hade bestämt dig för att sköta om dig. Ta hand om dig så att inget skulle hända barnet. Se till att inte utsätta det för de där gifterna. Du tänkte sluta, men det är du väl för god för. Du är väl för god för att kunna sköta om ditt barn ordentligt.

– Håll käften.

– Varför kommer du hit?

– Det vet jag inte.

– Det är samvetet. Eller hur? Det är samvetet som gnager dig och du tycker att jag borde ha förståelse för ditt elände. Därför kommer du hit. För att få medömkan så att det dåliga samvetet lindras.

– Ja, precis, det här är rätta stället att komma till om man vill ha ett samvete, din heliga skitstövel.

– Du har bestämt namn. Kommer du ihåg det? Om det blir en flicka.

– Det var du som bestämde det. Inte jag. Precis som med allt annat. Du bestämmer allt. Om du vill gå, så går du bara, och skiter i mig och alla andra.

– Hon ska heta Auður. Det ville du också.

– Tror du inte jag vet vad du håller på med? Tror du inte man kan genomskåda dig? Du är så jävla rädd … Jag vet vad jag har i magen. Jag vet att det är en individ. En person. Jag vet det. Du behöver inte påminna mig om det. Det behöver du verkligen inte.

– Bra, sa Erlendur. Det verkar du glömma bort ibland. Verkar glömma att det inte bara är dig själv du måste tänka på. Inte bara dig själv du proppar full av knark. Du förser också barnet med knark och barnet skadas av det, mycket, mycket mer än du.

Han tystnade.

– Kanske var det ett misstag, sa han. Att inte ta bort det.

Hon tittade på honom.

– Din jävel!

– Eva ...

– Mamma berättade det. Jag vet precis vad du ville.

– Vad pratar du om?

– Och du kan säga att hon ljuger och att hon är opålitlig, men jag vet att det är sant.

– Vad då? Vad är det du antyder?

– Hon sa att du skulle neka!

– Neka till vad då?

– Du ville inte ha mig.

– Va?

– Du ville inte ha mig. När du gjorde henne med barn.

– Vad är det din mor har sagt?

– Du ville inte ha mig.

– Hon ljuger.

– Du ville att hon skulle göra abort.

– Det är lögn ...

– ... och så dömer du mig, som försöker göra mitt bästa. Dömer mig jämt och ständigt.

– Det är inte sant. Det kom aldrig på fråga. Jag vet inte varför hon har sagt så där men det är faktiskt inte sant. Det kom aldrig på tal. Vi pratade aldrig om det.

– Hon visste att du skulle säga så. Hon har varnat mig.

– Varnat dig? När sa hon det här?

– När hon fick reda på att jag var med barn. Då sa hon att du hade tänkt skicka iväg henne för att göra abort och hon sa att du skulle neka till att ha gjort det. Hon sa att du skulle säga precis det du just sagt.

Eva Lind reste sig och gick mot dörren.

– Hon ljuger, Eva. Tro mig. Jag vet inte varför hon säger så. Jag vet att hon hatar mig, men knappast så till den milda grad. Hon försöker vända dig mot mig. Det måste du inse. Att säga nåt sånt är ... är ... vidrigt. Det kan du säga till henne.

– Säg det till henne själv! ropade Eva Lind. Om du törs!

– Det är vidrigt av henne att utsätta dig för nåt sånt. Att fabulera ihop nånting för att förstöra mellan oss.

– Jag tror hellre på henne.

– Eva ...

– Tyst!

– Jag ska tala om varför det där inte kan vara sant. Varför jag aldrig skulle kunna ...

– Jag tror dig inte!

– Eva ... Jag hade ...

– Håll käften. Jag tror inte på nåt av det du säger.

– Då kan du bara packa dig härifrån.

– Ja, just det, sa hon trotsigt. Släng ut mig bara.

– Ut!

– Du är äcklig! skrek hon och rusade ut.

– Eva! ropade han efter henne, men hon var försvunnen.

Han varken såg eller hörde från henne förrän hans mobiltelefon ringde när han stod vid benfyndet två månader senare.

Erlendur satt i bilen och rökte och tänkte att han borde ha reagerat annorlunda, borde ha svalt stoltheten och sökt upp Eva Lind när vreden lagt sig. Borde ha övertygat henne om att hennes mamma ljög, att han aldrig hade föreslagit abort. Det hade han aldrig förmått göra. Han skulle ha lyssnat på nödropet. Hon var inte mogen nog att handskas med situationen, hon förstod inte sin verkliga belägenhet och insåg inte sitt ansvar. Hon hade drabbats av någon sorts märklig blindhet för sig själv.

Erlendur gruvade sig för att berätta för henne vad som hänt när hon återfick medvetandet. Om hon nu gjorde det. För att sysselsätta sig med något tog han fram telefonen och ringde till Skarphéðinn.

– Nu ska du ha lite tålamod, sa arkeologen, och sluta ringa i tid och otid. Vi hör av oss när vi kommit ner till benen.

Man skulle kunna tro att Skarphéðinn hade tagit över hela utredningen för han blev alltmer uppblåst för var dag som gick.

– Och när blir det?

– Inte gott att säga, sa han och Erlendur såg framför sig de gula tänderna bakom skägget. Det visar sig. Låt oss bara få arbetsro.

– Nåt kan du väl ändå säga. Är det en man eller kvinna?

– Den tålmodige blir belö…

Erlendur avbröt samtalet. Han hade tänt en ny cigarett när det ringde. Det var Jim på brittiska ambassaden. Edward Hunter och amerikanska ambassaden hade hittat en lista med namn på de isländningar som jobbat på depån och faxat över den till Jim. Själv hade han inte hittat någon information om isländska anställda under den tid som engelsmännen ansvarade för förläggningen. Det fanns nio namn på listan och Jim läste upp dem i telefon för Erlendur. Inget av dem verkade bekant för Erlendur men han gav Jim faxnumret till jobbet så att han kunde få listan i händerna.

Han åkte in i Vogar-området och parkerade som förra gången en bit bort från den källarlägenhet han gått in i för några dagar sedan på jakt efter Eva Lind. Medan han väntade funderade han på vad det var för mekanismer i människor som gjorde att de kunde bete sig som den här mannen gjort mot sin fru och sitt barn, men kom inte fram till något annat än det gamla vanliga, att de var ena jävla idioter. Han visste inte vad han tänkte göra med den där karln. Visste inte om han tänkte göra något annat är spionera på honom från bilen. Han blev inte kvitt den bild han hade på näthinnan av brännsåren på den lilla flickans rygg. Mannen nekade till att ha gjort barnet illa och mamman stödde hans påstående, så det var inte mycket myndigheterna kunde göra annat än att ta barnet ifrån dem. Mannens ärende låg hos åklagaren. Kanske blev han åtalad. Kanske inte.

Erlendur övervägde vilka möjligheter som stod till buds. De var få och utan undantag dåliga. Om mannen hade kommit in i lägenheten den kvällen då Erlendur letade efter Eva Lind och det lilla barnet suttit där med brännsår på ryggen, hade han genast kastat sig över denne sadist. Men nu hade det gått några dagar och han kunde inte plötsligt ge sig på karln och klå upp honom för det han hade gjort mot barnet förut. Erlendur visste att det inte var någon idé att prata med honom, sådana där typer skrattade åt hotelser. Han skulle skratta honom rakt i ansiktet.

Inte en enda människa rörde sig i närheten av huset under de två timmar Erlendur satt i bilen och rökte.

Till slut gav han upp och åkte till sin dotter på sjukhuset. Han försökte glömma detta som så mycket annat han hade behövt glömma i sina dagar.

20

Sigurður Óli hörde av sig till Elínborg när hon kom ut från tingsrätten. Han berättade att Benjamín troligen inte var far till det barn som hans fästmö Sólveig gick med och att detta hade varit orsaken till att förlovningen bröts. Vidare att Sólveigs far hade hängt sig efter att hans dotter försvann, och inte före som hennes syster Bára påstått.

Elínborg tog vägen förbi Folkbokföringen och bläddrade igenom gamla dödsattester innan hon körde ut till Grafarvogur. Hon gillade inte att man ljög för henne, särskilt inte om det gjordes av fina damer som ansåg sig ha privilegier och såg ner på andra.

Bára lyssnade medan Elínborg återgav vad Elsa hade sagt om den okände barnafadern men behöll ett lika neutralt ansiktsuttryck som förra gången.

– Har du hört det här förut? frågade Elínborg.

– Att min syster var ett fnask? Nej, det har jag inte hört förr, och jag förstår inte varför du måste meddela mig det. Efter alla dessa år. Jag begriper det inte. Du borde lämna min syster i fred. Hon förtjänar inte att det sprids rykten om henne. Var har den där ... den där Elsa fått det ifrån?

– Hennes mamma berättade det, sa Elínborg.

– Och hon hade hört det av Benjamín?

– Ja. Han berättade det inte för nån, inte förrän han låg för döden.

– Hittade ni en lock av hennes hår hos honom?

– Ja, faktiskt.

– Och ska ni nu skicka iväg den för analys tillsammans med benen?

– Förmodligen.

– Så ni tror att han mördade henne. Att Benjamín, den sill-
mjölken, skulle ha mördat sin fästmö. Det förefaller mig lång-
sökt. Ytterst långsökt. Jag förstår inte hur ni kan tro nåt sånt.

Bára tystnade och försjönk i tankar.

– Kommer det här i tidningarna? frågade hon.

– Det kan jag inte svara på, sa Elínborg. Det har ju stått rätt
mycket om benfyndet.

– Att min syster skulle ha blivit mördad.

– Om vi kommer fram till det. Vet du vem som kan ha varit
barnets far?

– Benjamín var den ende.

– Nämndes aldrig nån annan? Pratade hon aldrig med dig om
nån annan?

Bára skakade på huvudet.

– Min syster var inget fnask.

Elínborg harklade sig.

– Du sa till mig att er far hade begått självmord några år innan
din syster försvann.

Deras blickar möttes ett ögonblick.

– Du ska nog gå nu, sa Bára och reste sig.

– Det var inte jag som förde din far på tal. Nu har jag letat
fram hans dödsattest hos Folkbokföringen. Folkbokföringen lju-
ger sällan, till skillnad från så många andra.

– Jag har inget mer att säga dig, sa Bára men såg inte lika över-
lägsen ut längre.

– Jag tror att du nämnde honom därför att du egentligen ville
prata om honom. Innerst inne.

– Vilket jädra snack! fnös hon. Leker du psykolog nu också?

– Han dog sex månader efter att din syster försvunnit. Det
framgår inte av dödsattesten om han begick självmord. Det står
inget alls om dödsorsaken. Hastig död i hemmet, står det.

Bára vände ryggen mot henne.

– Finns det nåt hopp om att du tänker berätta sanningen för
mig? sa Elínborg och hade också rest sig. Vad har din far med allt
det här att göra? Varför nämnde du honom? Vem var far till Sól-
veigs barn? Var det han?

Ingen reaktion. De stod där i grossistens tjusiga salong och tystnaden mellan dem var nästan gripbar. Elínborg såg ut över det stora rummet, alla vackra sakerna, oljemålningarna av det äkta paret, de dyra möblerna, den svarta flygeln, det omsorgsfullt placerade fotot av Bára tillsammans med ledaren för konservativa partiet. Så döda alla prylarna är, tänkte Elínborg.

– Har inte alla familjer sina hemligheter? sa Bára till slut och vände fortfarande ryggen mot Elínborg.

– Jag antar det, sa Elínborg.

– Det var inte min far, sa Bára motvilligt. Jag vet inte varför jag ljög för dig om hans död. Det var nåt som bara slank ur mig. Om du vill leka psykolog ska du säga att innerst inne ville jag få ur mig hela historien. Att jag tigit så länge och när du började prata om Sólveig gick proppen ur. Jag vet inte.

– Vem var det då?

– Hans brorson, sa Bára. På gården där uppe i norr. Det hände under ett av sommarbesöken.

– Hur kom ni på det?

– Hon var så förändrad när hon kom därifrån. Mamma ... Mor märkte det med en gång och så gick det ju inte att dölja när det gått ett tag.

– Berättade hon för er mor hur det gått till?

– Ja. Far for dit ut. Jag vet inte mer om det. Han kom tillbaka och då hade man skickat pojken utomlands. Man kom förmodligen fram till det på gården. Farfars gård var stor. De var bara två bröder. Min far flyttade söderut och grundade ett företag och blev förmögen.

– Och brorsonen?

– Det är inte så mycket att säga om honom. Sólveig sa att han tvingat sig på henne. Våldtagit henne. Mina föräldrar visste inte vad de skulle ta sig till, de ville inte anmäla honom med tanke på all uppståndelse som det skulle innebära. Pojken kom hem några år senare och bodde här i Reykjavík. Skaffade familj. Han dog för tjugo år sen.

– Och Sólveig och barnet?

– Man ville skicka iväg henne för att göra abort men det vägrade hon. Hon ville inte ta bort barnet. Och så försvann hon en dag.

Bára vände sig mot Elínborg.

– Man kan verkligen säga att den krossade oss, den där sommarvistelsen där uppe i norr. Krossade oss som familj. Den har förvisso format hela mitt liv. Kurragömmaleken. Familjens stolthet. Man fick inget säga. Man fick aldrig nämna detta. Det såg min mor till. Jag vet att hon pratade med Benjamín senare. Förklarade situationen för honom. På så sätt blev Sólveigs död bara hennes egen sak. Hennes privatsak, hennes val. Tillfällig förvirring. Med oss var allt bara bra. Vi var rena och fina. Hon blev konstig och gick i sjön.

Elínborg tittade på henne, och plötsligt kände hon medömkan och tänkte på hur hela hennes liv varit en lögn.

– Det var hennes beslut, fortsatte Bára. Det hade inte med oss att göra. Det var hennes sak.

Elínborg nickade.

– Hon ligger inte där borta i backen, sa Bára. Hon ligger på havets botten och där har hon legat i mer än sextio fruktansvärda år.

Erlendur gick in och satte sig hos Eva Lind efter att ha pratat med hennes läkare, som upprepade vad han tidigare sagt: Hennes tillstånd var oförändrat, bara tiden kunde visa hur fortsättningen skulle bli. Erlendur satt vid sin dotters säng och funderade på vad han skulle kunna prata om den här gången men kom inte fram till något.

Tiden gick. Det var tyst på intensivvårdsavdelningen. Ibland gick en läkare eller sjuksköterska förbi dörren i mjuka, vita skor som gnisslade lite grann mot golvets plastmatta.

Detta gnisslande.

Erlendur tittade på sin dotter och började nästan omedvetet prata med henne med låg röst, och han berättade om ett försvinnande han länge brytt sin hjärna med och som han kanske aldrig, efter alla dessa år, skulle komma att förstå helt.

Han började med att berätta om en liten pojke som flyttat

från landet in till Reykjavík med sina föräldrar, och som längtade tillbaka till sin hembygd. Han var för ung för att förstå varför de flyttade till stan, som då inte ens var någon stad utan en stor köping vid havet. Långt senare skulle han förstå att det fanns många skäl till deras beslut.

Han kände sig främmande i sin nya omgivning från första stund. Han hade vuxit upp med det enkla livet på landet, med djur och isolering, sommarvärme och vinterkyla och berättelser om släkten som bott där i alla tider. De flesta var småbönder, utfattiga i generation efter generation. Dessa människor var hjältar i de berättelser han hörde i sin barndom om den bondetillvaro han själv så väl kände till. Berättelser från det dagliga livet som förts vidare genom åren och skildrade strapatser eller olyckor eller var storartade skrönor som fick berättaren att kikna av skratt vilket ledde till sådana hostanfall att alla vek sig dubbla och så började alla skratta och hosta ikapp. Alla berättelserna handlade om människor han kände eller var släkt med; farbröder och mostrar, farmödrar och gammelfarmödrar, farfäder och gammelfarfäder och längre tillbaka i släkterna. Han kände dem alla genom berättelserna, också de som för länge sedan var döda och begravda på den lilla kyrkogården bakom bykyrkan, när den ännu användes; berättelser om barnmorskor som vadade över iskalla älvar för att de visste att det var dags för en kvinna att föda, berättelser om bönder som med otrolig uthållighet räddade boskap i fruktansvärt oväder, berättelser om drängar som frös ihjäl på väg till lagården, berättelser om berusade präster, berättelser om spöken och vidunder, berättelser om liv som var en del av hans eget liv.

Han hade dem alla med sig när föräldrarna flyttade till stan. De byggde om en liten badstuga som de engelska soldaterna använt under kriget och som stod kvar strax utanför stan, förvandlade den till ett litet boningshus, för något annat hade de inte råd med. Pappan, som hade dåligt hjärta, fann sig inte till rätta med livet i stan och dog kort efter att de flyttat. Mamman sålde badstugan och skaffade ett litet kyffe i en källare nära hamnen och tog jobb som fiskrenserska. Själv visste han inte vad han skulle sysselsätta sig med när skolan var slut. Han hade inte råd att studera vidare. Kanske inte tillräckligt intresse heller. Försörjde sig som arbetare. På byggen. Var på sjön ett tag. Såg en annons, polisen sökte folk.

Han hörde inga fler berättelser och de gamla tonade bort. Alla hans släktingar var borta, glömda och begravda i en avfolkad bygd. Själv hade han drivit i land på ett ställe där han inte hörde hemma. Och fastän han ville vända om, hade han ingenstans att ta vägen. Visste att han inte var någon stadsmänniska, men visste heller inte riktigt vad han var. Saknaden efter ett annat liv försvann dock aldrig. Han vantrivdes och kände sig rotlös, och när hans mor dog upplevde han starkt att han förlorade det sista bandet till det förflutna.

Han började gå på krogen. Träffade en kvinna på Glaumbær. Han hade träffat andra kvinnor men det hade inte lett till något annat än korta möten. Den här var annorlunda, mera bestämd av sig, och han kände att hon tog över ansvaret. Allt hände så snabbt att han inte förstod det. Hon ställde krav på honom som han tillmötesgick utan att tänka närmare på saken, och innan han visste ordet av hade han gift sig med henne och blivit far till en dotter. De hyrde en liten lägenhet. Hon hade stora framtidsplaner för dem och pratade om flera barn och bostadsrättslägenhet, med iver och glöd och längtan i rösten som om hon såg sitt liv längs en trygg väg, där inget, inget kunde skymma lyckan. Han tittade på henne och insåg att han inte hade en aning om vem hon var.

De fick ett barn till och hon kände allt starkare hur fjär han var. Han gladdes bara måttligt när pojken kom till världen och hade redan börjat antyda att han ville bryta upp, ville bort. Hon kände det. Hon frågade om det var en annan kvinna men han stirrade bara på henne och förstod inte frågan. Hade aldrig kommit på tanken. Det måste finnas en annan, sa hon. Det är inte det, sa han och började försöka förklara för henne hur han kände det och vad han tänkte, men hon ville inte lyssna. Hon hade två barn med honom och han kunde ju inte mena allvar med att gå ifrån henne. Gå ifrån dem. Sina barn.

Hans barn. Eva Lind och Sindri Snær. Pråliga namn som hon

valde. Han kände ingen samhörighet med dem. Kände inte sin fadersroll, även om han kände det ansvar han naturligtvis hade. Han förstod att han hade skyldigheter gentemot dem som inte hade något med deras mor att göra, eller samlivet med henne. Han sa att han brydde sig om barnen, och han ville att skilsmässan skulle göras upp i godo. Hon sa att det inte kom på fråga och lyfte upp Eva Lind och höll henne hårt intill sig. Han kände att hon tänkte utnyttja barnen för att hålla kvar honom och det gjorde honom ännu mer fast besluten att denna kvinna kunde han inte leva med. Det hela hade varit ett enda stort misstag från första början och han borde ha tagit tömmarna för länge sedan. Han visste inte vad han hade tänkt tidigare men nu fick det vara slut.

Han försökte få henne att låta honom ha barnen några dagar i veckan eller någon tid varje månad men hon tvärvägrade och blev elak och sa att han aldrig skulle få se barnen igen om han gick ifrån henne. Det skulle hon se till.

Så gick han. Försvann ur den lilla flickans liv där hon satt på sin blöjbak två år gammal med en napp i handen och tittade efter honom när han gick ut genom dörren. En liten, vit napp som gnisslade lite när hon bet i den.

– Vi gjorde fel, sa Erlendur.

Detta gnisslande.

Han böjde ner huvudet. Han tyckte att sjuksköterskan gick förbi ute i korridoren.

– Jag vet inte vad det blev av den där mannen, sa Erlendur så det knappt hördes och tittade på sin dotter och betraktade hennes ansikte som var fridfullare än han någonsin tidigare sett det. Dragen var klarare. Han tittade på apparaterna som höll liv i henne. Tittade ner i golvet igen.

Det gick en lång stund innan han reste sig och böjde sig över Eva Lind och kysste henne på pannan.

– Han försvann. Jag tror att han är försvunnen än och jag är inte säker på att han nånsin kommer att återfinnas. Det är inte ditt fel. Det hände innan du blev till. Jag tror att han letar efter sig själv, men han vet inte varför eller exakt vad det är han letar efter och han kommer förstås aldrig att hitta det.

Erlendur tittade ner på Eva Lind.

– Om inte du hjälper honom.

Hennes ansikte var en kall mask i ljuset från den lilla lampan på nattygsbordet.

– Jag vet att du letar efter honom, och jag vet att om det är nån som kan hitta honom så är det du.

Han vände sig om och tänkte gå ut när han såg sin före detta fru stå i dörren. Han visste inte hur länge hon stått där. Visste inte hur mycket hon hört av det han sagt. Hon hade på sig samma bruna kappa utanpå joggingdräkten, men hade högklackade skor på fötterna, vilket gjorde klädseln rätt löjlig. Erlendur hade inte mött henne ansikte mot ansikte på över tjugo år och såg nu hur hon åldrats under den tiden, hur ansiktsdragen mist sin skärpa – kinderna var plufsiga och hon hade fått dubbelhaka.

– Det där som du sa till Eva Lind om aborten var en vidrig lögn. Vreden brusade upp i Erlendur.

– Lämna mig ifred, sa Halldóra. Också rösten hade åldrats. Den var hes. För mycket rökning. För länge.

– Vad har du mer ljugit om för barnen?

– Gå, sa hon och flyttade sig från dörröppningen så att han kunde komma förbi.

– Halldóra ...

– Gå, sa hon igen. Bara gå och lämna mig ifred.

– Vi ville båda två ha dessa barn.

– Ångrar du det inte? sa hon.

Erlendur förstod inte vad hon syftade på.

– Tycker du att de har nåt i den här världen att göra?

– Vad har hänt? sa Erlendur. När blev du sån?

– Gå, sa hon. Det är ju nåt du kan. Gå. Gå! Låt mig vara ifred med henne.

Erlendur stirrade på henne.

– Halldóra ...

– Gå! sa jag. Hon höjde rösten. Försvinn härifrån. Med en gång. Gå! Jag vill inte se dig! Jag vill aldrig se dig igen!

Erlendur gick förbi henne ut ur rummet och hon stängde dörren efter honom.

21

Sigurður Óli avslutade letandet i källaren denna kväll utan att ha blivit klokare på vilka flera som hyrt stugan på kullen av Benjamín. Och det gjorde honom detsamma. Han var glad att slippa källarjobbet. Bergþóra väntade på honom där hemma. Hon hade köpt rödvin och stod i köket och läppjade på det. Hon tog fram ett glas åt honom.

– Jag är inte som Erlendur, sa Sigurður Óli. Du får aldrig mer säga nåt så hemskt om mig.

– Men du vill vara som han, sa Bergþóra. Hon höll på att laga en pastarätt och hade tänt levande ljus inne i matsalen. Vacker miljö för en avrättning, tänkte Sigurður Óli. Alla karlar vill vara som han, sa Bergþóra.

– Men varför säger du så?

– Vill vara för sig själva.

– Det är inte sant. Du kan inte föreställa dig vilket torftigt liv Erlendur lever.

– Jag måste i alla fall få klart för mig vad vårt förhållande handlar om, sa Bergþóra och hällde upp rödvin i Sigurður Ólis glas.

– Okej, låt oss få det klart för oss då. Bergþóra var den mest praktiskt lagda kvinna Sigurður Óli någonsin träffat. Här skulle inte tjafsas om kärlek.

– Nu har vi varit ihop i vad då, tre-fyra år, och det händer ingenting. Absolut ingenting. Du ser ut som ett fån när jag börjar prata om saker som innebär minsta antydan till förpliktelse. Vi har fortfarande helt skilda ekonomier. Kyrkbröllop verkar vara helt uteslutet, och jag är osäker på din inställning till bröllop överhuvudtaget. Vi är inte folkbokförda som sammanboende. Barn är som en avlägsen galax i din värld. Och man frågar sig: Vad finns då kvar?

Någon vrede kunde inte skönjas i Bergþóras ord. I det här läget ville hon bara försöka förstå deras förhållande och vart det var på väg. Sigurður Óli beslutade sig för att dra nytta av det innan det började bli alltför komplicerat. Han hade haft gott om tid att fundera på de här sakerna under det enformiga arbetet i källaren.

– Vi finns kvar, sa Sigurður Óli. Vi två.

Han hade tagit fram en CD som han satte i stereon och bläddrade fram till en låt som hade farit runt i skallen på honom ända sen Bergþóra hade börjat pressa honom med allt tal om förpliktelser. Marianne Faithful började sjunga om Lucy Jordan, hemmafrun som blivit 37 år och drömde om att åka omkring i Paris i en öppen sportbil med den svala vinden i håret.

– Nu har vi pratat länge nog om den, sa Sigurður Óli.

– Om vad då? sa Bergþóra.

– Vår resa.

– Till Frankrike, menar du?

– Ja.

– Sigurður ...

– Vi åker till Paris och hyr en sportbil, sa Sigurður Óli.

Erlendur befann sig i ett ihållande oväder och var helt förblindad. Stormen piskade honom i ansiktet och kyla och mörker omslöt honom. Han försökte kämpa mot stormen men förmådde inte ta ett enda steg framåt och vände ryggen mot vinden och höll emot medan snön började bilda en driva runt honom. Han visste att han skulle dö och att han inget kunde göra.

Telefonen började ringa och signalen ljöd envist in i ovädret tills det plötsligt avtog, stormens tjut tystnade och han vaknade i stolen hemma i lägenheten. Telefonen på skrivbordet ringde utan pardon med stigande volym.

Med stela lemmar reste han sig och tänkte svara, och då slutade det ringa. Han stod vid telefonen och väntade på att den skulle ringa igen men inget hände. Det var en gammal telefon utan nummerpresentatör så han hade ingen aning om vem det var som försökte nå honom. Han tänkte att det kanske var någon jädra nasare som ville pracka på honom en dammsugare med en brödrost som bonus. Men han tackade ändå denne okände försäljare tyst för att han räddat honom ur snöstormen.

Han gick ut i köket. Klockan var åtta på kvällen. Han försökte stänga ute den ljusa vårkvällen med gardinerna, men den bröt igenom här och där i gliporna, dammiga solstrålar som lyste upp dunklet i lägenheten. Vår och sommar var inte Erlendurs bästa årstider. För mycket ljus. För mycket lättsinne. Han gillade den tunga, mörka vintern. Han hittade inget ätbart i köket och satte sig vid köksbordet med handen under hakan.

Han var fortfarande omtumlad efter sömnen. Han hade åkt från sjukhuset vid sextiden och satt sig direkt i stolen och somnat där, och sovit fram till åtta, och kom ihåg snöstormen i drömmen och hur han vände ryggen till och väntade på döden. Han hade drömt samma dröm flera gånger i olika versioner. Men det var alltid samma oupphörliga, iskalla vind som gick genom märg och ben. Han visste hur drömmen skulle ha fortsatt om inte telefonen avbrutit den.

Telefonen började ringa igen och Erlendur funderade på om han skulle låta bli att svara. Men segade sig till slut upp från stolen och gick in i vardagsrummet och lyfte luren.

– Är det Erlendur?

– Ja, sa Erlendur och harklade sig. Han kände genast igen rösten.

– Jim här, från ambassaden. Ursäkta att jag ringer till dig hemma.

– Var det du som ringde nyss?

– Nej, jag har inte ringt förut. Saken är den att jag har pratat med Edward Hunter och tyckte att jag ville kontakta dig omedelbart.

– Jaha, har det kommit fram nåt nytt?

– Han jobbar med saken åt dig och jag ville höra hur det gick. Han har ringt till USA och han har läst igenom sin dagbok och kontaktat olika människor och han tror att han vet vem det var som skvallrade om stölderna i depån.

– Och vem var det?

– Det berättade han inte för mig. Men han bad mig kontakta dig och meddela att du kan hälsa på.

– I kväll?

– Ja, nej, eller i morgon bitti. Det kanske passar bättre i morgon bitti. Han skulle gå och lägga sig. Han har tidiga vanor.

– Var det en islänning som skvallrade?

– Det får han berätta själv. God natt och ursäkta att jag störde.

Jim la på och det gjorde Erlendur också.

Han stod kvar vid telefonen när den började ringa igen. Det var Skarphéðinn. Han befann sig uppe på kullen.

– Vi kommer att frilägga benen i morgon, sa Skarphéðinn utan omsvep.

– Det var på tiden, sa Erlendur. Var det du som ringde nyss?

– Ja, kom du precis innanför dörren?

– Ja, ljög Erlendur. Har du hittat nåt intressant där uppe?

– Nej, inget, men jag ville berätta att ... god afton, hej, ehmm, jag ska hjälpa dig, så där ... att, ja, ursäkta var var vi?

– Du sa just att ni ska frilägga benen i morgon.

– Ja, nån gång framåt kvällningen, räknar jag med. Vi har hittills inte hittat nåt som ger nån anvisning om hur liket hamnade i jorden. Kanske hittar vi nåt under skelettet.

– Vi ses i morgon då.

– Ja, hej.

Erlendur la på. Han var inte riktigt vaken än. Han tänkte på Eva Lind, undrade om något av det han sagt hade nått in till henne. Och han tänkte på Halldóra och hatet hon ännu hyste mot honom efter alla dessa år. Och för miljonte gången spekulerade han om hur hans och deras liv hade gestaltat sig om han inte bestämt sig för att gå. Han kom aldrig fram till något svar på den frågan.

Han stirrade framför sig utan att se på något särskilt. Några strålar från kvällssolen letade sig in mellan gardinlängderna i vardagsrummet och skar upp ett sår av ljus i hans mörker. Han tittade på gardinerna. De var av tjock sammet och nådde ända ner till golvet. Tjocka, gröna gardiner som skulle hålla vårljuset ute.

God afton.

Hej.

Jag ska hjälpa dig ...

Erlendur stirrade in i gardinernas mörkgröna veck.

Sned.

Grön.

– Vad var det Skarphéðinn ...? Erlendur hoppade upp och kastade sig över telefonen. Han kom inte ihåg Skarphéðinns mobilnummer och ringde i sin förtvivlan till nummerupplysningen och fick det där. Sedan ringde han arkeologen.

– Skarphéðinn? Skarphéðinn? Han ropade i luren.

– Va? Är det du igen?

– Vem var det du hälsade på där förut? Vem var det du hjälpte?

– Va?

– Vem pratade du med?

– Vem? Varför är du så upprörd?

– Ja. Är det nån där på området?

– Du menar vem det var jag hälsade på?

– Det här är ingen bildtelefon. Jag kan inte se dig där i backen. Jag hörde att du hälsade på nån. Har du nån hos dig där?

– Inte hos mig. Hon gick bortåt en bit, vänta, nu står hon där borta vid buskarna.

– Buskarna? Menar du vinbärsbuskarna? Står hon vid vinbärsbuskarna?!

– Ja.

– Hur ser hon ut?

– Hon är ... Känner du henne? Vad är det för en kvinna? Varför låter du så konstig?

– Hur ser hon ut? upprepade Erlendur och försökte lugna ner sig.

– Nu ska du ta det lugnt.

– Hur gammal är hon?

– Hur så?

– Säg mig bara hur gammal du tror att hon är!

– I sjuttioårsåldern. Nej, kanske närmare åttio. Svårt att bedöma.

– Vad har hon på sig?

– Vad hon har på sig? Hon har en lång grön kappa, ankellång till och med. Hon är ungefär lika lång som jag. Och så är hon halt.

– Halt?

– Hon haltar. Men det är nåt mer också … Hon är på nåt sätt, jag vet inte riktigt …

– Vad då? Vad då! Vad är det du försöker säga?

– Jag vet inte hur jag ska beskriva det … jag … det är precis som om hon vore sned.

Erlendur slängde ifrån sig luren och rusade ut i vårkvällen och glömde säga åt Skarphéðinn att hålla kvar kvinnan där uppe på kullen till varje pris.

🖐

Dagen då Grímur kom tillbaka hade det gått några dagar sedan Dave senast varit hos dem.

Det hade blivit höst och en bitter nordanvind blåste och marken var grå av snö. Kullen låg såpass mycket högre än havet att vintern kom tidigare där än på låglandet där Reykjavík alltmer började likna en riktig stad. Símon och Tómas åkte skolskjuts in till stan på morgnarna och kom tillbaka på kvällen. Deras mamma promenerade varje dag till arbetet på mejeriet. Hon hade hand om mjölkkorna, och tog sig också an en del andra gårdssysslor. Hon gick hemifrån före pojkarna men var alltid hemma igen när de kom tillbaka från skolan. Mikkelína var kvar hemma och led oerhört av ensamheten. När mamman kom hem från arbetet blev hon utom sig av glädje och ännu gladare blev hon när Símon och Tómas kom inrusande och slängde skolböckerna i ett hörn.

Dave kom ofta och hälsade på. Det blev allt lättare för mamman och Dave att förstå varandra, och de satt länge vid köksbordet och ville vara ifred för pojkarna och Mikkelína. Ibland hände det att de ville vara helt för sig själva och då gick de in i sovrummet och stängde om sig.

Símon såg ibland Dave smeka hans mamma över kinden eller ta en hårslinga som fallit ner i hennes ansikte och föra den bakåt igen. Eller också strök han henne över handen. De två gick också långa promenader längs stranden av Reynisvatn och upp bland kullarna, och några gånger gick de ända bort till Mosfellsdalen och Helgufoss. Då hade de matsäck med sig, och de utflykterna tog hela dagen. Ibland tog de med sig barnen och då bar Dave Mikkelína på ryggen så lätt som ingenting. Han kallade de där utflykterna för picknick, och det tyckte både Símon och Tómas var ett väldigt roligt ord som de härmade och upprepade om och om igen, picknick, picknick, picknick, och så lekte de att de var höns.

Ibland var Dave och mamman inbegripna i allvarliga samtal på picknicken eller i köket, och en gång också inne i sovrummet när Símon öppnade dörren dit in. De satt på sängkanten och Dave höll hennes hand och de tittade mot dörren och log mot Símon. Han visste inte vad de pratade om, men det kunde inte vara något roligt, för Símon visste hur mamman såg ut när hon var ledsen.

Och så var allt över en kall höstdag.

Grímur kom hem tidigt en morgon när mamman hade gått till Gufunes och Símon och Tómas var på väg till skolskjutsen. Det var råkallt uppe på kullen när de mötte Grímur som kom gående uppför stigen till huset och höll sin slitna jacka tätt om sig för att skydda sig mot den kalla nordanvinden. Han tittade inte på dem. De såg inte hans ansikte så bra i höstmörkret, men Símon föreställde sig att hans ansiktsuttryck var kallt och hårt där han gick. Pojkarna hade några dagar nu vetat att han var på väg hem. Deras mamma hade berättat att han skulle släppas ur fängelset och att han skulle komma hem till stugan och att de skulle vara beredda på det när som helst.

Símon och Tómas följde Grímur med blicken hela vägen till stugan och tittade sedan på varandra. De tänkte samma sak båda två. Mikkelína var ensam hemma. Hon vaknade när mamman och bröderna steg upp, men somnade igen och sov en stund till. Nu skulle hon ensam få ta emot Grímur. Símon försökte räkna ut hur Grímur skulle reagera när han förstod att mamman inte var hemma, och inte pojkarna heller, bara Mikkelína som han alltid hade avskytt.

Skolskjutsen hade kommit och hade tutat två gånger på dem. Chauffören såg pojkarna i backen men när han inte kunde vänta längre körde han iväg och bilen försvann nerför vägen. Pojkarna stod som fastfrusna och yttrade inte ett ord men så gick de mycket långsamt upp mot huset.

De ville inte lämna Mikkelína ensam hemma.

Símon funderade på om han skulle springa och hämta mamma eller skicka iväg Tómas att göra det, men tänkte sedan att det var bättre att vänta, mamman kunde få denna sista dag av frihet. De såg Grímur gå in i huset och stänga dörren och då blev det fart på dem. De visste inte vad som väntade dem när de kom in. Det enda de kunde tänka på var att Mikkelína sov i dubbelsängen där hon under inga omständigheter fick vara.

De öppnade dörren försiktigt och smög in hand i hand, Símon först och Tómas efter. De kom in i köket och såg Grímur stå vid diskbänken. Han stod med ryggen åt dem. Snörvlade och spottade. Han hade tänt lampan över köksbordet så de såg bara hans kontur.

– Var är er mor? sa han med ryggen fortfarande vänd mot dem. Símon tänkte att han trots allt hade lagt märke till dem på vägen och hört dem komma in.

– Hon är och arbetar, sa Símon.

– Arbetar? Var då? Var arbetar hon? sa Grímur.

– På mejeriet i Gufunes, sa Símon.

– Visste hon inte att jag skulle komma hem idag? Grímur vände sig och gick in i ljuset. Bröderna stirrade på mannen som steg ut ur mörkret efter att ha varit borta ända sedan våren och deras ögon blev stora som tefat när de såg hans ansikte i den dämpade belysningen. Någonting hade hänt honom. På ena kinden hade han ett brännsår ända upp till ögat som var halvslutet på grund av att ögonlocket brunnit fast i huden.

Grímur log.

– Ser inte pappa fin ut?

Bröderna stirrade på det vanställda ansiktet.

– De kokar kaffe och häller det över en.

Han tog några steg närmare.

– Inte för att de vill att man ska skvallra. De vet allt därför att nån har berättat allt för dem. Det är inte därför de häller kokhett kaffe över en. Det är inte därför de vanställer ansiktet på en.

Pojkarna förstod inte vad det var som pågick.

– Gå och hämta din mamma, beordrade Grímur och tittade på Tómas som gömde sig bakom Símon. Stick iväg till det förbannade kohuset och hämta din kossa till mamma.

Símon såg i ögonvrån hur det rörde sig i korridoren in mot sovrummet men vågade inte för sitt liv titta däråt. Mikkelína hade stigit upp. Hon kunde nu stödja på ena benet och hasa sig fram men vågade inte komma ut i köket.

– Ut! skrek Grímur. Nu!

Tómas ryckte till. Símon var inte säker på att hans lillebror skulle hitta dit. Tómas hade följt med mamman ett par gånger på sommaren, men nu var det kallt och dålig sikt och Tómas var ju bara barnet.

– Jag ska gå, sa Símon.

– Du går ingen jävla stans, röt Grímur. Seså, iväg! skrek han till Tómas som drog sig bakåt, öppnade dörren ut mot kylan och stängde den försiktigt efter sig.

– Kom hit nu, Símon, och sätt dig här hos pappa, sa Grímur och all vrede var som bortblåst.

Símon tassade in och satte sig vid köksbordet. Återigen såg han en rörelse borta i korridoren. Han hoppades att Mikkelína inte skulle komma fram. Det fanns en liten skrubb i korridoren, och han önskade att hon skulle kunna smyga in och gömma sig där utan att Grímur skulle få syn på henne.

– Har du inte saknat din gamle far? sa Grímur och slog sig ner mitt emot pojken. Símon kunde inte slita blicken från brännsåret. Han nickade.

– Och vad har hänt här hemma i sommar då? frågade Grímur

och Símon stirrade på honom utan att få fram ett ord. Han visste inte i vilken ände av osanningarna han skulle börja. Han kunde inte berätta om Dave, hans besök och de hemlighetsfulla mötena med mamman, promenaderna, picknickerna. Han kunde inte berätta att de alla sov i stora sängen tillsammans, varje natt. Han kunde inte berätta hur hans mamma förändrats sedan Grímur försvann, och att det helt och hållet var tack vare Dave. Han hade ingjutit nytt livsmod i henne. Kunde inte berätta hur hon gjorde sig fin på morgnarna. Hennes nya utseende. Hur hennes ansikte blev vackrare för var dag hon var tillsammans med Dave.

– Va? Ingenting? sa Grímur. Har det inte hänt nåt alls på hela sommaren?

– Det, det ... har varit fint väder, sa Símon ynkligt och stirrade oavlåtligt på brännsåret.

– Fint väder, Símon. Det har varit fint väder, sa Grímur. Och du har lekt här i backen och borta vid barackerna. Känner du nån i barackerna?

– Nej, sa Símon snabbt. Ingen.

Grímur log.

– Du har lärt dig att ljuga i sommar. Det är fantastiskt hur snabbt man lär sig ljuga. Lärde du dig ljuga i somras, Símon?

Símons underläpp hade börjat darra. Det var en ofrivillig reaktion som han inte kunde styra.

– Bara en, sa han. Men jag känner honom inte så väl.

– Du känner en. Ser man på. Man ska aldrig ljuga, Símon. Om man ljuger som du, då hamnar man i riktig knipa och man kan också göra så att andra hamnar i knipa.

– Ja, sa Símon och hoppades att det här skulle sluta snart. Hoppades att Mikkelína skulle komma ut och störa. Funderade på om han skulle berätta för Grímur att Mikkelína var där ute i korridoren och hade sovit i hans säng.

– Och vem är det du känner i barackerna? sa Grímur och Símon kände hur han sjönk djupare och djupare ner i gungflyet.

– Bara en, sa han.

– Bara en, sa Grímur och strök sig över kinden och kliade sig

lätt på brännsåret med pekfingret. Och vem är denne ende? Jag
är glad att det inte är mer än en.

– Jag vet inte. Han går ibland och fiskar uppe vid sjön. Han
ger oss ibland öring som han fiskat där.

– Och är han snäll mot er barn?

– Det vet jag inte, sa Símon som visste att Dave var den snäl-
laste man han någonsin träffat.

Jämfört med Grímur var Dave en ängel från himlen, nerskick-
ad för att rädda hans mamma. Var var Dave? undrade Símon. Om
bara Dave kunde komma. Han tänkte på Tómas ute i kylan på
väg bort till mejeriet och på deras mamma som inte ens visste att
Grímur kommit hem. Och han tänkte på Mikkelína i korridoren.

– Kommer han hit ofta?

– Nej, bara ibland.

– Kom han hit innan jag åkte in? När man åker in, Símon lil-
le, betyder det att man sätts i fängelse. Det behöver inte nödvän-
digtvis vara så att man gjort sig skyldig till nåt dåligt för att man
sätts i fängelse, bara att man sätts i fängelse. Man åker in. Och de
behövde inte fundera så länge. Pratade väldigt mycket om exem-
pel. Islänningar ska inte stjäla från militären. Tänk vad hemskt.
Så de blev tvungna att döma mig snabbt och hårt. Så att andra
inte skulle börja ta efter och stjäla. Fattar du? Alla skulle lära sig
av mitt misstag. Men alla stjäl. Inte bara jag. Alla gör det och alla
tjänar på det. Kom han hit innan jag åkte in?

– Vem då?

– Den där soldaten. Kom han hit innan jag åkte in? Den där
ende.

– Han gick och fiskade ibland innan du for.

– Och gav er mamma öring som han fångat?

– Ja.

– Fiskade han mycket öring?

– Ibland. Men han var inte så bra på att fiska. Han bara satt
där och rökte vid stranden. Du får mycket mera fisk. I näten ock-
så. Du kan fiska så bra med näten.

– Och när han gav din mamma fisken, stannade han ett tag
då? Kom han in och drack kaffe? Slog han sig ner här vid bordet?

– Nej, sa Símon och undrade om han nu ljög om något som uppenbart var en lögn men kunde inte få det klart för sig. Han var rädd och förvirrad och läppen darrade och han höll upp fingrarna mot den och försökte svara så som han trodde att Grímur ville han skulle svara men ändå så att hans mamma inte skulle råka illa ut om han berättade något som Grímur kanske inte fick veta. Símon fick nu se en ny sida av Grímur. Han hade aldrig pratat så mycket med honom förut och han stod utan försvar. Símon var i knipa. Han visste inte exakt vad det var som Grímur inte fick veta men han tänkte in i det sista försöka skydda sin mamma.

– Kom han aldrig hit in? sa Grímur och rösten förändrades. Den var inte längre listig och len, utan strängare och mera bestämd.

– Bara några få gånger.

– Och vad gjorde han då.

– Inget särskilt.

– Jaha, du. Har du börjat ljuga igen, nu? Va? Har du börjat ljuga för mig igen? Jag kommer hem efter att ha fått skit i flera månader och det enda jag får är lögner serverade rakt upp i ansiktet. Tänker du ljuga ännu mera?

Frågorna var som pisksnärtar i ansiktet på Símon.

– Vad sysslade du med i fängelset, frågade Símon tvekande i ett fåfängt hopp om att börja prata om något annat än Dave och mamman. Varför kom inte Dave? Visste de inte att Grímur skulle släppas från fängelset? Hade de inte pratat om det under de där hemliga mötena när Dave strök henne över handen och förde tillbaka hennes hår?

– I fängelset? sa Grímur och rösten förändrades igen, blev listig och len igen. Jag hörde historier i fängelset. Alla möjliga sorters historier. Det är så mycket man får höra, och så mycket man vill höra därför att man inte får några besök, och man inte får några nyheter hemifrån utom dem man hör i fängelset, därför att det hela tiden kommer nytt folk dit och så blir man bekant med fångvaktarna som också berättar ett och annat. Och man har förfärligt gott om tid att fundera över alla historierna.

Inifrån korridoren hördes ett svagt knarrade från en golvplanka och Grímur tystnade men fortsatte sedan som om inget hänt.

– Du är ju så ung, förstås, eller vänta, hur gammal är du egentligen, Símon?

– Jag är fjorton år och snart ska jag fylla femton.

– Du håller ju faktiskt på att bli vuxen så kanske förstår du vad jag pratar om. Man hör historier om alla isländska flickor som lägger sig under soldaterna. Det är som om de inte kan behärska sig när de ser en karl i uniform och så har man ju hört hur belevade de är, öppnar dörrar och är artiga, och de vill dansa med flickorna och är aldrig fulla och har cigaretter och kaffe och annat och kommer från nåt ställe dit alla flickorna gärna vill åka. Och vi, Símon, vi är bara några tölpar. Bara bondläppar, Símon, som flickorna inte vill ha. Därför vill jag veta lite mer om den där soldaten som fiskar i sjön, och, Símon, för att du har gjort mig besviken.

Símon tittade på Grímur och det var som om all kraft rann ur honom.

– Jag har hört så mycket talas om den här soldaten här på kullen och du känner honom knappt. Om du inte ljuger, förstås, och det tycker jag inte är särskilt vackert gjort, att ljuga för sin far när det kommer en soldat hit varenda dag och går på promenad med ens hustru hela sommaren. Det vet du inget om?

Símon teg.

– Det vet du inget om? sa Grímur igen.

– De gick ibland ut och gick, sa Símon och fick tårar i ögonen.

– Ser man på, sa Grímur. Jag visste väl att vi fortfarande var vänner. Du kanske följde med dem?

Det här skulle inte avta. Grímur tittade på honom med sitt brända ansikte och halvslutna öga. Símon kände att han inte skulle kunna stå emot så mycket längre.

– Vi gick upp till sjön ibland och han hade matsäck med. Sånt där som du hade med dig ibland i konservburkarna som man öppnade med nyckel.

– Och kysste han din mamma då? På stranden?

– Nej, sa Símon, lättad över att inte behöva ljuga. Han hade aldrig sett Dave och mamman kyssas.

– Vad gjorde de då? Höll de varann i hand? Och vad gjorde du själv? Hur kunde du låta den här karln ta med din mor på promenader till sjön? Föll det dig aldrig in att jag kunde ha nåt emot det? Föll det dig aldrig in?

– Nej, sa Símon.

– Det var ingen som skänkte mig en tanke under de där promenaderna. Eller?

– Nej, sa Símon.

Grímur lutade sig fram under ljuset och det eldröda brännsåret syntes ännu mer.

– Och vad heter mannen som stjäl andras familjer och tror att det går bra och ingen gör nånting?

Símon svarade inte.

– Vad heter mannen som tar ens hustru från en och tror att det går för sig?

Símon teg fortfarande.

– Han som skvätte kaffe, Símon, han som gjorde så jag ser ut så här i ansiktet, vet du vad han heter?

– Nej, sa Símon så tyst att det knappt hördes.

– Han åkte inte in trots att han överföll mig och brände mig. Vad tycker du om det? Som om de vore heliga, de där militärerna. Tycker du att de är heliga?

– Nej, sa Símon.

– Har din mamma blivit fet sen i somras? frågade Grímur som om han helt apropå fått en ny tanke i skallen. Inte därför att hon är en kossa i en lagård, Símon, utan därför att hon har gått promenader med soldater från barackerna. Tycker du hon har blivit tjockare?

– Nej, sa han.

– Det tror jag hon blivit. Men det visar sig snart. Den där som skvätte på mig. Vet du vad han heter?

– Nej, sa Símon.

– Han hade några konstiga idéer som jag inte begriper var han fått ifrån, om att jag inte skulle vara snäll mot din mamma. Att jag gjorde dumma saker mot henne. Du vet ju att jag har varit tvungen att tillrättavisa henne ibland. Den här karln kände till det men förstod det inte. Fattade inte att kärringar som din mamma måste få veta vem det är som bestämmer, vem de är gifta med och hur de ska uppföra sig. Han hade ingen förståelse för att man ibland måste ge dem en omgång. Han var nåt alldeles förfärligt arg när han pratade med mig. Jag kan lite engelska eftersom jag hade ett bra jobb där i barackerna och förstod det mesta av vad han sa, och han var väldigt arg på mig på grund av din mamma.

Símons blick vek inte från brännsåret.

– Den där mannen, Símon, han hette Dave. Nu vill jag att du inte ljuger: den där militären som är så snäll mot din mamma, som har varit det ända sen i våras och hela sommaren och långt in på hösten här, är det möjligen så att han heter Dave?

Símon tänkte efter och tog inte blicken från brännsåret.

– De tänker ta hand om honom, sa Grímur.

– Ska de ta hand om honom? Símon förstod inte vad Grímur menade, men det kunde inte vara något bra.

– Är råttan där inne i korridoren? sa Grímur och nickade i riktning mot dörren.

– Va? Símon förstod inte vad han pratade om.

– Idioten. Tror du att hon tjuvlyssnar på oss?

– Jag vet inget om Mikkelína, sa Símon. Det var en sorts sanning.

– Heter han Dave, Símon?

– Det är väl möjligt, sa Símon försiktigt.

– Är det möjligt? Är du inte säker? Vad kallar du honom, Símon? När du pratar med honom eller kanske när han klappar och smeker dig, vad kallar du honom då?

– Han har aldrig smekt …

– Och hur var namnet?

– Dave, sa Símon.

– Dave! Tack ska du ha, Símon.

Grímur lutade sig bakåt igen och försvann ur ljuset. Rösten blev svagare.

– Det sas nämligen att han knullade din mamma.

I samma ögonblick öppnades dörren och deras mor kom in med Tómas i släptåg och den isande vindil som kom in med dem sände en kall kåre nerför Símons svettiga rygg.

22

Erlendur kom upp på kullen femton minuter efter att han pratat med Skarphéðinn.

Han hade glömt ta med sig mobilen. Annars hade han ringt till Skarphéðinn på vägen och bett honom hålla kvar kvinnan där tills han kom. Han visste att detta måste vara den kvinna som gamle Róbert sa att han sett vid vinbärsbuskarna, den sneda, grönklädda kvinnan.

Det var inte mycket trafik på Miklabraut och han körde upp Ártúnsbrekka så fort bilen förmådde och österut längs Vesturlandsvegur och svängde sedan till höger uppför den lilla avtagsvägen till kullen. Han parkerade vid husgrunden, nära utgrävningen. Skarphéðinn hade just satt sig i bilen för att köra därifrån, men stannade nu. Erlendur steg ut ur bilen och arkeologen vevade ner rutan.

– Va, är du här? Varför slängde du på luren i örat på mig? Har det hänt nåt? Vad ska den där minen betyda?

– Är kvinnan kvar? frågade Erlendur.

– Kvinnan?

Erlendur tittade bort mot buskarna och tyckte sig se en rörelse.

– Är det hon som är där borta? frågade han och kisade. Han såg inte så bra på sådant avstånd. Den grönklädda kvinnan. Är hon kvar?

– Ja, hon står där borta, sa Skarphéðinn. Vad är det frågan om?

– Jag berättar sen, sa Erlendur och började gå. Vinbärsbuskarna blev allt tydligare ju närmare han kom och den gröna fläcken blev till en gestalt. Han skyndade på stegen som om han var rädd att kvinnan plötsligt skulle försvinna. Hon stod vid de kala buskarna, höll om en gren med blicken riktad norrut, mot fjället Esja, och tycktes vara helt försjunken i tankar.

– God afton, sa Erlendur när han kommit inom hörhåll.

Kvinnan vände sig om. Hon hade inte hört honom komma.

– God afton, sa hon.

– Vacker kväll, sa Erlendur för att säga något.

– Våren var alltid den bästa tiden här på kullen, sa kvinnan. Hon fick anstränga sig för att kunna prata. Huvudet svängde fram och tillbaka och hon tycktes behöva koncentrera sig på vartenda ord. De kom inte av sig själva. Den ena handen var innanför ärmen och syntes inte. Nedanför den gröna, långa kappan syntes en klumpfot som stack ut åt vänster som om ryggen var vriden. Hon var kanske drygt åttio år gammal, såg pigg ut, hade grått, tjockt hår som nådde ner till axlarna. Ansiktet var vänligt men sorgset. Erlendur märkte att det inte bara var när hon pratade som huvudet rörde sig fram och tillbaka. Rörelserna var små och ofrivilliga, som om huvudet ryckte till lite grann med jämna mellanrum. Det verkade aldrig vara helt stilla.

– Kommer du härifrån kullen? frågade Erlendur.

– Och nu har stan kommit ända hit upp, sa hon utan att svara. Det hade man aldrig kunnat tro.

– Ja, den sprider ut sig åt alla håll, stan, sa Erlendur.

– Är det du som utreder benfynden? sa hon plötsligt.

– Ja, sa Erlendur.

– Jag såg dig på TV-nyheterna. Jag kommer upp hit ibland, särskilt på våren, som idag. På kvällen när allt är tyst och vi har detta vackra vårljus.

– Det är vackert här uppe, sa Erlendur. Kommer du härifrån området?

– Jag var egentligen på väg till dig, sa kvinnan och undvek än en gång att svara. Tänkte kontakta dig i morgon. Men det är bra att du hittade mig. Nu är tiden inne.

– Är tiden inne?

– När allt kan komma fram.

– Vad då?

– Vi bodde här vid de här buskarna. Det huset är borta sen länge. Jag vet inte hur det gick till. Det förföll med åren. Min mor planterade vinbärsbuskarna och gjorde sylt på hösten men det var inte bara på grund av sylten hon ville ha dem. Hon ville ha en liten trädgård med örter och vackra blommor som stod mot söder, mot solen, med huset som skydd för nordanvinden. Men det förbjöd han henne. Som så mycket annat.

Hon tittade på Erlendur och huvudet ryckte när hon pratade.

– De bar ut mig hit när solen sken, sa hon och log. Mina bröder. Det var det bästa jag visste att få sitta ute när solen sken och jag bokstavligen tjöt av glädje när jag kom ut på gården. Och så lekte vi. De hittade alltid på nya sätt att leka med mig, för jag kunde inte röra mig så bra. Handikappet var mycket värre på den tiden. De försökte ha mig med i allt de gjorde. Det var mamma de fick den från. Båda hade den från början.

– Vad då?

– Människokärleken.

– Det var en gammal man som meddelade oss att han hade sett en grönklädd kvinna som ibland kom hit upp på kullen och pysslade med vinbärsbuskarna. Hans beskrivning passar på dig. Vi trodde att det kanske var nån från stugan som kom hit.

– Så ni känner till stugan?

– Ja, och några av hyresgästerna, men inte alla. Vi tror att det har bott en trebarnsfamilj här under kriget, och att mannen i familjen var våldsam. Du har nämnt din mor och två bröder, och om du är tredje barnet stämmer det med den information vi har.

– Pratade han om en grönklädd kvinna? frågade hon och log.

– Ja. En grön kvinna.

– Grönt är min färg. Det har den alltid varit. Jag minns inte att jag klätt mig annorlunda.

– Sägs det inte att de som gillar grönt är jordnära människor?

– Det kan så vara.

Hon log.

– Jag är väldigt jordnära.

– Känner du till den här familjen?

– Vi bodde i huset som stod här.

– Misshandel?

Kvinnan tittade på Erlendur.

– Ja, misshandel.

– Det var ...

– Vad heter du? avbröt kvinnan.

– Jag heter Erlendur, sa han.

– Och har du familj, Erlendur?

– Nej, ja, jo en sorts familj, tror jag.

– Är du inte säker? Tar du hand om familjen?

– Jag tror ... Erlendur tvekade. Han var inte beredd på sådana frågor och visste inte vad han skulle säga. Hade han tagit hand om sin familj? Knappast, tänkte han.

– Du är kanske skild, sa kvinnan och mönstrade Erlendurs slitna kläder.

– Jo, faktiskt, sa han. Jag tänkte fråga dig ... Jag började väl fråga dig om misshandeln.

– Ett så lättvindigt ord för själsmord. Ett så smidigt ord för såna som inte vet vad som ligger bakom det. Vet du hur det är att leva hela livet i ständig skräck?

Erlendur teg.

– Möta hat vareviga dag, ett hat som aldrig avtar, oavsett vad man gör, och man kan aldrig göra nåt som förändrar det tills man inte längre har nån egen vilja utan bara väntar och hoppas att nästa omgång stryk inte ska bli lika hemsk som den förra.

Erlendur visste inte vad han skulle säga.

– Så småningom blir misshandeln till ren sadism därför att den enda makt våldsverkaren har i världen är makten över denna enda kvinna som är hans hustru och hans makt är total för han vet att hon inget kan göra. Hon är fullständigt hjälplös och hon är totalt beroende av honom, eftersom han inte bara hotar henne, inte bara plågar henne med sitt hat och sin vrede, utan han plågar henne också med hat mot hennes barn, och han gör klart för henne att han kommer att göra dem illa om hon skulle försöka komma undan hans våld. Trots allt kroppsligt våld, trots all smärta, alla slagen, benbrotten, såren, blåmärkena, blåtirorna, de spruckna läpparna, så är det ingenting jämfört med såren på själen. Ständig, ständig skräck som aldrig upphör. De första åren, när det ännu finns levnadsmod i henne, försöker hon få hjälp och hon försöker fly men han letar rätt på henne och viskar till henne att han tänker döda hennes dotter och begrava henne uppe på fjället. Och hon vet att han är i stånd till det och därför ger hon upp. Ger upp och låter livet styras av hans järngrepp.

Kvinnan tittade mot Erlendur och bakom honom åt väster, där Snæfellsjökull skymtade i fjärran.

– Och hennes liv blir bara en skugga av hans, fortsatte hon. Hennes motstånd försvinner och med det försvinner också livsviljan och hennes liv blir hans liv, och hon är inte längre levande utan död och går omkring som en mörkervarelse i ett evigt sökande efter frihet. Frihet från misshandel och själskval och hans liv eftersom hon inte längre lever sitt liv utan bara existerar i hans hat.

Till slut segrar han.

Därför att hon är död. Levande död.

Kvinnan blev tyst och strök med ena handen över buskens kala grenar.

– Ända till den där våren. Under kriget.

Erlendur var tyst.

– Vilken domstol utdömer straff för själsmord? fortsatte hon. Kan du säga mig det? Hur är det möjligt att anklaga en person för själsmord och dra honom inför domstol och få honom dömd?

– Jag vet inte, sa Erlendur, som inte till fullo förstod vad kvinnan pratade om.

– Har ni grävt er ner till benen än? frågade hon tankspritt.

– Det gör arkeologerna i morgon, svarade Erlendur. Vet du nåt om vem det är som ligger där?

– Det visade sig att hon var precis som de här buskarna, sa kvinnan bedrövat.

– Vem?

– Precis som vinbärsbuskarna. De behöver ingen omvårdnad. De är sällsynt tåliga, överlever alla väder och de hårdaste vintrar och blir lika gröna och vackra varje sommar, och bären de producerar är lika röda och saftiga varje år, som om inget hänt. Som om det aldrig varit vinter.

– Ursäkta, men vad heter du? frågade Erlendur.

– Soldaten väckte henne till liv igen.

Kvinnan tystnade och stirrade in i buskarna som om hon försvunnit till en annan plats i en annan tid.

– Vem är du? frågade Erlendur.

– Mamma tyckte om grönt. Hon sa att grönt var hoppets färg. Hon blev medveten om verkligheten igen.

– Jag heter Mikkelína, sa hon. Sedan tycktes hon tveka ett ögonblick. Han var ett monster, sa hon. Rasande av hat och vrede.

23

K lockan började närma sig tio och en kall vind hade börjat
svepa över kullen. Erlendur frågade Mikkelína om de
inte skulle gå och sätta sig i bilen. Eller så kunde de träf-
fas nästa dag och prata mera. Det började ju bli sent och ...

– Vi kan sätta oss i bilen ett litet tag, sa hon och började gå. Hon
gick mycket sakta och sjönk ner på vänster sida för varje steg hon
tog med klumpfoten. Erlendur gick strax före henne mot bilen,
öppnade dörren för henne och hjälpte henne på plats. Så rundade
han motorhuven till bilens andra sida. Han förstod inte hur Mik-
kelína hade kommit till platsen. Hon verkade inte själv ha bil.

– Kom du hit i taxi? frågade han när han satt sig vid ratten.
Han startade bilen. Det var fortfarande varmt i bilen, och de fick
fort upp temperaturen.

– Símon skjutsade mig, sa hon. Han kommer snart hit igen
och hämtar mig.

– Vi har försökt få fram information om dem som bodde här i
backen. Jag förmodar att det är din familj vi letat efter, och en
del av det vi hört, mest från gamla människor, förstås, är ganska
märkligt. Bland annat nånting om gasklockan.

– Han provocerade henne med gasklockan, sa Mikkelína, men
jag tror inte hon blev till där i nån sorts undergångssamlag, så
som han sa. Det skulle precis lika gärna kunnat vara han själv.
Jag tror att han nån gång fått nån kommentar, kanske till och
med blivit retad för det, kanske när han var yngre, kanske senare,
och så vände han det mot henne.

– Så du tror att din far blev till i gasklockan?

– Han var inte min far, sa Mikkelína. Min far dog. Han var

sjöman och min mor älskade honom. Det var den enda tröst jag hade när jag var liten. Att han inte var min far. Han hatade mig särskilt mycket. Krymplingen. På grund av hur jag såg ut. Jag blev sjuk när jag var tre år och blev förlamad och förlorade talförmågan. Han trodde att jag var efterbliven. Kallade mig idioten. Men jag hade förståndet i behåll ända från början. Men jag fick ju aldrig nån träning, så som barn får nuförtiden. Och jag sa aldrig nånting därför att jag levde i ständig skräck för denne man. Det är ingen nyhet att barn som råkar ut för traumatiska upplevelser blir tysta och till och med tappar talförmågan. Jag tror att det var det som hände med mig. Det var inte förrän senare jag lärde mig gå och började prata så att jag sen kunde studera. Jag har examen från universitetet. I psykologi.

Hon tystnade.

– Jag har inte lyckats utröna vilka hans föräldrar var, fortsatte hon. Jag har letat efter dem. För att förstå vad som hände, och varför. Jag försökte gräva fram nåt om hans barndom. Han var dräng på bondgårdar här och där, sista gången borta på Kjósin vid den tid då han träffade mamma. Den period av hans uppväxt som jag är mest intresserad av vistades han uppe i Mýrasýsla, på en liten gård som hette Melur. Den finns inte kvar. Bonden hade själv tre barn men tog också till sig barn som han fick betalt av socknen för. Längre sen än så är det inte som det fanns fattighjon i vårt land. Denne bonde och hans fru var kända för att behandla sockenbarnen illa. Folk i de omkringliggande gårdarna pratade om det. Det hölls en rättegång mot dem på grund av att ett barn de hade hand om dog av undernäring och hård behandling. Barnet obducerades på gården under mycket primitiva omständigheter, till och med med den tidens mått mätt. Det var en pojke på åtta år. De hakade loss en dörr och genomförde obduktionen på den. De sköljde tarmarna i en bäck. Kom fram till att han behandlats onödigt hårt, men kunde inte bedöma om det var orsaken till hans död. Allt detta såg han. Kanske var de vänner. Han var fosterbarn på Melur vid samma tid. Han nämns i rättegångsprotokollet. Undernärd och med sår på ryggen och benen.

Hon blev tyst.

– Jag letar inte efter ett rättfärdigande av det han gjorde och hans behandling av oss, sa hon sedan. Det går inte att rättfärdiga. Men jag ville veta vem han var.

Hon blev tyst igen.

– Och din mamma? frågade Erlendur. Han kände på sig att Mikkelína tänkte berätta allt som hon tyckte var viktigt, men på sitt eget sätt. Han ville inte pressa henne. Hon skulle få den tid hon behövde.

– Hon hade otur, sa Mikkelína rätt upp och ner som om det var den enda förnuftiga slutsats man kunde komma fram till. Hon hade otur som råkade ut för den här mannen. Nåt annat är det inte. Hon hade heller inga anhöriga men fick en i stort sett bra uppfostran i Reykjavík och var tjänsteflicka i ett bättre hem när deras vägar möttes. Jag har heller inte lyckats utröna vilka hennes föräldrar var. Om det nån gång har registrerats så har de pappren försvunnit.

Mikkelína tittade på Erlendur.

– Men hon fick uppleva verklig kärlek innan det var för sent. Han kom in i hennes liv precis i rätt tid, tror jag.

– Vem? Vem kom in i hennes liv?

– Och Símon. Min bror. Vi förstod inte hur han hade det. Förstod inte vilken press han levde under hela tiden. Visserligen tog jag illa vid mig av min styvfars behandling av mamma och led för hennes skull, men jag var starkare än Símon. Stackars, stackars Símon. Och så Tómas. Det fanns för mycket av pappan i honom. För mycket hat.

– Nu har jag nog tappat tråden. Vem var det som kom in i hennes liv, i din mammas liv?

– Han var från New York. Amerikan. Från Brooklyn.

Erlendur nickade.

– Mamma behövde kärlek, nån sorts kärlek, nån sorts respekt, ett erkännande av att hon existerade, att hon var människa. Dave gav henne självrespekten tillbaka. Gjorde henne till människa igen. Vi funderade länge på varför han tillbringade så mycket tid med mamma. Vad det var han såg hos henne, hon som inte sågs av nån annan än min styvfar som inte gjorde annat än slog henne. Men han berättade för mamma varför han ville hjälpa henne. Han sa att han hade förstått allt så fort han såg henne när han första gången kom med fisk – han gick ofta och fiskade uppe i Reynisvatn. Han kunde tyda alla tecknen på misshandel. Han såg det på henne, såg det i hennes blick. I ansiktet, i rörelserna. På ett ögonblick hade han fått hela hennes historia klar för sig.

Mikkelína blev tyst och tittade upp i backen, bort mot vinbärsbuskarna.

– Dave visste vad det var frågan om. Han växte upp med det precis som Símon, Tómas och jag. Hans far blev aldrig anmäld och aldrig dömd och fick aldrig nåt straff för att han slagit sin hustru tills hon dog. Dave såg henne dö. De var utfattiga och hon fick tuberkulos och dog. Hans pappa slog henne strax innan hon avled. Dave var tonåring men rådde inte på sin far. Han gick hemifrån samma dag mamman dog och återvände aldrig. Tog värvning några år senare. Innan kriget bröt ut. Skickades hit till Reykjavík och hamnade här på kullen där han en dag knackade på dörren till ett ruckel och såg sin mammas ansikte igen.

De satt tysta.

– Den gången hade han blivit tillräckligt stor för att kunna göra nåt åt saken, sa Mikkelína.

Det kom en bil sakta körande förbi dem och parkerade vid tomten. En man steg ur och spejade bort mot vinbärsbuskarna.

– Där har vi Símon, han ska hämta mig, sa Mikkelína. Det har blivit sent. Är det okej om vi fortsätter i morgon? Du kan komma hem till mig om du vill.

Hon öppnade bildörren och ropade på mannen som vände sig om.

– Vet du vem det är som ligger där? frågade Erlendur.

– I morgon, sa Mikkelína. Vi ska fortsätta prata i morgon. Det är inget som brådskar, sa hon sedan. Det är ingenting alls som brådskar.

Mannen hade kommit fram till bilen och hjälpte Mikkelína ut.

– Tack ska du ha, Símon, sa hon och steg ur bilen. Erlendur sträckte sig över sätet för att kunna se mannen bättre. Sedan öppnade han på sin sida och steg ur.

– Men det här kan ju inte vara Símon, sa han till Mikkelína och tittade på mannen som stödde henne. Han var inte äldre än trettiofem.

– Va? sa Mikkelína.

– Var inte Símon din bror? frågade Erlendur och granskade mannen.

– Jo, sa Mikkelína, och plötsligt förstod hon Erlendurs förundran. Det här är inte den Símon, sa hon och log svagt. Det här är min son, som jag döpt efter min bror.

24

Morgonen därpå hade Erlendur möte med Elínborg och Sigurður Óli på sitt rum och redogjorde för det Mikkelína berättat för honom och meddelade att han skulle besöka henne senare på dagen. Han var säker på att hon då skulle berätta vem det var som låg begravd på kullen, vem som lagt honom där och varför. Benen skulle tas upp framåt kvällen.

– Varför drog du inte ur henne alltsammans redan igår kväll? frågade Sigurður Óli, som hade vaknat med nya krafter efter en lugn kväll med Bergþóra. De hade pratat om framtiden, också om att skaffa barn, och kommit överens om hur de skulle hantera alltsammans, och de hade också pratat om Parisresan och sportbilen de skulle hyra. Så kunde vi ha fått den här skiten ur världen, la han till. Jag är urless på de där benen. Less på Benjamíns källare. Less på er två.

– Jag vill följa med till henne, sa Elínborg. Tror du att hon är den handikappade flickan som Hunter såg i huset när han grep den där mannen?

– Det är mycket troligt. Hon hade två halvbröder som hon nämnde namnen på, Símon och Tómas. Det stämmer med de två pojkar han såg. Och det var en amerikansk soldat som hjälpte dem på nåt sätt, han hette Dave. Jag vet inte vad han heter i efternamn, men jag ska prata med Hunter om honom. Jag tyckte det kändes riktigast att gå försiktigt fram med den här kvinnan. Hon kommer att berätta det vi behöver veta. Det är onödigt att rusa på i ullstrumporna med det här fallet.

Han tittade på Sigurður Óli.

– Är du klar med genomgången av källaren?

– Ja, jag blev klar igår. Hittade ingenting.

– Är det uteslutet att det är hans fästmö som ligger där uppe?

– Ja, eller det tror jag i alla fall, hon gick i sjön.

– Är det möjligt att få nån bekräftelse på den där våldtäkten på nåt sätt, funderade Elínborg.

– Jag tror att den bekräftelsen ligger på havets botten, sa Sigurður Óli.

– Jaja, så var det med den lantliga idyllen, sa Erlendur.

– Äkta kärlek finns bara på landet, sa Sigurður Óli och log.

– Bondlurk! sa Erlendur.

Hunter öppnade för Erlendur och Elínborg och visade in dem i vardagsrummet. Matsalsbordet var helt täckt av dokument som rörde depån och förläggningen, fax och fotostatkopior låg på golvet och dagböcker och andra böcker låg uppslagna över hela rummet. Den här mannen hade verkligen gått in för sitt utredningsarbete. Hunter bläddrade bland pappershögarna på bordet.

– Nånstans här har jag en lista över de islänningar som arbetade på depån, sa han. Ambassaden hittade den.

– Vi har hittat en som bodde i det hus där du var, sa Erlendur. Jag tror att det är den handikappade flickan som du pratade om.

– Bra, sa Hunter, helt försjunken. Bra. Här har vi den.

Han överräckte en handskriven lista till Erlendur med namnen på de nio islänningar som hade arbetat på depån. Erlendur kände igen namnen. Jim hade läst upp dem för honom i telefon och skulle ha skickat en kopia. Han kom plötsligt på att han glömt fråga Mikkelína vad hennes styvfar hette.

– Jag fick reda på vem som skvallrade för oss. Vem det var som berättade om tjuvarna. Min kollega från militärpolisen här i Reykjavík bor nu i Minneapolis. Vi har haft sporadisk kontakt genom åren och jag ringde upp honom. Han kom ihåg det här fallet mycket väl, och ringde i sin tur till några andra och fick fram vem det var som skvallrade.

– Och vem var det? frågade Erlendur.

– Han hette Dave och kom från Brooklyn. Dave Welch. Menig.

Det var samma namn Mikkelína hade nämnt, tänkte Erlendur.

– Lever han fortfarande? frågade han.

– Det vet vi inte. Min gode vän försöker få tag i honom via försvarsdepartementet. Det är möjligt att han blev skickad till fronten.

Elínborg fick med sig Sigurður Óli i arbetet med att gräva fram uppgifter om de islänningar som haft anställning på depån och var de eller deras efterkommande nu befann sig, men Erlendur ville att de skulle träffas på eftermiddagen innan de åkte till Mikkelína. Först skulle han upp på sjukhuset för att hälsa på Eva Lind.

Han gick längs korridoren på intensiven och kikade in genom dörren till sin dotter som låg orörlig som tidigare med slutna ögon. Till hans stora lättnad syntes inte Halldóra till. Han kastade en blick vidare nerför korridoren dit han tidigare råkat förirra sig av misstag och hamnat i det märkliga samtalet med den lilla kvinnan om pojken i snöovädret. Han smög sig långsamt ner i korridoren bort till det innersta rummet och när han kikade in såg han att det var tomt. Kvinnan i pälsen var borta och sängen där mannen som befunnit sig någonstans mellan liv och död hade legat, var tom. Kvinnan som påstod sig vara andeskådare var också försvunnen och Erlendur började fundera på om alltsammans verkligen hade hänt, eller om det kanske varit en dröm. Han stod ett ögonblick i dörröppningen, men vände sedan på klacken och gick in till sin dotter och stängde dörren försiktigt efter sig. Han hade velat låsa, men det fanns inget lås på dörren. Han satte sig hos Eva Lind. Satt där tyst vid hennes säng och tänkte på pojken i snöovädret.

Det gick en god stund innan han tog sig samman och suckade tungt.

– Han var åtta år, sa han till Eva Lind. Två år yngre än jag.

Han tänkte på andeskådarens ord, att han var försonad, att det inte hade varit någons fel. Så simpla ord gripna ur tomma luften hade inget att säga honom. Han hade stått i den där snöstormen hela livet och tiden hade bara gjort den ännu våldsammare.

– Jag tappade greppet, sa han till Eva Lind.

Han hörde hur stormen tjöt.

– Vi kunde inte se varann, sa han. Vi höll varann i hand, så vi var mycket nära varann, men jag såg honom i alla fall inte genom snöyran. Och så tappade jag greppet.

Han blev tyst.

– Därför får du inte försvinna. Därför måste du överleva det här och komma tillbaka och bli frisk igen. Jag vet att ditt liv inte är nån dans på rosor, och att du slösar bort det som om det inte var nåt värt. Som om du själv inte var nåt värd. Men så är det inte. Det är inte rätt av dig att tro det. Och du får inte tro det.

Erlendur betraktade sin dotter i det dämpade ljuset från sänglampan.

– Han var åtta år. Har jag sagt det? En pojke som andra pojkar, glad och pigg, och vi var vänner. Det är inte nån självklarhet. För det mesta finns det motsättningar. Slagsmål och maktkamp och bråk. Men inte mellan oss. Kanske därför att vi var så totalt olika. Alla tyckte om honom. Spontant. En del är bara såna. Inte jag. Det är nånting i dem som bryter ner alla försvar därför att de visar sig precis såna som de är, har inget att dölja, förställer sig inte, är bara sig själva, rakt och ärligt. Såna barn ...

Erlendur blev tyst.

– Du påminner mig ibland om honom. Det såg jag inte förrän sent. När du sökte upp mig efter alla åren. Det är nånting i dig som påminner mig om honom. Nånting som du håller på att förstöra, och därför blir jag så ledsen av att se vad du gör med ditt liv, och att jag inte tycks kunna påverka det på nåt sätt. Jag är lika hjälplös med dig som när jag stod där i snöstormen och kände att jag tappade taget. Vi höll varann i hand och jag tappade greppet och kände att det höll på att hända och visste att då var allt över. Vi skulle båda dö. Våra händer var helt stelfrusna och orkade inte gripa längre. Jag hade ingen känsel i handen, utom i det lilla ögonblick då jag tappade honom.

Erlendur tystnade och tittade ner i golvet.

– Jag vet inte om det är orsaken till alltsammans. Jag var tio år och jag har känt skuld ända sen dess. Jag skakade det inte av mig.

Vill inte skaka det av mig. Det dåliga samvetet är som en mur kring en sorg jag inte vill släppa. Jag borde kanske ha gjort det för länge sen och tagit itu med det liv som räddades och ge det nån sorts mening. Men det har jag inte gjort, och kommer väl inte att göra heller. Vi bär alla våra bördor. Mina är kanske inte tyngre än andras som också förlorat en kär vän, men jag kan inte hantera dem på nåt annat sätt.

Det var nånting som slocknade i mig. Jag hittade honom inte, och jag drömmer ständigt om honom och jag vet att han fortfarande finns där nånstans, irrar omkring i snöstormen ensam och övergiven och kall, tills han faller ihop nånstans där ingen hittar honom, där han aldrig hittas, och han får stormen över sig och på ett ögonblick blir han översnöad och det spelar ingen roll hur mycket jag letar och ropar, jag hittar honom inte och han hör mig inte och han är försvunnen för mig för evigt där i snöstormen.

Erlendur tittade på Eva Lind.

– Det var som om han stigit direkt upp till gud. Mig hittade man. Mig hittade man och jag överlevde och jag förlorade honom. Jag kunde inte redogöra för nånting. Kunde inte säga dem var jag befunnit mig när jag tappade honom. Såg absolut ingenting i den förbannade stormen. Jag var tio år och hade nästan frusit ihjäl och kunde inte säga dem nånting. De skickade ut räddningspatruller och de gick över heden från morgon till kväll flera dagar i sträck med lyktor och ropade på honom och stack ner långa käppar i snön och delade upp sig i mindre grupper och hade hundar med sig och vi hörde ropen och vi hörde hundarna men inget hände. Aldrig.

Han hittades aldrig.

Så stötte jag på en kvinna här i korridoren som påstod sig ha ett meddelande till mig från pojken i stormen. Och hon säger att det inte var mitt fel och att jag inte ska vara rädd. Vad betyder det? Jag tror inte på sånt där, men vad ska jag tro nu? Hela livet har detta varit mitt fel trots att jag ju vet och har vetat länge nu att jag var för ung för att behöva ta på mig nån skuld. Ändå plågas jag av dåligt samvete, som en cancermetastas som till slut blir ens död.

Därför att det var ingen pojke vilken som helst som jag tappade.

Därför att pojken i snöstormen ...

Han var min bror.

♠

Deras mor smällde igen dörren mot den kalla höstvinden och såg i dunklet Grímur sitta mitt emot Símon vid köksbordet. Hon såg inte riktigt Grímurs ansikte. Hon hade inte sett honom sedan han fördes bort i militärjeepen, men i samma ögonblick hon kände hans närvaro i huset och såg honom igen där i mörkret, grep skräcken åter tag om henne. Hon hade väntat honom hela hösten men visste inte exakt när han skulle släppas. När hon såg Tómas komma springande visste hon direkt vad det var frågan om.

Símon tordes inte röra sig men vände på huvudet med stel rygg och tittade mot ytterdörren och mötte mammans blick. Hon hade släppt Tómas hand och han smög in i korridoren där Mikkelína stod. Hon såg skräcken i Símons ögon.

Grímur satt på köksstolen och rörde inte en muskel. På det viset gick några ögonblick och inte ett ljud hördes utom den vinande höstvinden och moderns andhämtning. Hon var andfådd efter att ha skyndat sig hem. Rädslan för Grímur hade trubbats av sedan i våras, men nu sköt den upp igen med full kraft och på ett ögonblick var hon återigen likadan som förut. Som om inget hade hänt under hela den tid han varit borta. Hon blev svag i benen, värken i magen tilltog, hennes hållning var inte längre stolt, hon körde upp axlarna, gjorde sig så liten hon kunde. Undergiven. Lydig. Beredd på det värsta.

Barnen såg hur hon förändrades där hon stod i köksdörren.

– Símon och jag har haft en liten pratstund, sa Grímur och sköt in huvudet under lampan så att brännsåret syntes. Moderns ögon blev dubbelt så stora när hon såg hans ansikte och det eldröda ärret blev synligt. Hon öppnade munnen som om hon tänkte säga något eller utstöta ett rop, men ingenting kom ut, och hon stirrade misstroget på Grímur.

– Tycker du inte det är vackert? sa han.

Det var någonting som var främmande hos Grímur. Något som Símon inte fick grepp om. Han verkade självsäkrare. Självbelåten. Han var den som hade makten, det sken igenom allt han sa och gjorde i familjen, och så hade det ju alltid varit, men det var någonting mer, något farligare, och Símon funderade på vad det kunde vara när Grímur sakta reste sig från bordet.

Han gick fram till deras mor.

– Símon har berättat om soldaten som kommer hit med fisk och heter Dave.

Deras mor teg.

– Det var en soldat som hette Dave som gjorde mig det här, sa han och pekade på ärret. Jag kan inte öppna ögat ordentligt därför att han tyckte att han kunde skvätta kaffe på mig. Han värmde det först i en kaffepanna tills det var så hett att han behövde en trasa för att kunna ta i handtaget och när jag trodde att han skulle hälla upp kaffet i våra koppar, skvätte han ut det i ansiktet på mig.

Deras mor vek undan blicken från Grímur och stirrade ner i golvet och stod helt orörlig.

– De släppte in honom till mig där jag satt i handbojor med händerna bakom ryggen. Jag tror att de visste vad han tänkte göra.

Han gick med hotfulla steg i riktning mot Mikkelína och Tómas i korridoren. Símon satt som fastklistrad på sin stol vid köksbordet. Grímur vände sig mot mamman igen och gick fram till henne.

– Det var som om de belönade den där karln. Vet du varför de gjorde det?

– Nej, sa deras mor tyst.

– Nej, härmade Grímur. För upptagen med att knulla honom. Han log.

– Jag skulle inte bli förvånad om han hittades flytande där borta i sjön. Som om han trillat i när han fiskade öring åt dig.

Grímur stod alldeles intill henne och la plötsligt handen på hennes mage.

– Tror du att han har lämnat nåt efter sig? frågade han med

låg, hotfull röst. Nånting från en liten mjuk grop där borta vid sjön? Tror du det? Tror du att han har lämnat kvar nåt? Jag vill att du ska veta, att om det är så att han lämnat kvar nåt, så dödar jag det. Vem vet, kanske bränner jag upp det, precis som han brände mig i ansiktet.

– Prata inte så där, sa deras mor.

Grímur tittade på henne.

– Hur kände den jäveln till stölderna? frågade han. Vem kan det ha varit som berättade för honom vad vi höll på med, mån-tro? Vet du nåt om det? Kanske var vi inte försiktiga nog. Kanske såg han oss. Men kanske kom han med öring till nån och fick syn på all bråte här inne och började fundera på var den kunde komma ifrån, och frågade lilla horan som bor här om hon visste det.

Grímur tog ett hårdare tag om hennes mage.

– Kan inte se en uniform utan att genast sära på benen.

Símon reste sig tyst upp bakom sin far.

– Vad säger du om en kopp kaffe? sa Grímur till mamman. Vad sägs om en kopp hett och uppiggande morgonkaffe? Om vi får för Dave, förstås. Tror du att vi får det för honom?

Grímur skrattade.

– Kanske tar han sig en kopp också? Väntar du honom hit? Väntar du dig att han ska komma hit och rädda dig?

– Låt bli, sa Símon bakom honom.

Grímur släppte taget om mamman och vände sig mot Símon.

– Låt bli att göra så här, sa Símon.

– Símon! sa hans mamma argt. Sluta genast!

– Låt mamma vara ifred, sa Símon med darrande stämma.

Grímur vände sig mot mamman igen. Mikkelína och Tómas stod i korridoren och iakttog händelserna. Han lutade sig över henne och viskade i hennes öra.

– Kanske försvinner du bara en vacker dag, precis som Benjamíns flicka!

Mamman tittade på Grímur och var beredd på det angrepp hon visste var oundvikligt.

– Vad vet du om det?

– Folk försvinner. Alla sorter. Också fint folk. Och då kan en stackare som du också försvinna. Vem skulle fråga efter dig? Om nu inte din mamma från Gasklockan skulle leta efter dig. Gör hon det, tror du?

– Låt henne vara, sa Símon som stod kvar vid köksbordet.

– Símon? sa Grímur. Jag trodde vi var vänner. Du och jag och Tómas.

– Låt henne vara, sa Símon. Du måste sluta göra henne illa. Du måste sluta med det och gå härifrån. Gå din väg och kom aldrig tillbaka.

Grímur hade kommit fram till honom och stirrade på honom som om han aldrig hade sett honom förr.

– Jag har varit borta. Jag var borta i sex månader, och det här är det mottagande jag får. Kärringen på smällen och så tänker lille Símon slänga ut sin far. Har du blivit tillräckligt stor för att rå på din far, Símon? Tror du det? Tror du att du nånsin blir stor nog att rå på mig?

– Símon! sa mamman. Det är ingen fara. Ta med dig Tómas och Mikkelína bort till Gufunes och vänta på mig där. Hör du det, Símon? Gör nu som jag säger.

Grímur flinade i ansiktet på Símon.

– Och kärringen har börjat styra och ställa. Vem tror hon att hon är? Värst vad alla har förändrats på den här korta tiden.

Grímur tittade in mot korridoren.

– Och hur är det med vidundret? Har krymplingen också blivit stor i käften? Dä, dä, dä den jävla krymplingen som jag borde ha strypt för många år sen. Är detta tacken? Är detta tacken?! ropade han in i korridoren.

Mikkelína drog sig tillbaka ur dörröppningen och försvann in i korridorens mörker. Tómas stod kvar och såg på Grímur som log mot honom.

– Men Tómas och jag, vi är vänner vi, sa Grímur. Tómas skulle aldrig svika sin far. Kom hit, min pojke. Kom till pappa.

Tómas gick fram till honom.

– Mamma har ringt, sa han.

– Tómas! ropade deras mor.

25

Jag tror inte det var Tómas avsikt att hjälpa honom. Snarare kan jag tänka mig att han trodde han skulle hjälpa mamma. Att han kunde skrämma honom på nåt sätt och att mamma skulle bli hjälpt av det. Men det allra troligaste är väl att han inte förstod vad han gjorde. Han var så liten, den välsignade pojken.

Mikkelína blev tyst och tittade på Erlendur. Han och Elínborg satt i hennes vardagsrum och hade lyssnat på hennes berättelse om mamman och Grímur i stugan, hur de två först träffades och hur han slog henne första gången och hur våldet blev värre med tiden, att hon försökte rymma två gånger, att han då hotade att döda både henne och barnen. Hon berättade om livet på kullen, soldaterna och depån och stölderna och Dave som fiskade i sjön och om sommaren då deras far satt i fängelse och soldaten och deras mamma blev förälskade, om bröderna som bar ut henne i solen och picknickerna med Dave och om den kalla höstmorgon då hennes styvfar kom tillbaka.

Mikkelína tog sig den tid hon behövde för att berätta sin historia och försökte få med allt som hon bedömde som viktigt för sammanhanget. Erlendur och Elínborg satt och lyssnade och tog klunkar av kaffet som Mikkelína serverat och smakade på kakan som hon bakat eftersom hon visste att hon skulle få besök av Erlendur. Hon hälsade även Elínborg hjärtligt välkommen och frågade om det fanns många kvinnor i kriminalpolisen.

– Nästan inga, sa Elínborg och log.

– Synd och skam, sa Mikkelína och bad henne slå sig ner. Kvinnor borde vara i första ledet överallt.

Elínborg tittade på Erlendur som log svagt. Hon hade sökt upp honom på hans rum efter lunch, visste att han varit på sjukhuset och tyckte nu att han såg ännu dystrare ut än vanligt. Hon frågade hur det var med Eva Lind, för hon trodde att hennes tillstånd kanske försämrats, men han sa att det var oförändrat, och när hon frågade hur han själv hade det, och om det var något hon kunde göra för honom, skakade han på huvudet och sa att det inte var annat att göra än att vänta. Hon tyckte nog att all denna väntan såg ut att ha tagit rejält på hans krafter, men avstod från att säga något om det. Av lång erfarenhet visste hon att Erlendur inte hade något behov av att tala om sig själv med andra.

Mikkelína bodde i Breiðholt, i en lägenhet i markplan. Hennes hem var inte stort men trevligt och medan hon lagade kaffe i köket gick Erlendur runt i vardagsrummet och betraktade fotografier av hennes familj, eller människor som han trodde kunde vara hennes familj. Det var inte många och han tyckte inte någon av dem verkade vara från stugan i backen.

Medan hon pysslade i köket började hon berätta lite om sig själv så att det hördes ut i vardagsrummet. Hon började skolan sent, var nästan tjugo år, och ungefär samtidigt fick hon sin första sjukgymnastik för sitt handikapp och gjorde direkt enorma framsteg. Erlendur tyckte nog att hon gick lite väl snabbt fram i berättelsen om sig själv men sa inget om det. Med tiden tog Mikkelína studentexamen vid vuxengymnasiet, skrev in sig vid universitetet och tog examen i psykologi. Då var hon närmare femtio. Nu var hon pensionerad.

Pojken som fått namnet Símon hade hon tagit som fosterbarn några år innan hon började vid universitetet. Att bilda familj hade ju varit förbundet med vissa svårigheter, av orsaker som hon kanske inte behövde gå närmare in på. Hon log sarkastiskt.

Hon sa att hon hade besökt kullen regelbundet på våren och sommaren, tittat till vinbärsbuskarna och skördat bären på hösten och kokat sylt av dem. Hon hade kvar lite sylt i ett glas, och lät dem smaka på den. Elínborg som var rätt hemma på matlagning, berömde henne för sylten. Mikkelína ville då att hon skulle ta med sig det som var kvar, och ursäktade sig för att det var så lite.

Hon berättade hur hon hade sett staden växa genom år och decennier, sträcka sig först till Breiðholt, sedan med blixtens hastighet upp till Grafarvogur och in mot Mosfellsbær, och till slut upp till Grafarholt där hon en gång hade bott och varifrån hon hade några av sina bittraste minnen.

– Jag har egentligen bara hemska minnen från det där stället, sa hon. Utom från den där ena sommaren.

– Är du född med det här handikappet? frågade Elínborg. Hon hade försökt formulera frågan så artigt som möjligt men kom fram till att det inte fanns något artigt sätt att fråga på.

– Nej, sa Mikkelína. Jag blev sjuk när jag var tre år. Lades in på sjukhus. Mamma berättade att det då fanns nån sorts regel som förbjöd föräldrarna att vara hos sina barn på avdelningarna. Mamma kunde bara inte begripa denna hemska, obarmhärtiga regel som sa att man inte fick vara hos sitt barn på sjukhuset när det var så sjukt att det nästan höll på att dö. Det tog några år innan mamma förstod att jag kunde träna upp mycket av det jag förlorat, men min styvfar tillät henne inte att ta hand om mig, ta mig till en läkare, se till att jag fick riktig vård. Jag har ett minne från tiden innan jag blev sjuk, och jag vet inte om det är dröm eller verklighet, men det är solsken och jag befinner mig på en gårdsplan, troligen vid huset där mamma var tjänsteflicka, och jag ropar högt och springer så fort jag orkar och mamma jagar mig. Så minns jag inget mer. Minns bara att jag kunde springa hur mycket jag ville.

Mikkelína log.

– Jag drömmer ofta så där. Att jag är frisk och kan röra mig fritt och att inte huvudet ständigt vaggar när jag pratar och att jag kan styra mina ansiktsmuskler så att jag inte grimaserar så hemskt.

Erlendur ställde ifrån sig sin kopp.

– Du sa igår att du döpt din son efter din bror, Símon.

– Símon var en underbar pojke. Han var min halvbror. Det fanns ingenting av pappan i honom. Eller jag kunde i alla fall inte upptäcka det. Han var som mamma. Glad och förstående och hjälpsam. Kunde inte se andra lida. Han hatade sin far och hatet skadade honom. Han skulle aldrig ha behövt hata nånting här i världen. Och han var som vi andra två, skräckslagen under hela uppväxten. Utom sig av rädsla ibland när hans far fick sina vredesutbrott. Han såg hur vår mamma blev slagen sönder och samman. Själv drog jag täcket över huvudet, men jag märkte att ibland stod Símon och tittade på misshandeln och det var som om han eggade sig för att kunna agera senare när han blivit tillräckligt stor och stark för att kunna ta itu med pappan. När han var stor nog att rå på honom.

Ibland försökte han gå emellan. Ställde sig framför mamma och försökte försvara henne. Det skrämde mamma ännu mer än slagen mot henne själv. Hon orkade inte tänka på att han skulle göra illa barnen också.

En sådan god liten pojke, Símon.

– Du pratar om honom som om han ännu vore ett barn, sa Elínborg. Är han död?

Mikkelína blev tyst och log.

– Och Tómas? sa Erlendur. Ni var ju bara tre syskon.

– Ja, Tómas, sa Mikkelína. Han var inte alls som Símon. Det kände också pappan.

Mikkelína blev tyst.

– Vart ringde din mamma? frågade Erlendur. Innan hon kom fram till stugan.

Mikkelína svarade inte utan reste sig och gick in i sovrummet. Elínborg och Erlendur tittade på varandra. Kort därefter kom Mikkelína ut igen med ett hopvikt papper i handen. Hon vek upp det, läste det som stod där och räckte det sedan till Erlendur.

– Jag fick det här pappret av mamma, sa hon. Jag kommer så väl ihåg när Dave föste det över köksbordet till henne, men vi fick aldrig veta vad det stod. Mamma visade det inte för mig förrän senare. Många år senare.

Erlendur läste meddelandet.

– Dave har fått en islänning eller en soldat som kunde isländska att skriva den här lappen. Mamma sparade den livet igenom och jag tänker ta den med mig i graven.

Erlendur tittade på lappen. Orden hade skrivits med klumpiga versaler men var mycket tydliga.

JAG VET VAD HAN GÖR MOT DIG.

– Mamma och Dave pratade om att hon skulle kontakta honom så snart min styvfar släpptes från fängelset och då skulle han komma och hjälpa henne. Men jag vet inte närmare hur de hade tänkt sig det hela.

– Kunde hon inte få hjälp från mejeriet? frågade Elínborg. Det måste väl ha varit många som arbetade där.

Mikkelína tittade på henne.

– Mamma hade fått utstå hans misshandel i femton år. Det var fysisk misshandel, han slog henne ibland så illa att hon blev sängliggande i flera dagar, ibland till och med längre. Och det var psykisk misshandel, vilket kanske var ännu värre, för som jag sa till Erlendur igår, så blev hon till ingenting. Hon började förakta sig själv lika mycket som hennes make föraktade henne, hon gick länge i självmordstankar men bland annat på grund av oss, på grund av barnen, blev det inte till nåt annat än idéer. Tack vare Dave fick hon det lite bättre under de sex månader som han var med henne men hon hade aldrig kunnat be nån annan än honom om hjälp. Hon hade aldrig pratat med nån annan om det hon hade fått tåla i alla dessa år och jag tror att hon hade varit redo att ta emot en omgång stryk till om det hade behövts. I värsta fall skulle han ge sig på henne och allt skulle bli som förr.

Mikkelína tittade på Erlendur.

– Dave kom aldrig.

Hon tittade på Elínborg.

– Och inget blev som förr.

༄

– Har hon ringt?

Grímur la armen om Tómas.

– Vart ringde hon, Tómas? Vi ska inte ha några hemligheter för varann. Din mamma tror att hon kan ha hemligheter men det är ett stort missförstånd. Det kan vara farligt att ha hemligheter.

– Utnyttja inte pojken, sa deras mor.

– Nu har hon börjat ge mig order också, sa Grímur och masserade Tómas axlar. Tänk vad saker och ting förändras. Vad blir det härnäst?

Símon ställde sig framför sin mamma. Mikkelína hasade sig bort till dem. Tómas började gråta. En mörk fläck bredde ut sig på byxorna i skrevet.

– Och var det nån som svarade? frågade Grímur och leendet var borta, nu var minen allvarlig. Alla stirrade på ärret.

– Ingen svarade, sa deras mor.

– Ingen Dave som kommer och räddar situationen?

– Ingen Dave, sa deras mor.

– Var kan den skvallerbyttan befinna sig, måntro? sa Grímur. Det gick ett fartyg härifrån i morse. Proppfullt av soldater. Det behövs visst soldater i Europa. De kan inte alla gå och dra på Island utan att ha nåt annat att göra än att knulla våra kärringar. Eller också har de fått fast honom. Det här var en större affär än till och med jag visste och det var många huvuden som rullade. Mycket märkvärdigare huvuden än mitt. Officershuvuden. Det var de inte glada åt.

Han sköt Tómas ifrån sig.

– Det var de inte alls glada åt.

Símon stod tätt intill sin mor.

– Det är bara en sak i hela den här historien som jag inte begriper, sa Grímur. Han hade flyttat sig helt nära mamman och de kände en sur, obehaglig lukt från honom. Jag begriper det bara inte. Jag kommer inte över det. Visst fattar jag att du skulle lägga dig under första bästa karl så fort jag var borta. Du är bara en hora. Men vad tänkte han?

De rörde nästan vid varandra.

– Vad såg han hos dig?

Han satte båda händerna om hennes huvud.

– Anskrämliga jävla slampa.

🕭

– Vi trodde att den här gången skulle han ge sig på henne och döda henne. Vi var helt inställda på det. Jag darrade av rädsla och Símon var lika illa däran. Jag funderade på om jag kunde få tag på knivarna där i köket. Men inget hände. Deras blickar möttes och istället för att börja slå backade han ifrån henne.

Mikkelína blev tyst.

– Jag har aldrig varit så rädd i hela mitt liv. Och Símon blev sig aldrig lik efter detta. Han fjärmade sig alltmer från oss. Stackars Símon.

Hon sänkte blicken.

– Dave försvann ur våra liv lika plötsligt som han dök upp, sa hon. Mamma hörde aldrig mera ifrån honom.

– Han hette Welch i efternamn, sa Erlendur. Vi håller på och undersöker vart han tog vägen. Vad hette din styvfar?

– Han hette Þórgrímur, sa Mikkelína. Kallades alltid Grímur.

– Þórgrímur, upprepade Erlendur. Han mindes det namnet från listan över de islänningar som jobbat vid förläggningen.

Mobilen började ringa i hans rockficka. Det var Sigurður Óli som stod vid utgrävningen uppe på kullen.

– Du borde komma hit, sa Sigurður Óli.

– Hit? Vart då? sa Erlendur. Var är du?

– På kullen, sa Sigurður Óli. De har kommit ner till benen och jag tror att vi nu vet vem som ligger här.

– Vem som ligger där?

– Ja, i graven.

– Vem är det?

– Benjamíns fästmö.

– Va?

– Benjamíns fästmö.

– Varför det? Varför tror du att det är hon? Erlendur hade rest sig och gått in i köket för att kunna tala ostört.

– Kom hit och se själv, sa Sigurður Óli. Det kan inte vara nån annan. Kom hit och titta efter.

Sedan knäppte han av mobilen.

26

Erlendur och Elínborg var på plats i Grafarholt en kvart senare. De tog ett hastigt farväl av Mikkelína. Hon tittade förvånat på medan de reste sig och gick mot dörren. Erlendur vidarebefordrade inte det Sigurður Óli sagt i telefon om Benjamíns fästmö, utan sa bara att han måste åka upp till kullen, att benen grävts fram och därför bad han henne vänta med sin berättelse till senare. Ursäktade sig så mycket. De skulle prata mer senare.

– Ska jag inte följa med er? frågade Mikkelína i hallen när de var på väg ut. Jag har ...

– Inte nu, avbröt Erlendur. Vi fortsätter prata senare. Fallet har tagit en ny vändning.

Sigurður Óli väntade på dem på kullen och följde dem till Skarphéðinn som stod vid graven.

– Erlendur, sa arkeologen och tog i hand. Då var vi där, då. Det tog inte så lång tid när det kom till kritan.

– Vad har ni hittat? frågade Erlendur.

– Det är en kvinna, sa Sigurður Óli högtidligt. Det råder det ingen tvekan om.

– Hur så? sa Elínborg. Har du plötsligt blivit nån sorts läkare?

– Det behövs ingen läkare för att se det, sa Sigurður Óli. Det är helt uppenbart.

– Det ligger två skelett i graven, sa Skarphéðinn. Ett av en vuxen människa, förmodligen en kvinna, ett annat av ett barn, ett mycket litet barn, kanske till och med ofött. Skelettet ligger på det viset.

Erlendur stirrade på honom förbluffad.

– Två skelett?

Han tittade på Sigurður Óli, tog två steg framåt och kikade ner i graven och såg genast vad Skarphéðinn menade. Det mesta av jorden hade skrapats bort från det stora skelettet och där låg det med ena handen upp i luften, med gapande käke full av mull, och brutna revben. Det låg jord i de tomma ögonhålorna, några hårtestar syntes på pannan och köttet hade inte ruttnat helt i ansiktet.

Ovanpå detta skelett låg ytterligare ett, med små, späda ben, hoprullat som i fosterställning. Arkeologerna hade mycket försiktigt borstat bort jorden från det. Armarnas och lårens ben var inte tjockare än en blyertspenna och huvudet stort som en mindre boll. Det lilla skelettet låg nedanför revbenen på det stora skelettet och huvudet var vänt nedåt.

– Kan det vara nån annan? frågade Sigurður Óli. Är inte det här fästmön? Hon var gravid. Vad var det hon hette nu igen?

– Sólveig, sa Elínborg. Var graviditeten så långt framskriden? sa hon mest för sig själv och stirrade ner på skeletten.

– Talar man om barn eller foster på det här stadiet? frågade Erlendur.

– Sånt kan jag inte, sa Sigurður Óli.

– Inte jag heller, sa Erlendur. Vi behöver få tag på en specialist. Kan vi ta upp skeletten som de är och köra ner dem till bårhuset på Barónsstígur? frågade han Skarphéðinn.

– Vad menar du med "som de är"?

– Det ena ovanpå det andra.

– Vi ska nu frilägga hela det stora skelettet. Om vi avlägsnar lite mer jord, använder små penslar och går under det mycket försiktigt, ja, då borde vi kunna lyfta upp alltihop. Jag tror att det skulle kunna gå. Du vill inte att läkaren tittar på dem här då? I graven? Så som de ligger här?

– Nej, jag vill ha in dem under tak, sa Erlendur. Vi måste undersöka dem mycket noggrant, under optimala omständigheter.

Skeletten togs loss i ett stycke framåt middagstid. Erlendur var närvarande när benen flyttades, tillsammans med Elínborg och Sigurður Óli. Det var arkeologerna som skötte hela hanteringen och de gick fackmannamässigt till verket, tyckte Erlendur. Han ångrade inte att han anlitat dem. Skarphéðinn ledde arbetet med samma säkerhet som han visat under grävningarna. Han berättade för Erlendur att de blivit fästa vid skelettet och kallade det Tidevarvsmannen till Erlendurs ära, och att de skulle sakna det. Deras arbete var emellertid inte helt avslutat. Skarphéðinn, som nu hade blivit riktigt intresserad av kriminologi, tänkte fortsätta leta i jorden tillsammans med sina mannar, för att se om de kunde hitta några ledtrådar till vad det var som hänt där i backen för så många år sedan. Han hade fotograferat utgrävningen från alla vinklar, både med vanlig kamera och videokamera, och pratade om att det kunde bearbetas till en intressant föreläsning på universitetet, särskilt om Erlendur någon gång kom på hur benen hamnat i jorden, la han till och log så att det glittrade i framtänderna.

Man transporterade skeletten till bårhuset på Barónsstígur för en utförlig undersökning. Rättsläkaren var på semester i Spanien med familjen och skulle inte vara tillbaka på Island förrän efter en dryg vecka, sa han till Erlendur på telefon samma eftermiddag, på väg till grisfest. Det lät som om han legat och stekt sig i solen och dessutom var lite på örat. Distriktsläkaren var närvarande när man tog upp benen ur jorden och lastade in dem i ett fordon från polisen och såg också till att de omhändertogs på rätt sätt i bårhuset.

Som Erlendur begärt skilde man inte de två skeletten åt, utan de flyttades i ett stycke. För att de skulle kunna tas upp så hela som möjligt hade arkeologerna lämnat kvar mycket jord emellan skeletten. Därför var det nu en rätt oformlig hög som låg på obduktionsbordet framför Erlendur och distriktsläkaren som stod sida vid sida i obduktionssalens skarpa lysrörsljus. Skeletten hade varit insvepta i ett stort, vitt lakan som distriktsläkaren hade avlägsnat, och nu stod de där och betraktade benen.

– Det vi först och främst är intresserade av är nån sorts åldersbestämning av båda skeletten, sa Erlendur och tittade på läkaren.

– Åldersbestämning, ja, sa läkaren tankfullt. Du vet väl att det faktiskt är ytterst liten skillnad mellan mäns och kvinnors skelett, förutom vad gäller höftbenet, och det ser vi inte tillräckligt bra här, eftersom det döljs av det lilla skelettet och all jorden. Jag tycker det verkar som om alla 206 benen är på plats i det stora skelettet. Revbenen är knäckta, vilket vi ju visste. Det här är ett ganska stort skelett, en rätt lång kvinna, alltså. Det är väl vad man kan säga så där vid en snabb bedömning, och för övrigt vill jag inte befatta mig mer med det här. Är det bråttom? Kan du inte vänta en vecka? Jag har inte tillräcklig utbildning i obduktion eller åldersbestämning. Jag kan missa alla möjliga saker som en specialist ser och bedömer och kan tolka. Om du vill att det här ska göras ordentligt så ska du vänta. Brådskar det så? Kan det inte vänta? upprepade han.

Erlendur såg att svetten pärlade på läkarens panna och han mindes att någon sagt någon gång att den här mannen var lätt arbetsskygg.

– För all del, sa Erlendur. Det är ingen brådska. Eller det tror jag väl inte. Om inte det faktum att vi hittat benen sätter igång nån process som vi inte känner till och som leder till olycka.

– Menar du att nån som nu har fått reda på att ni grävt upp dessa ben vet vad som hänt och att det skulle utlösa nån sorts handling?

– Vi får se vad som händer, sa Erlendur. Vi väntar på rätts-läkaren. Det gäller ju inte livet. Men fundera på vad du kan göra för oss. Titta på det här i lugn och ro. Kanske kan du få loss det lilla skelettet utan att offra nåt bevismaterial.

Läkarens nickning antydde att han inte var riktigt säker på vad han skulle ta sig till.

– Jag ska se vad jag kan göra, sa han sedan.

Erlendur bestämde sig för att genast prata med Elsa, Benjamín Knudsens systerdotter, och inte vänta till i morgon, och tog med sig Sigurður Óli dit samma kväll. Elsa öppnade för dem och visa-de dem in i vardagsrummet. De slog sig ner. Erlendur tyckte hon verkade tröttare än förut och gruvade sig för hur hon skulle rea-gera på informationen om de två skeletten. Han föreställde sig att det skulle vara jobbigt för henne att den här gamla historien hade grävts upp efter alla dessa år och att hennes morbror skulle kunna knytas till ett mord.

Erlendur berättade vad arkeologerna hittat uppe på kullen och att det troligen rörde sig om Benjamíns fästmö. Elsas blick vandrade från den ene till den andre medan Erlendur talade, och hon kunde inte dölja sin misstro.

– Jag tror er inte, suckade hon. Påstår ni nu att Benjamín mördade sin fästmö?

– Det verkar troligt …

– Och begravde henne i backen intill deras sommarstuga? Det tror jag bara inte på. Jag begriper inte vad ni håller på med. Det måste finnas en annan förklaring. Det måste det bara finnas. Benjamín var ingen mördare, bara så ni vet. Ni har fått valsa omkring fritt här i huset och kunnat rota i källaren och fått göra vad ni velat, men nu går det för långt. Tror ni att jag hade låtit er härja i källaren om jag hade trott att familjen hade nåt att dölja? Nej, nu har det gått för långt. Nu är det nog bäst att ni går, sa hon och reste sig. Med en gång!

– Det är ju inte du som bär nån skuld i den här historien, sa Sigurður Óli. Han och Erlendur satt bestämt kvar. Du har väl inte vetat nåt som du dolt för oss. Eller …?

– Vad är det du antyder? sa Elsa. Att jag skulle ha vetat nåt? Påstår du att jag är medskyldig? Tänker du gripa mig? Ska du sy in mig? Hur beter ni er egentligen? Hon stirrade på Erlendur.

– Ta det lugnt, sa Erlendur. Vi hittade ett barnskelett tillsammans med det stora skelettet. Det har framkommit att Benjamíns fästmö var med barn. Det är ju inte så långsökt att dra den slutsatsen att detta är hon. Tycker du det? Vi antyder ingenting. Vi försöker bara få klarhet i det här fallet. Du har varit till stor hjälp för oss och det uppskattar vi. Det är inte alla som hade kunnat göra det du gjort. Men det förändrar inte det faktum att misstankarna främst riktas mot din morbror Benjamín nu när vi grävt fram dessa ben.

Elsa stod fortfarande och stirrade ner på Erlendur som om han vore något katten släpat in. Sedan verkade hon slappna av lite. Hon tittade på Sigurður Óli och sedan tillbaka på Erlendur och satte sig till slut ner igen.

– Det är ett missförstånd, sa hon. Och det skulle ni förstå om ni hade känt Benjamín så som jag kände honom. Han hade inte kunnat göra en fluga förnär. Aldrig nånsin.

– Han fick reda på att fästmön var gravid, sa Sigurður Óli. De skulle gifta sig. Han var uppenbarligen mycket förälskad i henne. Han byggde sin framtid på denna kärlek, på den familj han skulle bilda, på butiksverksamheten, på sin ställning i stadens finare kretsar. Han fick en chock. Kanske gick han för långt. Liket efter henne hittades aldrig. Hon påstods ha gått i sjön. Hon försvann. Kanske har vi hittat henne.

– Du sa till Sigurður Óli här att Benjamín inte hade vetat vem det var som gjort hans fästmö med barn, sa Erlendur försiktigt. Han funderade på om de var för snabba och svor en ed över rättsläkaren i Spanien. Kanske borde de ha väntat med det här besöket. Inväntat bekräftelse.

– Det stämmer, sa Elsa. Han visste inte.

– Vi har fått veta att Sólveigs mamma besökte honom vid ett senare tillfälle och berättade hur allt låg till. När allt redan skett. Efter att Sólveig försvann.

Elsa såg förvånad ut.

– Det visste jag inte, sa hon. När skulle det ha varit?

– Senare, sa Erlendur. Jag vet inte exakt när. Så Sólveig sa inget om vem som var far till barnet. Av någon anledning teg hon om det. Berättade inte för Benjamín vad som hänt. Bröt förlovningen och teg om barnets far. Kanske för att skydda sin familj. Faderns goda namn.

– Vad menar du med faderns goda namn?

– Det var hans brorson som våldtog Sólveig när hon var på sommarbesök hos dem på gården i Fljótin.

Elsa sjönk ner i stolen och förde liksom reflexmässigt upp handen för munnen, totalt oförstående.

I andra änden av stan satt Elínborg samtidigt och berättade för Bára vad man hittat i graven och att den troligaste förklaringen

var att det var Benjamíns fästmö Sólveig man hittat. Att det för-
modligen var Benjamín som grävt ner henne där. Elínborg fram-
höll att hon berättade detta med det förbehållet att polisen ännu
inte hade några som helst bevis annat än att han var den siste i
hennes umgängeskrets som såg henne i livet och att man hittat
ett skelett av ett litet barn ovanpå det andra skelettet i Grafar-
holt. En grundligare analys av benen skulle göras.

Bára lyssnade på redogörelsen utan att så mycket som blinka.
Hon var som tidigare ensam hemma i det stora huset omgiven av
sin rikedom, och visade ingen reaktion.

– Far ville att hon skulle göra abort, sa hon. Mor ville ta med
henne till utlandet, låta henne föda barnet där och adoptera bort
det och så skulle hon komma hem igen som om inget hänt och
gifta sig med Benjamín. De diskuterade detta fram och tillbaka
och kallade sen in Sólveig till ett möte.

Bára reste sig.

– Mamma berättade det här för mig senare.

Hon gick fram till ett stort ekskåp, drog ut en låda och tog
fram en liten vit näsduk som hon förde upp till ansiktet.

– De presenterade dessa två alternativ för henne. Det tredje al-
ternativet pratades det aldrig om. Att hon skulle föda barnet och
att det skulle inlemmas i familjen. Sólveig försökte föreslå det för
dem, men varken pappa eller mamma ville höra på det örat. De
ville inte ha in det här barnet i sin värld. Ville inte veta nåt om
det. Ville döda det eller ge bort det. Inget annat.

– Och Sólveig?

– Jag vet inte, sa Bára. Stackars flicka, jag vet verkligen inte.
Hon ville föda barnet, kunde inte tänka sig nåt annat. Hon var
själv ett barn. Hon var inte mer än barn själv.

Erlendur tittade på Elsa.

– Kan Benjamín ha betraktat händelsen som ett svek mot ho-
nom själv? frågade han. Om Sólveig vägrade berätta vem som
var barnets far?

– Det är ingen som vet vad de sa sinsemellan vid sitt sista sam-
manträffande, sa Elsa. Benjamín återberättade det i stora drag

för mamma, men det är ju omöjligt att veta om han sa det allra viktigaste. Blev hon verkligen våldtagen? Gode Gud!

Elsas blick vandrade från Erlendur till Sigurður Óli.

– Det kan mycket väl hända att Benjamín såg detta som ett svek, sa hon tyst.

– Förlåt, vad sa du? sa Erlendur.

– Benjamín kan mycket väl ha trott att hon svikit honom, upprepade Elsa. Men det betyder ju inte att han mördat henne och begravt henne vid sommarstugan.

– Därför att hon teg, sa Erlendur.

– Ja, därför att hon teg, sa Elsa. Vägrade att avslöja barnets far. Han visste inget om våldtäkten. Det tror jag är helt säkert.

– Kan nån ha hjälpt honom? frågade Erlendur. Kan han ha fått nån att utföra dådet?

– Nu förstår jag inte.

– Han hyrde ut sin sommarstuga till en man som var både våldsverkare och tjuv. Det säger i och för sig ingenting, men så var det.

– Jag vet inte vad du pratar om. Våldsverkare?

– Nej, nu får det nog räcka ett tag. Kanske är vi för snabba, Elsa. Det är nog bäst att vänta på rättsläkarens rapport. Du får förlåta om vi ...

– Nej, inte alls, nej, tack ska ni ha för att ni håller mig underrättad. Det uppskattar jag verkligen.

– Vi hör av oss och meddelar hur fallet utvecklas, sa Sigurður Óli.

– Och ni har ju hårlocken. För bekräftelsens skull.

– Ja, sa Erlendur. Vi har locken.

Elínborg reste sig ur stolen. Det hade varit en lång dag och hon ville hem. Hon tackade Bára och bad henne ursäkta det besvär hon vållat henne så sent på kvällen. Bára sa att hon inte skulle bekymra sig. Hon följde Elínborg till dörren och stängde efter henne. Ett ögonblick senare ringde det på dörrklockan och Bára öppnade igen.

– Var hon lång? frågade Elínborg.

– Vem då? sa Bára.

– Din syster, sa Elínborg. Var hon ovanligt lång eller av medellängd eller kanske kort? Hur såg hon ut?

– Nej, hon var inte lång, sa Bára och log svagt. Hon var ovanligt liten. Det var en mycket späd liten kvinna. Knappt en tvärhand hög, sa min mamma. Och det var lite lustigt att se de två tillsammans hand i hand, för Benjamín var mycket lång och stack upp bredvid henne som ett torn.

Distriktsläkaren ringde upp Erlendur framåt midnatt när han satt på sjukhuset hos sin dotter.

– Jag är här på bårhuset, sa läkaren, och har skilt skeletten åt och hoppas att jag inte förstört nåt. Jag är ju inte rättsläkare. Jag har sprätt ut grus och jord över både bord och golv, det ser rätt grisigt ut här.

– Jaha? sa Erlendur.

– Ja, ursäkta, vi har alltså ett skelett från ett foster som faktiskt var åtminstone sju, kanske åtta eller nio månader gammalt.

– Jaha, sa Erlendur otåligt.

– Och det är inget konstigt med det. Utom ...

– Ja.

– Det kan mycket väl ha fötts innan det dog, eller kanske varit dödfött. Det är omöjligt att säga. Men det är inte barnets mor som ligger inunder det.

– Vänta, vad ... Hur vet du det?

– Det kan inte vara barnets mor som ligger under det, eller begravdes tillsammans med det eller hur du nu vill uttrycka det.

– Inte mamman? Vad menar du? Vem är det då?

– Det är inte barnets mor. Det är helt uteslutet.

– Varför det?

– Det råder ingen tvekan, sa läkaren. Det framgår av höftbenet.

– Höftbenet?

– Det stora skelettet är av en man. Det låg en man under barnet.

27

Vintern i stugan på kullen var lång och hård.

Barnens mor fortsatte arbeta vid mejeriet i Gufunes och pojkarna åkte iväg med skolskjutsen varje morgon. Grímur fick åter arbete som kolutkörare. Amerikanska armén ville inte anställa honom igen efter stölderna. Depån i Grafarholt var nerlagd och barackerna hade flyttats ner till Hálogaland. Bara staketen och några stolpar stod kvar och en liten cementplatta som hade legat framför barackerna. Den stora kanonen hade tagits bort. Folk hade börjat prata om att kriget snart skulle vara slut. Tyskarna var på reträtt i Ryssland, och det ryktades att det snart skulle ske ett stort anfall mot dem på västfronten.

Grímur ägnade deras mor knappt ett ögonkast denna vinter. Talade sällan med henne, om det inte var för att ösa förolämpningar över henne. De delade inte längre säng. Mamman sov hos Símon, men Grímur ville ha Tómas inne hos sig. Alla utom Tómas märkte hur mamman allteftersom vintern gick blev allt rundare om magen tills den pekade rakt ut som ett bittersött minne av sommarens händelser eller en otäck påminnelse om vad som skulle hända om Grímur höll fast vid sina hotelser.

Hon försökte efter bästa förmåga att göra sitt tillstånd så lite märkbart som möjligt. Grímur upprepade regelbundet sina hotelser. Sa att hon inte skulle få behålla barnet. Sa ibland att han skulle döda det så fort det var fött. Sa att det skulle bli en idiot precis som Mikkelína och därför lika bra att döda det med en gång. Jävla jänkarhora, sa han. Men han slog henne inte denna vinter. Gick omkring tyst och smög runt henne likt ett rovdjur som förbereder sig på att kasta sig över sitt byte.

Hon försökte föra skilsmässa på tal men Grímur bara skratta-de. Hon berättade inte om sitt tillstånd för arbetskamraterna på Gufunes och dolde sin graviditet. Kanske trodde hon ända in i det sista att Grímur skulle ta sitt förnuft till fånga, att hotelserna var tomma, att han när det kom till kritan inte skulle stå fast vid de stora orden utan låta barnet ingå i familjen.

Till slut gjorde hon något desperat. Inte för att hämnas på Grímur, även om hon ju hade orsak nog att göra det, utan för att skydda sig och barnet hon bar på.

Mikkelína kände hur spänningen eskalerade mellan mamman och Grímur denna svåra vinter, och hon märkte också att Símon förändrades, vilket oroade henne ännu mera. Han hade alltid stått sin mor nära, men nu vek han knappt från hennes sida när han kommit hem från skolan och hon från arbetet. Han verkade mycket nervösare nu efter att Grímur kommit hem från fängel-set den där kalla höstmorgonen. Han undvek sin far så långt han kunde, och hans oro för mamman blev större och intensivare för var dag som gick. Mikkelína hörde ibland hur han pratade med sig själv, och ibland lät det som om han pratade med någon hon inte såg och som rimligen inte kunde finnas där i huset – någon som inte existerade. Hon hörde ibland hur han talade högt om att han måste göra någonting för att skydda sin mamma och det nya barnet som hans vän Dave var far till. Att det hade blivit hans uppgift att skydda sin mamma mot Grímur. Att det var hans uppgift att se till att barnet överlevde. Någon annan fanns inte. Hans vän Dave skulle aldrig komma tillbaka. Símon tog Grímurs hotelser på stort allvar. Han var övertygad om att bar-net skulle dödas. Att Grímur skulle ta det och att de aldrig skulle se det igen. Att Grímur skulle ta med det upp på fjället och kom-ma tillbaka utan det.

Tómas var lika tystlåten som förut, men Mikkelína kände att också han förändrades under vintern. Grímur hade honom hos sig på nätterna efter att ha förbjudit deras mor att sova i dubbel-sängen och beordrat henne att sova i Tómas säng, som var för li-ten för henne och därför obekväm. Mikkelína visste inte vad Grímur sa till Tómas men han började snart bemöta henne på ett helt annorlunda sätt än tidigare. Han ville inte ha med henne att göra, och fjärmade sig också från Símon trots att de två alltid haft ett gott förhållande. Mamman försökte prata med Tómas men han vände sig bort från henne, arg, tyst och vanmäktig.

– Símon håller på att bli lite konstig, hörde hon en gång Grímur säga till Tómas. Han håller på att bli lika konstig som din mor. Akta dig för honom. Se till så att du inte blir som han. För då blir du också konstig.

Mikkelína hörde vid ett tillfälle sin mamma tala med Grímur om barnet och det var enda gången han lät henne framföra sin åsikt. Magen hade blivit rejält stor och han förbjöd henne att arbeta mera på Gufunes.

– Du slutar där och säger att du måste ta hand om familjen, hörde Mikkelína honom säga.

– Men du kan ju säga att det är ditt, sa mamman.

Grímur skrattade åt henne.

– Det kan du faktiskt.

– Håll käften.

Mikkelína upptäckte att Símon också tjuvlyssnade.

– Du kan mycket väl säga att barnet är ditt, sa mamman lugnt.

– Försök inte med det där, sa Grímur.

– Ingen behöver veta nåt. Ingen behöver få reda på nånting.

– Det är för sent att försöka rädda situationen nu. Det skulle du ha tänkt på när du låg ute på mossan med den jävla jänkaren.

– Jag kan adoptera bort barnet, sa hon trevande. Jag är inte ensam om att ha råkat ut för det här.

– Ånej, sa Grímur, halva jävla stan har lagt upp sig för militärerna! Men tro inte att det gör dig nåt bättre.

– Du behöver aldrig se det. Jag ger bort det så fort det är fött och du behöver aldrig se det.

– Alla vet att min fru är jänkarhora, sa Grímur. Alla vet att du är på smällen.

– Det är ingen som vet det, sa hon. Ingen. Det var ingen som visste nåt om Dave och mig.

– Hur tror du då att jag kan känna till det, din dumma kossa? Därför att du berättade det? Tror du inte att ryktena går?

– Jo, men det är ingen som vet att det är hans barn. Det vet ingen.

– Håll käften, sa Grímur. Håll mun, annars ...

På så sätt väntade de alla denna långa vinter på det som skulle ske och som på något fruktansvärt sätt var oundvikligt.

Det började med att Grímur blev sjuk.

Mikkelína tittade på Erlendur.

– Hon började förgifta honom den vintern.

– Förgifta?

– Hon visste inte vad hon gjorde.

– Hur bar hon sig åt för att förgifta honom?

– Kommer du ihåg Dúkskotsfallet i Reykjavík?

– En ung kvinna som använde råttgift och dödade sin bror. Det var nån gång i början på förra seklet.

– Mamma tänkte inte döda honom, hon tänkte bara göra honom sjuk. Så att hon skulle kunna föda barnet och skaffa undan det, innan han upptäckte att allt var avklarat och barnet borta. Kvinnan i Dúkskot gav sin bror råttgift. Blandade en stor dos gift i hans filmjölk, till och med medan han tittade på, men utan att han visste vad det var, och han kunde berätta om det sen för han dog inte förrän några dagar senare. Hon serverade honom brännvin med filen för att skyla smaken. När mannen obducerades visade det sig att han förgiftats av fosfor, som verkar långsamt. Mamma kände till den där historien. Jag vet inte hur, men det var förstås ett berömt mord i Reykjavík. Hon kom över det där råttgiftet på Gufunes. Hon stal små doser åt gången och blandade det i hans mat. Hon tog väldigt lite varje gång så han inte skulle känna nån konstig smak eller nåt annat som skulle väcka hans misstanke. Hon förvarade inget gift hemma, utan tog det hon behövde varje gång, ända tills hon slutade på mejeriet. Då tog hon med sig en stor dos och gömde undan den hemma. Hon hade ingen aning om vilken verkan det skulle ha på honom eller om det överhuvudtaget skulle verka i så små doser, men efter ett tag tycktes råttgiftet börja få effekt. Han blev slö, var ofta trött eller sjuk, kräktes. Tog sig inte till jobbet. Låg i sängen och hade ont.

– Misstänkte han aldrig nåt? undrade Erlendur.

– Inte förrän det var för sent, sa Mikkelína. Han trodde inte på läkare. Och hon uppmuntrade honom förstås inte att låta undersöka sig.

– Och hur blev det med det där han sa om att de var några stycken som skulle ta itu med Dave? Pratade han nåt mer om det?

– Nej, aldrig, sa Mikkelína. Det var mest löst prat. Babbel för att skrämma mamma. Han förstod att hon älskade Dave.

De satt i hennes vardagsrum, Erlendur och Elínborg, och lyssnade till berättelsen. De hade meddelat Mikkelína att skelettet som låg under barnskelettet i graven i Grafarholt var av en man. Mikkelína hade skakat på huvudet, det hade hon kunnat berätta för dem om de inte hade rusat ut så där utan förklaring.

Hon ville veta mera om det lilla skelettet, men när Erlendur frågade om hon ville se det, sa hon nej.

– Men jag skulle gärna vilja ha det när ni inte längre behöver det, sa hon. Det är dags att hon får vila i vigd jord.

– Hon? sa Elínborg.

– Ja, hon, sa Mikkelína.

Sigurður Óli hade kontaktat Elsa och berättat om distriktsläkarens upptäckt. Liket i graven kunde inte vara efter Benjamíns fästmö. Elínborg ringde till Sólveigs syster med samma budskap.

När Erlendur och Elínborg var på väg till Mikkelína hade Hunter ringt på Erlendurs mobil för att meddela att han ännu inte lyckats utröna vad det blivit av Dave Welch; han visste inte om han skickats ur landet och när det i så fall skulle ha varit. Han sa att han tänkte fortsätta leta.

Tidigare samma morgon hade Erlendur tittat till sin dotter igen på intensiven. Hennes tillstånd var oförändrat och han satt hos henne ett bra tag och fortsatte berätta om sin bror som hade frusit ihjäl på hedarna nära Eskifjörður när Erlendur var tio år. De hade varit tillsammans med sin far för att samla ihop fåren när de över-

raskades av ovädret. Bröderna tappade bort pappan och strax där-
efter också varandra. Pappan lyckades utmattad ta sig tillbaka till
bebyggda trakter. Man skickade ut räddningspatruller.

– Att de hittade mig var ren flax, sa Erlendur. Jag vet inte var-
för. Jag grävde ner mig i en snödriva, så mycket vett hade jag. Var
mera död än levande när de stack en käpp genom drivan och den
träffade mig i axeln. Vi flyttade därifrån. Kunde inte bo kvar där
med vetskapen om att han låg nånstans ute på heden. Försökte
börja ett nytt liv i Reykjavík.

Förgäves.

Just då kom en läkare in i rummet. De hälsade på varandra och
diskuterade kortfattat Eva Linds tillstånd. Oförändrat, sa läka-
ren. Inga tecken på förbättring eller att hon skulle återfå med-
vetandet. De stod tysta. Sa adjö. Läkaren vände sig om i dörren.

– Du ska inte vänta dig nåt mirakel, sa han och blev förvånad
när Erlendur log kallt.

Nu satt Erlendur mitt emot Mikkelína och tänkte på sin dotter i
sjuksängen och sin bror ute i snön när Mikkelínas ord sipprade
in i hans medvetande.

– Min mamma var ingen mördare, sa hon.

Erlendur tittade på henne.

– Hon var ingen mördare, upprepade Mikkelína. Hon trodde
att hon kunde rädda barnet. Hon fruktade för barnets liv.

Hon spände ögonen i Elínborg.

– Och han dog inte heller, sa hon. Han dog inte av giftet.

– Men du sa att han inte misstänkte nåt förrän det var för
sent, sa Elínborg.

– Ja, sa Mikkelína. Då var det för sent.

Den kvällen då det hände verkade Grímur må lite bättre. Han
hade legat i sängen hela dagen och haft mycket ont.

Deras mor började få smärtor i magen och framåt kvällen
hade hon fått täta värkar. Hon visste att det inte var dags än. Nu
skulle barnet födas för tidigt. Hon bad pojkarna hämta madras-

serna från sina rum och hon tog också madrassen som Mikkelína hade i köket, och bredde ut dem på köksgolvet och la sig där vid middagstiden.

Hon bad Símon och Mikkelína att ta fram rena lakan och varmt vatten så att barnet kunde tvättas. Hon hade redan fött tre barn hemma och visste vad som behövde göras.

Fortfarande var det mörkaste vinter, men det hade oväntat nog blivit varmt och regnat på dagen, och snart skulle våren komma. Deras mor hade varit ute vid vinbärsbuskarna under dagen, rensat runt dem och klippt bort döda grenar. Hon sa att det skulle bli fina bär till hösten att koka sylt av. Símon vek inte från hennes sida och följde med henne till buskarna och hon försökte lugna honom och säga att allt skulle bli bra.

– Det blir inte bra, sa Símon, först en gång, så en gång till. Det blir inte bra. Du får inte föda barnet. Det får du inte. Det säger han, och han tänker döda det. Det säger han. När kommer barnet?

– Du ska inte oroa dig så mycket, sa hans mamma. När barnet har kommit går jag in till stan med det och han kommer aldrig att se det. Han ligger till sängs hela dagarna och kan inget göra.

– Men när kommer barnet?

– Det kan ske när som helst, sa mamman lugnande. Vi får hoppas att det blir så snart som möjligt, och sen är allt över. Du ska inte vara rädd, Símon. Du måste vara stark. För min skull, Símon.

– Varför åker du inte till lasarettet? Varför går du inte ifrån honom och föder nån annanstans?

– Det tillåter han inte, sa hon. Han skulle bara komma och hämta mig och beordra mig att föda barnet hemma. Han vill inte att nån ska få veta nåt om det. Vi kan säga att vi har hittat det. Vi lämnar det till några snälla människor. Så vill han att det ska vara. Det blir bra, ska du se.

– Men han säger ju att han tänker döda det.

– Det gör han inte.

– Jag är så rädd, sa Símon. Varför måste det vara så här? Jag vet inte vad jag ska göra. Jag vet inte vad jag ska göra, sa han ännu en gång, och hon kände att han var utom sig av oro.

Nu stod han och tittade ner på sin mor som låg där på madrasserna i köket eftersom det var det enda rummet förutom sängkammaren som var tillräckligt stort. Hon började krysta utan att ge ljud ifrån sig. Tómas var inne hos Grímur. Símon hade smugit fram till sängkammardörren och stängt den.

Mikkelína låg bredvid mamman som försökte ge så lite ljud ifrån sig som möjligt. Dörren till sängkammaren öppnades och Tómas kom ut i korridoren och in i köket. Grímur satt på sängkanten och stönade. Han hade skickat Tómas att hämta en tallrik gröt som han förut inte velat äta. Han sa åt Tómas att också äta lite av den.

Tómas gick förbi sin mamma och Símon och Mikkelína och såg att barnets huvud hade kommit ut. Mamman drog av alla krafter för att få ut axlarna.

Tómas hämtade gröttallriken och plötsligt såg mamman i ögonvrån att han tagit en stor sked av gröten och tänkte stoppa i sig.

– Tómas! För Guds skull! Rör inte den där gröten! ropade hon helt förtvivlad.

Det blev dödstyst i huset och barnen stirrade på sin mamma som satt med ett nyfött barn i famnen och stirrade på Tómas som blev så förskräckt att han tappade tallriken i golvet så att den gick i tusen bitar.

Det knarrade i dubbelsängen.

Grímur gick genom korridoren och kom ut i köket. Han tittade ner på mamman med det nyfödda barnet i famnen och hans ansikte lyste av avsky. Han kastade en blick bort mot Tómas och tittade sedan ner på gröten på golvet.

– Är det möjligt? sa han lågt och förundrat som om han äntligen fått veta svaret på en gåta som han länge brottats med. Han såg återigen ner på mamman.

– Har du gett mig gift? sa han högröstat.

Mamman tittade upp mot Grímur. Mikkelína och Símon vågade inte lyfta blicken. Tómas stod alldeles stilla vid grötklumparna på golvet.

– Ja, det var väl för helvete det jag misstänkte! All den här mattheten. Illamåendet. Värken ...

Grímur lät blicken fara över köket. Han slet upp alla köksluck-

or och drog ut alla lådor. Raseriet vällde upp i honom. Han vräkte ut innehållet i skåpen, ett föremål i taget. Tog tag i en gammal mjölpåse och slängde den på golvet så att den sprack och hörde hur en liten glasburk ramlade ur den med ett klirr på golvet.

– Är det det här? skrek han och tog upp glasburken.

Grímur böjde sig ner över mamman.

– Hur länge har du hållit på med det här? väste han.

Mamman stirrade stint på honom. Ett litet stearinljus brann på golvet bredvid henne. Medan han letade efter giftet hade hon snabbt tagit upp en stor sax som hon tidigare lagt bredvid sig och bränt i lågan. Nu klippte hon av navelsträngen och gjorde en knut på den med darrande händer.

– Svara mig! skrek Grímur.

Hon behövde inte svara. Han såg det i hennes blick. I ansiktsuttrycket. I trotset. Att hon alltid, innerst inne, stått emot honom, var obesegrad, hur många gånger han än misshandlat henne, hur mycket han än slagit henne. Han såg det i hennes tysta motstånd, trotset som stirrade mot honom med den blodiga soldatungen i händerna.

Såg det i barnet hon hade i famnen.

– Låt mamma vara, sa Símon tyst.

– Hit med det! skrek Grímur. Hit med barnet, din förbannade giftorm!

Mamman skakade på huvudet.

– Du får det inte, sa hon tyst.

– Ge hit det! ropade Grímur, annars dödar jag er båda två. Jag dödar er allihop! Dödar er! Allihopa!

Han tuggade fradga av vrede.

– Din jävla hora! Tänkte mörda mig! Tror du att du kan mörda mig!

– Sluta, ropade Símon.

Mamman höll barnet tätt intill sig med ena armen och med den andra trevade hon efter den stora saxen men hittade den inte. Hon släppte Grímur med blicken och letade efter saxen med vild blick, men den var borta.

Erlendur tittade på Mikkelína.

– Vem hade tagit saxen? frågade han.

Mikkelína hade rest sig och stod vid vardagsrumsfönstret. Erlendur och Elínborg utbytte blickar med varandra. Båda två tänkte samma tanke.

– Är du den enda som kan berätta om det här? sa Erlendur.

– Ja, sa Mikkelína. Det finns ingen annan.

– Vem hade tagit saxen? frågade Elínborg.

28

Skulle ni vilja träffa Símon? frågade Mikkelína. Hennes ögon var fulla av tårar.

– Símon? sa Erlendur och förstod inte vad hon pratade om. Sedan kom han ihåg. Kom ihåg mannen som hämtat henne uppe på kullen. Menar du din son?

– Nej, inte min son, min bror, sa Mikkelína. Min bror Símon.

– Lever han?

– Ja. Han lever.

– Då måste vi prata med honom, sa Erlendur.

– Det är inte så stor idé, sa Mikkelína och log. Men vi ska åka och hälsa på honom. Han tycker om att få besök.

– Men tänker du inte avsluta berättelsen du börjat på? frågade Elínborg. Vad var det för ett monster, det där? Det är helt otroligt. Jag trodde inte att nån människa kunde bete sig på det viset.

Erlendur tittade på henne.

– Jag fortsätter i bilen, sa Mikkelína. Nu ska vi åka och hälsa på Símon.

🐚

– Símon! ropade mamman.

– Låt mamma vara, skrek Símon med darrande stämma och innan de visste ordet av hade han stuckit saxen djupt in i bröstet på Grímur.

Símon drog hastigt åt sig handen och de såg att saxen sjunkit ända in till handtagen i Grímurs bröst. Han stirrade storögt på sin son som om han inte förstod vad som hänt. Han tittade ner på saxen men verkade vara oförmögen att röra sig. Han tittade på Símon igen.

– Dödar du mig? stönade Grímur och sjönk ner på knä. Blodet pumpade ut ur såret och han segnade ner sakta och föll bakåt och dunsade i golvet.

Mamman höll barnet tätt intill sig i tyst skräck. Mikkelína låg orörlig bredvid henne. Tómas stod kvar på samma fläck där han tappat gröttallriken. Símon började skaka där han stod bredvid mamman. Grímur rörde sig inte.

Det var dödstyst i huset.

Tills mamman hävde upp ett hjärtskärande ångestskri.

Mikkelína tystnade.

– Jag vet inte om barnet var dödfött eller om mamma skyddade det så häftigt att det kvävdes i hennes armar. Det föddes ju ganska mycket för tidigt. Det skulle ha fötts på våren, men det var ännu vinter när barnet kom till världen. Vi hörde aldrig att det skrek. Mamma rensade aldrig andningsvägarna och hon begravde barnets ansikte i kläderna när hon höll det intill sig av skräck för mannen. Rädd för att han skulle ta det ifrån henne.

Erlendur svängde upp mot den anspråkslösa byggnaden enligt Mikkelínas anvisningar.

– Skulle han ha dött på våren? frågade Erlendur. Hennes man? Hade hon räknat med det?

– Kanske det, sa Mikkelína. Hon hade lagt gift i hans mat i tre månader. Det var inte tillräckligt.

Erlendur stannade på uppfarten och stängde av motorn.

– Har ni hört talas om hebefreni? frågade hon och öppnade bildörren.

Deras mamma stirrade på det livlösa barnet hon höll i famnen, vaggade det fram och tillbaka och stötte ut höga skrik.

Símon verkade inte bry sig om henne, men stirrade oförstående på sin fars lik. En stor blodpöl hade börjat bildas under honom. Símon darrade som ett asplöv.

Mikkelína försökte trösta sin mor, men det lät sig inte göras. Tómas gick förbi dem in i sängkammaren och stängde efter sig utan att yttra ett enda ord. Utan att visa någon som helst reaktion.

Så förflöt en god stund.

Så småningom lyckades Mikkelína lugna sin mor. Hon sansade sig, tystnade och såg sig omkring. Hon såg Grímur ligga där i sitt blod, såg Símon bredvid sig darra som ett löv, såg Mikkelínas ångestfyllda ansikte. Så började hon tvätta sitt barn med det varma vattnet Símon hade gjort i ordning åt henne. Hon tvättade noggrant med försiktiga och mjuka rörelser. Det var som om hon visste vad hon måste göra utan att behöva ägna det någon närmare eftertanke. Hon la ifrån sig barnet, reste sig ur sängen och kramade om Símon, som fortfarande stod kvar på samma fläck. Han slutade darra och började gråta med tunga hulkanden. Hon ledde honom fram till en stol och satte honom ner med ryggen mot liket. Hon gick bort till Grímur och drog ut saxen ur såret och slängde den i diskhon.

Sedan satte hon sig, utmattad efter förlossningen.

Hon pratade med Símon om vad som nu behövde göras, och hon gav Mikkelína några förhållningsorder. De välte över Grímur på en filt och drog liket till ytterdörren. Hon tog med sig Símon och gick ett gott stycke från huset, och pojken började gräva en stor grop. Det hade varit en stunds uppehåll under dagen, men nu började det regna igen, ett kallt och tungt vinterregn. Det var inte mycket frost i marken. Símon använde en hacka när det behövdes och efter två timmars grävande hämtade de liket och släpade ut det till graven. De drog ut filten över gropen, liket föll ner, och sedan ryckte de till sig filten. Liket kom att hamna så att den vänstra handen pekade upp, men varken Símon eller mamman orkade röra vid den.

Mamman gick med tunga, långsamma steg tillbaka till huset och hämtade barnet, bar ut det i det kalla regnet och la det ovanpå liket.

Hon började göra korstecknet över graven, men ångrade sig.

– Han finns inte, sa hon.

Sedan började hon skotta jorden över de två liken. Símon stod bredvid och såg den våta, svarta jorden skyfflas över liken och allt mindre av dem syntes. Mikkelína hade börjat städa i köket. Tómas syntes inte till.

Ett tjockt lager jord hade hamnat i gropen när Símon plötsligt tyckte att han såg Grímur röra på sig. Han ryckte till och tittade på sin mor som inte verkade ha märkt något och sedan tittade han ner i graven igen och såg till sin stora skräck att ansiktet, som var halvt övertäckt av jord, började röra sig.

Ögonen öppnades.

Símon stod som fastfrusen.

Grímur stirrade upp mot honom från graven.

Símon hävde upp ett skri och mamman slutade skyffla jord. Hon tittade först på Símon, sedan ner i graven och såg att Grímur fortfarande levde. Hon stod vid gravens kant. Regnet öste ner på dem och sköljde bort jorden från Grímurs ansikte. Deras blickar möttes ett ögonblick tills han rörde på läpparna.

– Gör det då!

Så slöts ögonen igen.

Mamman tittade på Símon. Ner i graven. Åter på Símon. Tog sedan nytt tag om spaden och fortsatte skotta som om inget hänt. Jordlagret ovanpå Grímur blev djupare och snart syntes han inte längre.

– Mamma, suckade Símon.

– Gå in, Símon, sa mamman. Vi är färdiga här. Gå in och hjälp Mikkelína. Gör det, vännen. Gå in.

Símon såg hur mamman böjde sig över spaden igen, genomblöt i det kalla regnet, och fortsatte fylla graven. Sedan gick han tyst hem.

✍

– Det kan ha varit så att Tómas trodde att allt var hans fel, sa Mikkelína. Han pratade aldrig om det och ville inte prata med oss. Slöt sig totalt. Efter att mamma ropade till honom och han tappade tallriken i golvet, följde ett händelseförlopp som förändrade våra liv och vållade hans fars död.

De satt i ett trevligt dagrum och väntade på Símon. De hade fått veta att han var ute på promenad i området men väntades tillbaka vilken minut som helst.

– Personalen här är så omtänksam, sa Mikkelína. Han kunde inte ha det bättre.

– Var det ingen som saknade Grímur? sa Elínborg.

– Mamma skurade huset från golv till tak och meddelade fyra dagar senare att hennes man hade tänkt fotvandra till Selfoss över Hellisheiði och att hon inte hört av honom på flera dagar. Det var ingen som kände till hennes graviditet, eller det var i alla fall aldrig nån som frågade. Räddningspatruller skickades ut på heden men man hittade honom naturligtvis inte.

– Vad skulle han ha haft för ärende till Selfoss?

– Mamma behövde aldrig säga nåt mer, sa Mikkelína. Man begärde aldrig några närmare förklaringar om hans förehavanden. Han var en före detta fängelsekund. En tjuv. Vem brydde sig om vad han hade i Selfoss att göra? Det var ingen som brydde sig om honom. Inte ett dugg. Folk hade annat att tänka på. Samma dag som mamma anmälde försvinnandet blev en islänning ihjälskjuten av några amerikanska soldater.

Ett svagt leende for över Mikkelínas läppar.

– Det gick några dagar. De blev till veckor. Han kom aldrig till rätta. Avfördes från rullorna. Försvunnen. Ett alldeles vanligt isländskt försvinnande.

Hon suckade.

– Det var Símon mamma fällde flest tårar över.

När allt var överståndet härskade en underlig tystnad i huset.

Mamman satt vid köksbordet, fortfarande genomblöt efter ösregnet, och stirrade framför sig utan att ägna barnen någon uppmärksamhet. Mikkelína satt hos henne och strök henne över händerna. Tómas befann sig fortfarande inne i sängkammaren och kom inte ut. Símon stod på köksgolvet och stirrade ut mot regnet medan stora tårar rann nerför hans kinder. Han tittade bort mot Mikkelína och mamman och så tillbaka ut genom fönstret, där vinbärsbuskarna skymtade en bit bort. Så gick han ut.

Han var våt och kall och kroppen skakade i regnet när han gick bort till buskarna, stannade framför dem och strök med handen över de kala grenarna. Han tittade upp genom regnet mot himlen. Himlen var svart och i fjärran hördes åskmuller.

– Jag vet det, sa Símon. Nåt annat var inte möjligt.

Han blev tyst och böjde ner huvudet, och regnet öste ner över honom.

– Vi har haft det så svårt. Vi har haft det så svårt, det har varit så hemskt så väldigt länge. Jag vet inte varför han var sån. Jag vet inte varför jag var tvungen att döda honom.

– Vem är det du pratar med, Símon? frågade mamman som hade kommit ut. Hon gick fram till honom och la armen om honom.

– Jag är en mördare, sa Símon. Jag dödade honom.

– Inte i mina ögon, Símon. Jag kommer aldrig att tänka på dig som en mördare. Kanske var det här ett öde som han själv drog på sig. Det värsta som kan hända är att du fortsätter lida av hans beteende nu när han är död.

– Men jag dödade honom, mamma.

– Därför att det inte fanns nånting annat du kunde göra. Det måste du förstå, Símon.

– Men jag mår så dåligt.

– Jag vet, Símon. Jag vet det.

– Jag har det så svårt.

Hon tittade på buskarna.

– Till hösten blir det bär på de här buskarna och då kommer allt att vara bra. Hör du det, Símon. Det kommer att bli bra.

29

De tittade mot entrén när ytterdörren till vårdhemmet öppnades, och mannen som kom in var i sjuttioårsåldern. Han var kutryggig, hade tunt, vitt hår och hans ansikte var vänligt och öppet. Han var klädd i en snygg, tjock olle och grå byxor. Han hade sällskap av ett biträde som fick veta att besök väntade, och styrde den gamle in mot rummet.

Erlendur och Elínborg reste sig. Mikkelína gick fram till honom och kramade om honom. Mannen log mot henne och hans ansikte lyste upp på ett barns vis.

– Mikkelína, sa mannen med en märkligt ungdomlig röst.

– Hej, Símon, sa Mikkelína. Jag har tagit med mig några som gärna vill träffa dig. Det här är Elínborg och den här mannen heter Erlendur.

– Jag heter Símon, sa mannen och tog dem i hand. Mikkelína är min syster.

Erlendur och Elínborg nickade.

– Símon är mycket lycklig, sa Mikkelína. Även om vi inte är det, och aldrig har varit, är Símon själv glad, och det är det som är det viktiga.

Símon slog sig ner hos dem. Han höll Mikkelína i handen och log mot henne, strök henne över kinden och log mot Erlendur och Elínborg.

– Vad är det här för några? frågade han.

– Det är vänner till mig, sa Mikkelína.

– Har du det bra här? frågade Erlendur.

– Vad heter du? frågade Símon.

– Jag heter Erlendur.

Símon tänkte efter.

– Är du utlänning? frågade han

– Nej, islänning, sa Erlendur.

Símon log.

– Jag är Mikkelínas bror.

Mikkelína smekte honom över handen.

– De här två är poliser, Símon.

Símon tittade från den ene till den andre.

– De vet vad som hände, sa Mikkelína.

– Mamma är död, sa Símon.

– Ja, mamma är död, sa Mikkelína.

– Prata du, sa Símon bedjande. Prata du med dem. Han rikta-
de blicken mot systern och undvek att titta på Erlendur och Elín-
borg.

– Javisst, Símon, sa Mikkelína. Då kommer jag och tittar till
dig senare.

Símon log och reste sig, gick ut i hallen och gick med långsam-
ma steg in i en korridor.

– Hebefreni, sa Mikkelína.

– Hebefreni? sa Erlendur.

– Vi förstod inte vad det var först, sa Mikkelína. Han slutade
liksom utvecklas. Var fortfarande samme glade och snälle pojke,
men han utvecklades inte emotionellt i takt med det fysiska. He-
befreni är en variant av schizofreni. Símon är som Peter Pan. Det
brukar ha med puberteten att göra. Kanske var han sjuk redan
innan. Han har ju alltid varit känslig och när allt detta fruktans-
värda hände var det som om han förlorade greppet. Han hade
alltid levt i fruktan och alltid känt ett ansvar. Känt att det var
hans uppgift att skydda mamma, helt enkelt därför att det inte
fanns nån annan som kunde göra det. Han var äldst och starkast,
fast kanske var han den som var minst och svagast.

– Har han vistats på institution sen han var ung? undrade
Elínborg.

– Nej, han bodde tillsammans med mamma och mig tills hon
dog. Hon dog för, ja vad blir det nu, tjugosex år sen. Patienter
med Símons syndrom är mycket medgörliga, de är för det mesta

glada och lätta att ha att göra med, men behöver god omvård-nad, och det gav hon honom ända tills hon dog. Han jobbade som renhållningsarbetare när han kunde. Plockade upp skräp med en stav. Vandrade härs och tvärs i Reykjavík och räknade vartenda skräppapper som han plockade upp och la i sin säck.

De satt tysta.

– Dave Welch, hörde han aldrig av sig? sa Elínborg.

Mikkelína tittade på henne.

– Mamma väntade på honom ända till den dag hon dog, sa hon. Han kom aldrig tillbaka.

Så blev hon tyst.

– Hon ringde till honom från mejeriet i Gufunes den där mor-gonen när min styvfar kom tillbaka, sa hon till slut. Och hon pratade med honom.

– Men, sa Erlendur, varför kom han inte till stugan då?

Mikkelína log.

– De tog farväl, sa hon. Han var på väg till Europa. Hans far-tyg skulle segla ut samma morgon och hon ringde inte för att be-rätta vilken fara hon befann sig i utan för att ta farväl och säga att allt var bara bra. Han lovade att komma tillbaka. Troligen stupade han i kriget. Hon fick aldrig veta nåt om det, men när han inte kom tillbaka när kriget var slut ...

– Men varför ...

– Hon trodde att Grímur skulle döda honom. Därför gick hon hem ensam. Hon ville inte att han skulle komma till hjälp. Hon ansåg att detta var hennes ensak.

– Han måste ju ha vetat att din styvfar skulle släppas ur fäng-elset, och att det gick rykten om att han varit tillsammans med hans fru, sa Erlendur. Din styvfar kände ju till det, hade hört det nånstans.

– Det kunde de egentligen inte veta nåt om. Deras kärleksför-bindelse försiggick i största hemlighet. Vi vet inte hur min styv-far fick reda på det.

– Och barnet ...?

– Ingen visste att hon var gravid.

Erlendur och Elínborg satt tysta en lång stund och funderade på Mikkelínas redogörelse.

– Men Tómas då? frågade Erlendur. Vad blev det av honom?

– Tómas är död. Han blev inte mer än femtiotvå år gammal. Skild två gånger. Fick tre barn, tre pojkar. Jag har ingen kontakt med dem.

– Varför inte det? undrade Erlendur.

– Han bråddes på sin far.

– På vilket sätt då?

– Han fick ett tragiskt liv.

– Jaha?

– Han blev som sin far.

– Menar du ...? Elínborg stirrade förvånat på Mikkelína.

– Våldsam. Slog sina fruar. Slog sina barn. Drack.

– Och relationen till pappan, rörde det sig om ...?

– Vi vet inte, sa Mikkelína. Jag tror inte det. Jag hoppas inte det. Jag försöker att inte tänka på det.

– Vad menade din styvfar med det han sa från graven? "Gör det då!" Bad han henne om hjälp? Bad han om nåd?

– Mamma och jag pratade mycket om det, och hon hade en bestämd förklaring som var god nog åt henne, och åt mig också.

– Och vad var det?

– Han visste vem han var.

– Nu förstår jag inte, sa Erlendur.

– Han visste vem han var, och jag tror att han innerst inne visste orsaken till att han blivit sån, även om han aldrig erkände det för sig själv. Vi vet att han hade en svår barndom. En gång var han en liten pojke och han måste nånstans ha haft kontakt med barnet i sig, nånting i själen som ropade på honom. Till och med när han hade sina värsta vredesutbrott och förlorade kontrollen, hörde han pojkens röst som ropade åt honom att sluta.

– Din mor var en utomordentligt modig kvinna, sa Elínborg.

– Får jag prata med honom? frågade Erlendur efter en stunds tystnad.

– Med Símon, menar du? sa Mikkelína.

– Går det bra? Om jag går in till honom? Ensam?

– Han har aldrig pratat om de här händelserna. Inte en enda gång på hela den här långa tiden. Mamma trodde det var bäst om vi låtsades som om det aldrig hänt. Efter att hon dött försökte jag få Símon att öppna sig men insåg snart att det var hopplöst. Det verkar som om hans minne börjar efter den där händelsen. Det är som om allt annat är borta. Men det händer att han får ur sig nån enstaka mening om jag pressar honom. För övrigt är han helt sluten. Han tillhör en annan, fridfull värld som han själv har skapat.

– Om du inte har nåt emot det? sa Erlendur.

– Det är helt okej för mig, sa Mikkelína.

Erlendur reste sig, gick ut i hallen och vidare in i korridoren. De flesta dörrarna in till de olika rummen stod öppna. Han såg Símon sitta på sängkanten inne hos sig och titta ut genom fönstret. Erlendur knackade på dörren och Símon tittade upp.

– Får jag sätta mig här hos dig? sa Erlendur och väntade på att få komma in.

Símon tittade på honom, nickade och vände åter ansiktet mot fönstret och fortsatte att titta ut.

Det fanns en stol vid ett litet skrivbord i rummet, men Erlendur slog sig ner på sängkanten bredvid Símon. Det stod några foton på skrivbordet.

Erlendur kände igen Mikkelína och antog att den äldre kvinnan på ett av fotona var mamman. Han sträckte sig efter det. Kvinnan satt på en stol vid ett köksbord, klädd i någonting som Erlendur kom ihåg brukade kallas rockklänning på sin tid, en tunn nylonrock med tryckt mönster. Hon satt där med ett svagt, outgrundligt leende på läpparna. Símon satt bredvid och tycktes gapskratta. Erlendur förmodade att bilden måste vara tagen i Mikkelínas kök.

– Är det här din mamma? frågade han Símon.

Símon tittade på fotot.

– Ja, det där är mamma. Hon är död.

– Jag vet.

Símon tittade ut genom fönstret igen och Erlendur ställde tillbaka fotot på skrivbordet. De satt tysta ett bra tag.

– Vad tittar du på? frågade Erlendur.

– Mamma sa att allt var bra, sa Símon med blicken ut genom fönstret.

– Allt är bra, sa Erlendur.

– Tänker du inte ta mig?

– Nej, jag tänker inte ta dig. Jag ville bara träffa dig.

– Vi kanske kan bli vänner.

– Det kan vi säkert, sa Erlendur.

De satt tysta ett tag igen och nu tittade de båda ut genom fönstret.

– Hade du en snäll pappa? frågade Símon plötsligt.

– Ja, sa Erlendur. Han var en snäll man.

De satt tysta.

– Kan du inte berätta lite om honom? sa Símon till slut.

– Jo, nån gång ska jag berätta om honom för dig, sa Erlendur. Han ...

Erlendur tystnade.

– Vad då?

– Han förlorade en son.

De tittade ut genom fönstret.

– Det är bara en sak jag skulle vilja veta, sa Erlendur.

– Vad då? sa Símon.

– Vad hette hon?

– Vem då?

– Din mamma.

– Varför vill du veta det?

– Mikkelína har berättat om henne, men aldrig sagt hennes namn.

– Hon hette Margrét.

– Margrét.

Just då kom Mikkelína till dörren och när Símon fick syn på henne reste han sig och gick fram till henne.

– Har du bär till mig? frågade han. Har du med dig vinbär till mig?

– Jag kommer med vinbär till hösten, sa Mikkelína. Till hösten. Då kommer jag med bären.

30

I samma ögonblick bildades en liten tår i Eva Linds ena öga där hon låg orörlig i mörkret på intensivvårdsavdelningen. Den växte och blev till en stor droppe som sakta rann från ögonvrån och nerför ansiktet och in under syrgasmasken och över läpparna.

Några minuter senare slog hon upp ögonen.